北平

郑振铎 著

商金林 编

目录

辑一　山中杂记

前记——山中通信　　　　　　　　　　　003

月夜之话　　　　　　　　　　　　　　007

山中的历日　　　　　　　　　　　　　013

塔山公园　　　　　　　　　　　　　　018

蝉与纺织娘　　　　　　　　　　　　　022

苦鸦子　　　　　　　　　　　　　　　026

不速之客　　　　　　　　　　　　　　029

山市　　　　　　　　　　　　　　　　033

辑二　海燕

蝴蝶的文学　　　　　　　　　　　　　041

离别　　　　　　　　　　　　　　　　052

海燕　　　　　　　　　　　　　　　　057

大佛寺　　　　　　　　　　　　　　　060

阿剌伯人　　　　　　　　　　　　　　064

同舟者　　　　　　　　　　　　　　　067

宴之趣　　　　　　　　　　　　　　　074

黄昏的观前街　　　　　　　　　　　　079

辑三　西行书简

题记 087
从清华园到宣化 089
大同 093
云岗 098
从丰镇到平地泉 115
归绥的四"召" 120
百灵庙之一 124
百灵庙之二 130
百灵庙之三 133
昭君墓 136
包头 140

辑四　蛰居散记

《蛰居散记》自序 145
暮影笼罩了一切 147
鹈鹕与鱼 151
最后一课 155
烧书记 159
从"轧"米到"踏"米 164
韬奋的最后 169
记吴瞿安先生 174
记复社 179
售书记 183
我的邻居们 187

忆愈之　　　　　　　　　　　　　　190

辑五　集外拾翠

欢迎太戈尔　　　　　　　　　　　197

纪念几位今年逝去的友人　　　　　203

记黄小泉先生　　　　　　　　　　215

北平　　　　　　　　　　　　　　219

永在的温情——纪念鲁迅先生　　　230

一个女间谍　　　　　　　　　　　237

吴佩孚的生与死　　　　　　　　　241

惜周作人　　　　　　　　　　　　245

悼夏丏尊先生　　　　　　　　　　249

悼许地山先生　　　　　　　　　　255

想起和济之同在一处的日子　　　　260

忆六逸先生　　　　　　　　　　　265

忆贤江　　　　　　　　　　　　　269

哭佩弦　　　　　　　　　　　　　272

辑一　山中杂记

前　记
——山中通信

亲爱的诸友：

　　二十四日[①]很早的起来，几乎近二三年来没有起得那末早过，匆匆的赶到车站，恰好高先生和唐先生也到了。这一次真不能不走。一则因为有好同伴，一路上可以谈谈，二则在上海实在不能做事，几乎有两个礼拜没有做事了，再不到清静些的地方，专心做些事，真要不了。因此便决心立刻走。

　　也许是靠了一班英美的贵族（在中国他们真的是贵族）的力量吧，由上海到莫干山，一路上真是方便。铁路局特别为游山者设了种种的便利的运输方法，到了艮山门（杭州的近郊）早有一列小火车在等着我们到拱宸桥了；到了拱宸桥，又早有一艘汽船在等着我们到莫干山前的

[①] 根据《山中的历日》一文所说日期以及本文文末所列写作月日，此处之"二十四日"疑为"二十二日"之误。——编者注

三桥埠了；到了三桥埠，又早有许多轿夫挑夫在等着我们了。上了轿，行李无论多少，都不用自己费心，花了挑力，他们自然会把这些东西送上来，一件也不会少。比我们苏州扬州的旅行，还要利便得多。一点麻烦也没有，车轿夫包围之祸也没有。如果旅行是如此的利便，我们真要不以旅行为苦而以为乐了；如果天目，雁荡，峨嵋，泰山诸名胜，也有那末样的利便，我想中国一定可以有不少人会诱起旅行的兴趣的。

话说到此，我们却不能光羡慕他们洋贵族的有福气，光嫉忌他们的有势力。我们自己不去要求，不去创造，幸福与势力，自然不会从天而降了。原来他们到了一个地方，看不惯的事，就要设法改革，一受了什么委屈，就是大声控诉（不管这些控诉是否有效），与个人，与公共有妨碍或不便利的地方，便要写信或亲自去闹，去质问；人人如此的注意到，如此的关心到，个人与公共的幸福与势力，当事者自然的会一天天的晓得改良，以适应大家的需要，以免得大家的责备了，自然的会注意到个人与公共的安全与幸福了。试问我们有没有如此的注意到，关心到自己的与公共的幸福呢？请想一想，我们自己愧也不愧？

在《山中通信》这么清雅的题目之下，却一开头便写上这么一段的大议论，也许要引起一般雅士的厌弃，好在我的通信本也不预备给那些雅士看的。

沿路的景物真不坏，江南的春夏原是一副天上乐园的景色。一路上没有一块荒土，都是绿的稻，绿的树，绿的桑林。偶然见些池塘，也都有粗大的荷叶与细小的菱叶浮泛在水面。在汽船上，沿河都是桑林与芦苇。有几个地方，水的中央突出了一块桑田，四周都是碧油油的水，水面上浮着不少的绿萍，一二小舟，在那里徐徐的往来，仿佛是拾菱角的吧。我们的船一经过，大浪便冲上这些岸边，至少有千百的浮萍是被水带上岸滩而枯死的。轿子走了一段平路，便上山了。他们抬得真吃力：前面的一个，汗珠如黄豆大，滴在山石上，我初次还错认为下雨；后面的两个,急促的喘声,却自然而然的会使人起了一种不安之心。走到太高峭之处,有时我们也下轿来步行,以减轻他们的劳苦,这自然使他们很高兴。轿夫大都是温州人,他们说的不三不四的官话,一听就知道是我的半同乡。五时上轿,到了八时才到滴翠轩。因为夜色朦胧,山径两旁的风光却不曾领略得到。晚霞留在山峰,云色至为绚烂;将圆的明月,同时在我们的后面升起;到了林径时,月光照在竹林,照在轿上,地面朦胧的有些影子摇动着。鼻管里嗅着一种特有的山野的香气,这些香气大约由无数的竹林,松林和野草山花的香花所混合成功的,所以我们辨不出究竟是什么样的一种香气,却使我们自然而然的生了一种由城市到山野的所特有的欣悦之情。这些情绪为什么会发生的呢?我以为这也许是蛮性的遗留,因为我们的祖先是千万年的久在山洞水涯的,所以时时有一种力,会引我们由城市到乡野,使我们每到山野便欣悦起来。但擘黄说,这也许是人类的好奇心,或厌故喜新的心理之表现。

闲话不谈,且说我们到了山中,见了灯光很亮的地方,同时又听见电机的扎扎,与瀑布的潺潺,便与高唐二位分路了,他们是到那灯光很明亮的铁路饭店的;我又走了一程,才到滴翠轩,全个房子乌黑的,看不见一点光,这真出乎意料之外。遇见了管事的孙先生和住在这里的郑心南先生,几乎面目都辨不清楚。好久,才点上一支红烛。心南说,大家早已去睡了,天一亮就起来,灯是不大点的。这真是"山中有古风"呀!

这里的轿夫和挑夫很和善,并不像上海和扬州苏州那末样的面目可怕,给他们些赏钱,便道了谢,再也不多要,也许是我们已给得满意了。然而数目实在是不多。

坐轿除了不安之心在作祟外,别的都不坏,省足力自然是第一,其次,在慢慢的一步一步的上石级时,轿子却有韵律似的谐和的波动着,那种的舒适真不是坐汽车,马车,人力车乃至一切的车所能想象得到的。不过我对于坐轿是一个"乡老",因为向不愿意坐,凡上山总是依赖自己的足力,这一次要不是被派定要坐的,也决不会自动的想坐的,所以说的话,在久于坐山轿的人看来,也许要有些"村气"。

自从上午十一时后,我们还没有吃一顿舒服的东西,肚里很饿。滴翠轩却什么食物也没有了,只得由旁路到铁路饭店找高唐二位,心南也同去,恰好他们在吃饭,便同吃了。那里真是一所 Modernized① 的旅馆,什么都有,电灯,风扇以及一切的设备,使我们不晓得自己是在山中,如果前面没有山,耳中没有听见潺潺的水声。可惜位置太低了,没有风,远不如滴翠轩之凉爽。

与他们回到滴翠轩,说是步月,那月光却暗淡已极,白云一堆堆的拥挤在天上。谈了一会,我去洗了一个澡,并没有什么设备,不过是冷热水同倒在一个大铅桶中而已。洗完了澡,他们已经去了,说是:明日也搬到这里来住,因为凉爽。晚,先在心南房里同睡。蚊子颇不少。

以后的话,下次的信再说;为了夜,什么东西也看不清,什么地方也未去,山上的风物和形势,毫不知道,只好止于此了。

再者,还有一件事未说:我们的汽船到了武康县左近时,见到无数的裸体小孩在水中立着泅着,住屋多半用木柱建在水上,颇像秦淮河两旁,水之不洁亦略相似。最可怪者,乃是有许多家的屋下,木柱之旁,建了不少的厕所,其形式颇似寺观中之所有者;一船的洋贵族,连我们,都很注意这种未之前见的奇景。我们真会废地利用呀!

7月24日早

(《山中杂记》,开明书店1927年1月出版)

---

① 英文,现代化。

月夜之话

是在山中的第三夜了。月色是皎洁无比,看着她渐渐的由东方升了起来。蝉声叽——叽——叽——的曼长的叫着,岭下涧水潺潺的流声,隐略的可以听见,此外,便什么声音都没有了。月如银的圆盘般大,静定的挂在晚天中,星没有几颗,疏朗朗的间缀于蓝天中,如美人身上披着蓝天鹅绒的晚衣,缀了几颗不规则的宝石。大家都把自己的摇椅移到东廊上坐着。

初升的月,如水银似的白,把她的光笼罩在一切的东西上;柱影与人影,粗黑的向西边的地上倒映着。山呀,田地呀,树林呀,对面的许多所的屋呀,都朦朦胧胧的不大看得清楚,正如我们初从倦眠中醒了来,睁开了眼去看四周的东西,还如在渺茫梦境中似的;又如把这些东西都幕上了一层轻巧细密的冰纱,它们在纱外望着,只能隐约的看见它们的轮廓;又如春雨连朝,天色昏暗,极细极细的雨丝,随风飘拂着,我们立在红楼上,由这些蒙雨织成的帘中向外望着。那末样的静美,那末样柔秀的融和的情调,真非身临其境的人不能说得出的。

"那末好的月呀!"擘黄先生赞赏似的叹美着。

同浴于这个明明的月光中的,还有梦旦先生和心南先生。静悄悄的,各人都随意的躺在他的摇椅上,各自在默想他的崇高的思绪。也不知道有多少秒,多少分,多少刻的时间是过去了,红栏杆外是月光,蝉声与溪声,红栏杆内是月光照浴着的几个静思的人。

月光光,
照河塘,
骑竹马,
过横塘。
横塘水深不得过,
娘子牵船来接郎。
问郎长,问郎短,
问郎此去何时返。

心南先生的女公子依真跳跃着的由西边跑了过来,嘴里这样的唱着。那清脆的歌声漫溢于朦胧的空中,如一塘静水中起了一个水沤似的,立刻一圈一圈的扩大到全个塘面。

"这是各处都有的儿歌,辜鸿铭曾选入他的《幼学弦歌》中。"梦旦先生说。他真是一个健谈的人,又恳挚,又多见闻,凡是听过他的话的人,总不肯半途走了开去。

"福州还有一首大家都知道的民歌,也是以月为背景的,真是不坏。"梦旦先生接着说;于是他便背诵出了这一首歌。

原文:

共哥相约月出来,

怎样月出哥未来?
没是奴家月出早?
没是哥家月出迟?
不论月出早与迟,
恐怕我哥未肯来。
当日我哥未娶嫂,
三十无月哥也来。

译文:

与他相约月出来,
怎么月出了他还未来?
莫不是我家月出得早?
莫不是他家月出得迟?
不论月出早与迟,
只怕他是不肯来了吧!
当日他没有娶妻时,
没有月的三十夜也还来呢。

这首歌的又真挚又曲折的情绪,立刻把大家捉住了。像那末好的情歌,真不多见。

"我真想把它钞录了下来呢!"我说。于是梦旦先生又逐句的背念了一遍,我便录了下来。

"大约是又成了《山中通信》的资料吧,"擘黄先生笑着说道,他今天刚看见我写着《山中通信》。

"也许是的,但这样的好词,不写了下来,未免太可惜了。"

"我也有一个,索性你再写了吧。"擘黄说。

我端正了笔等着他。

> 七月七夕鹊填桥,
> 牛郎织女渡天河。
> 人人都说神仙好,
> 一年一度算什么!

"最后一句真好,凡是咏七夕的诗,恐怕不见得有那样透彻的口气吧。可见民歌好的不少,只在自己去搜集而已。"擘黄说。

大家的话匣子一开,沉静的气氛立刻打破了,每个人都高高兴兴的谈着唱着,浑忘了皎洁月光与其他一切。月已升得很高,倒向西边的柱影,已渐渐的短了。

梦旦先生道:"还有一首歌,你们听人说过没有?"

> "采蘋你去问秋英,
> 怎么姑爷跌满身?"
> "他说:相公家里回,
> 也无火把也无灯。"

> "既无火把也要灯!
> 他说相公家里回,
> 怎么姑爷跌满身?
> 采蘋你去问秋英!"

"是的,听见过的,"擘黄说,"但其层次与说话之语气颇不易分得出明白。"

"大约是小姐见姑爷夜间回来,跌了一身的泥,不由得起了疑心,便叫丫头采蘋去问跟班秋英。采蘋回到小姐那里,转述秋英的话,相公之所以跌得一身泥者,因由家里回来,夜色黑漆漆的,又无火把又无灯笼也。第二首完全是小姐的话,她的疑心还未释,相公既由家回,如无火把也要有灯,怎么会跌得一身泥?于是再叫采蘋去问秋英。虽然是如连环诗似的二首,前后的意思却很不同。每个人的口气也都逼真的像。"梦旦先生说。

经了这样一解释,这首诗,真的也成了一首名作了。

真鸟仔,
啄瓦檐,
奴哥无"母"这数年。
看见街上人讨"母",
奴哥目泪挂目檐。
有的有,没的没,
有人老婆连小婆!
只愿天下作大水,
流来流去齐齐没。

这一首也是这一夜采得的好诗,但恐非"非福州人"所能了解。所谓"真鸟仔"者,即小麻雀也。"母"者,即女子也,即所谓公母之"母"是也。"奴哥"者,擘黄以为是他人称他的,我则以为是自称的口气。兹译之如下:

小小的麻雀儿,

在瓦檐前啄着,啄着,
我是这许多年还没有妻呀!
看见街上人家闹洋洋的娶亲,
我不由得双泪挂眼边。
有的有,没有的没有,
有的人,有了妻,却还要小老婆。
但愿天下起了大水,
流来流去,使大家一齐都没有。

这个译文,意思未见得错,音调的美却完全没有了。所以要保存民歌的绝对的美,似非用方言写出来不可。

这一夜,是在山上说得最舒畅的一夜,直到了大家都微微的呵欠着,方才散了,各进房门去睡。第二夜,月光也不坏。我却忙着写稿子;再一夜,天色却不佳,梦旦先生和擘黄又忙着收拾行囊,预备第二天一早下山。像这样舒畅的夜谈,却终于只有这一夜,这一夜呀!

1926 年 9 月 14 日
(选自《山中杂记》,开明书店 1927 年 1 月出版)

山中的历日

"山中无历日",这是一句古话,然而我在山中却把历日记得很清楚。我向来不记日记,但在山上却有一本日记,每日都有二三行的东西写在上面。自七月二十三日,第一日在山上醒来时起,直到了最后的一日早晨,即八月二十一日,下山时止,无一日不记。恰恰的在山上三十日,不多也不少,预定的要做的工作,在这三十日之内,也差不多都已做完。

当我离开上海时,一个朋友问我:"什么时候可以回来?"

"一个月,"我答道。真的,不多也不少,恰是一个月。有一天,一个朋友写信来问我道:"你一天的生活如何呢?我们只见你一天一卷的原稿寄到上海来,没有一个人不惊诧而且佩服。上海是那样的热呀,我们一行字也不能写呢。"

我正要把我的山上生活告诉他们呢。

在我的二十几年的生活中,没有像如今的守着有规则的生活,也没有像如今的那末努力的工作着的。

第一晚,当我到了山时,已经不早了,滴翠轩一点灯火也没有。我向心南先生道:"怎么黑漆漆的不点灯?"

"在山上,我们已成了习惯,天色一亮就起来,天色一黑就去睡,我起初也不惯,现在却惯了。到了那时,自然而然的会起来,自然而然的会去睡。今夜,因为同家母谈话,睡得迟些,不然,这时早已入梦了。家中人,除了我们二人外,他们都早已熟睡了。"心南先生说。

我有些惊诧,却不大相信。更不相信在上海起迟眠迟的我,会服从了这个山中的习惯。

然而到了第二天绝早,心南先生却照常的起身。我这一夜是和他暂时一房同睡的,也不由得不起来,不由得不跟了他一同起身。"还早呢,还只有六点钟,"我看了表说。

"已经是太晚了。"他说,果然,廊前太阳光已经照得满墙满地了。

这是第一次,我倚了绿色的栏杆——后来改漆为红色的,却更有些诗意了——去看山景。没有奇石,也没有悬岩,全山都是碧绿色的竹林和红瓦黑瓦的洋房子。山形是太平衍了。然而向东望去,却可看见山下的原野。一座一座的小山,都在我们的足下,一畦一畦的绿田,也都在我们的足下。几缕的炊烟,由田间升起,在空中袅袅的飘着,我们知道那里是有几家农户了,虽然看不见他们。空中是停着几片的浮云。太阳照在上面,那云影倒映在山峰间,明显的可以看见。

"也还不坏呢,这山的景色,"我说。

"在起了云时,漫山的都是云,有的在楼前,有的在足下,有时浑不见对面的东西,有时,诸山只露出峰尖,如在海中的孤岛,这简直可称为云海,那才有趣呢。我到了山时,只见了两次这样的奇景。"心南先生说。

这一天真是忙碌,下山到了铁路饭店,去接梦旦先生他们上山来。下午,又东跑跑,西跑跑。太阳把山径晒得滚热的,它又张了大眼向下望着,头上是好像一把火的伞。只好在邻近竹径中走走就回来了。

在山上,雨是不预约就要落下来的,看它天气还好好的,一瞬眼间,却已乌云蔽了楼檐,沙沙的一阵大雨来了。不久,眼望着这块大乌云向东驶去。东边的山与田野却现出阴郁的样子,这里却又是太阳光满满的照着了。

"伞在山上倒是必要的;晴天可以挡太阳,下雨的时候可以挡雨,"我说。

这一阵雨过去后,天气是凉爽得多了,我便又独自由竹林间的一条小山径,寻路到瀑布去。山径还不湿滑,因为一则沿路都是枯落的竹叶躺着,二则泥土太干,雨又下得不久。山径不算不峻峭,却异常的好走。足踏在干竹叶上,柔柔的如履铺了棉花的地板,手攀着密集的竹干,一干一干的递扶着,如扶着栏杆,任怎么峻峭的路,都不会有倾跌的危险。

莫干山有两个瀑布,一个是在这边山下,一个是碧坞。碧坞太远了,听说路也很险。走过去,要经过一条只有一尺多阔的栈道,一面是绝壁,一面是十余丈深的山溪,轿子是不能走过的,只好把轿子中途弃了,两个轿夫牵着游客的双手,一前一后的把他送过去。去年,有几个朋友到那里去游,却只有几个最勇敢的这样的走了过去,还有几个却终于与轿子一同停留在栈道的这边,不敢过去了。这边的山下瀑布,路途却较为好走,又没有碧坞那末远,所以我便渴于要先去看看——虽然他们都要休息一下,不大高兴走。

瀑布的气势是那末样的伟大,瀑布的景色是那末样的壮美;那末多的清泉,由高山石上,倾倒而下,水声如雷似的,水珠溅得远远的,只要闭眼一想象,便知它是如何的可迷人呀!我少时曾和数十个同学们一同旅行到南雁荡山。那边的瀑布真不少,也真不小。老远的老远的,便看见一道道的白练布由山顶挂了下来。却总是没有走到。经过了柔湿的田道,经过了繁盛的村庄,爬上了几层的山,方才到了小龙湫。那时是初春,还穿着棉衣。长途的跋涉,使我们都气喘汗流。但到了瀑布之下,立在一块远隔丈余的石上时,细细的水珠却溅得你满脸满身都是,阴凉的,阴凉的,立刻使你一点的热感都没有了;虽穿了棉衣,还觉得冷呢。面前是万斛的清泉,不休的只向下倾注,那景色是无比的美好,那清而弘大的水声,也是无比的美好。这使我到如今还记念着,这使我格外的喜爱瀑布与有瀑布的山。十余年来,总在北京与上海两处徘徊着,不仅没有见什么大瀑布,便连山的影子也不大看得见。这一次之到莫干山,小半的原因,因为那山那有瀑布。

山径不大好走,时而石级,时而泥径,有时,且要在荒草中去寻路。亏得一路上溪声潺潺的。沿了这溪走,我想总不会走得错的。后来,终于是走到了。但那水声并不大,立近了,那水珠也不会飞溅到脸上身上来。高虽有二丈多高,阔却只有两个人身的阔。那末样委靡的瀑布,真使我有些失望。然而这总算是瀑布,万山静悄悄的,连鸟声也没有,只有几张照相的色纸,落在地上,表示曾有人来过。在这瀑布下留连了一会,脱了衣服,洗了一个身,濯了一会足,便仍旧穿便衣,与它告别了。却并不怎么样的惜别。

刚从林径中上来,便看见他们正在门口,打算到外面走走。

"你去不去?"擘黄问我。

"到哪里去?"我问道。

"随便走走。"

我还有余力,便跟了他们同去。经过了游泳池,个个人喧笑的在那里泅水,大都是碧眼黄发的人,他们是最会享用这种公共场所的。池旁,列了许多座位,预备给看的人坐,看的人真也不少。沿着这条山径,到了新会堂,图书馆和幼稚园都在那里。一大群的人正从那里散出,也大都是碧眼黄发的人。沿着山边的一条路走去,便是球场了。球场的规模并不小,难得在山边会辟出这末大的一个地方。场边有许多石级凸出,预备给人坐,那边贴了不少布告,有一张说:"如果山岩崩坏了,发生了什么意外之事,避暑会是不负责的。"我们看那山边,围了不少层的围墙。很坚固,很坚固,哪里会有什么崩坏的事。然而他们却要预防着。在快活的打着球的,也都是碧眼黄发的人。

梦旦先生他们坐在亭上看打球,我们却上了山脊。在这山脊上缓缓的走着,太阳已将西沉,把那无力的金光亲切的抚摩我们的脸。并不大的凉风,吹拂在我们的身上,有种说不出的舒适之感。我们在那里,望见了塔山。

心南先生说:"那是塔山,有一个亭子的,算是莫干山最高的山了。"望过去很远,很远。

晚上,风很大。半夜醒来,只听见廊外虎虎的啸号着,仿佛整座楼房连基底都要为它所摇撼。

山中的风常是这样的。

这是在山中的第一天。第二天也没有做事。到了第三天,却清早的起来,六点钟时,便动手作工。八时吃早餐,看报,看来信,邮差正在那时来。九时再做,直到了十二时。下午,又开始写东西,直到了四时。那时,却要出门到山上走走了。却只在近处,并不到远处去。天未黑便吃了饭。随意闲谈着。到了八时,却各自进了房。有时还看看书,有时却即去睡了。一个月来,几乎天天是如此。

下午四时后,如不出去游山,便是最好的看书时间了。

山中的历日便是如此,我从来没有过着这样的有规则的生活过!

1926 年 9 月 20 日追记

(选自《山中杂记》,开明书店 1927 年 1 月出版)

塔山公园

　　由滴翠轩到了对面网球场,立在上头的山脊上,才可以看到塔山;远远的,远远的,见到一个亭子立在一个最高峰上,那就是所谓塔山公园了。到山的第三天的清早,我问大家道:"到塔山去好吗?"

　　朝阳柔黄的满山照着,鸟声细碎的唧啾着,正是温凉适宜的时候,正是游山最好的时候。

　　大家都高兴去走走,但梦旦先生说,不一定要走到塔山,恐怕太远,也许要走不动。

　　缓缓的由林径中上了山;仿佛只有几步可以到顶上了,走到那处,上面却还有不少路,再走了一段,以为这次是到了,却还有不少路。如此的,"希望"在前引导着,我们终于到山脊。然后,缓缓的,沿山脊而走去。这山脊是全个避暑区域中最好的地方。两旁都是建造得式样不同的石屋或木屋,中间一条平坦的石路,随了山势而高起或低下。空地不少,却不像山下的一样,粗粗的种了几百株竹,它们却是以绿绿的细草铺盖在地上,这里那里的置了几块大石当做椅子,还有不少挺秀的美花奇草,杂植于平铺的绿草毡上。我们在那里,见到了优越的人为淘汰的结果。

一家一家的楼房构造不同,一家一家的园花庭草,亦布置得不同。在这山脊上走着,简直是参观了不少的名园。时时的,可于屋角的空隙见到远远的山峦,见到远远的白云与绿野。

走到这山脊的终点,又要爬高了,但梦旦先生有些疲倦了,便坐在一块界石上休息,没有再向前走的意思。

大家围着这个中途的界石而立着,有的坐在石阶上。静悄悄的还没有一个别的人,只有早起的乡民,满头是汗的挑了赶早市的东西经过这里,送牛奶面包的人也有几个经过。

大家极高兴的在那里谈天说地,浑忘了到塔山去的目的。太阳渐渐的高了,热了,心南看了手表道:

"已经九点多了。快回去吃早餐吧。"

大家都立了起来,拍拍背后的衣服。拍去坐在石上所沾着的尘土,而上了归途。

下午,我的工作完了,便向大家道:"现在到塔山去不去呢?"

"好的,"擘黄道,"只怕高先生不能走远道。"

高先生道:"我不去,你们去好了。我要在房里微睡一下。"

于是我和心南、擘黄同去了。

到塔山去的路是很平坦的。由山后的一条很宽的泥路走去,后面的一带风景全可看到。山石时时有人在丁丁的伐采,可见近来建造别墅的人一天天的多了,连山后也已有了几家住户。

塔山公园的区域,并不很广大,都是童山,杂植着极小极小的竹树,只有膝盖的一半高。还有不少杂草,大树木却一株也没有。将到亭时,山势很高峭,两面石碑,立在大门的左右,是叙这个公园的缘起,碑字已为风雨所侵而模糊不清,后面所署的年月,却是宣统二年(?)。据说,近几年来,亭已全圮,最近才有一个什么督办,来山避暑,提倡重修。现在正在动工。到了亭上,果有不少工匠在那里工作,木料灰石,堆置得凌乱不堪。亭是很小的,四周的空地也不大,却放了四组的水门汀建造的椅桌,每组二椅一桌,以备游人野餐之用。亭的中央,突然的隆起了一块水门汀建的高丘,活像西湖西泠桥畔重建的小青墓。也许这也是当桌子用的,因为四周也是水门汀建的亭栏,可以给人坐。

再没有比这个亭更粗陋而不谐和的建筑物了,一点式样也没有,不知是什么东西,亭不像亭,塔不像塔,中不是中,西不是西,又不是中西的合璧,单直可以说是一无美感,一无知识者所设计的亭子。如果给工匠们自己随意去设计,也许比这样的式子更会好些。

所谓公园者,所谓亭子者不过如此!然而这是我们中国人在莫干山所建筑的唯一的公共场所。

亏得地势占得还不坏。立在亭畔,四面可眺望得很远。莫干山的诸峰,在此一一可以指点得出来,山下一畦一畦的田,如绿的绣毡一样,一层一层,由高而低,非常的有秩序。足下的冈峦,或起或伏,或趋或耸,历历可指,有如在看一幅地势实型图。

太阳已经渐渐的向西沉下,我们当风而立,略略的有些寒意。

那边有乌云起了,山与田都为一层阴影所蔽,隐隐的似闻见一阵一阵的细密的雨声。

"雨也许要移到这边来了,我们走吧。"

这是第一次的到塔山。

第二次去是在一个绝早的早晨,人是独自一个。

在山上,我们几乎天天看太阳由东方出来。倚在滴翠轩廊前的红栏干上,向东望着,我们便可以看到一道强光四射的金线,四面都是斑斓的彩云托着,在那最远的东方。渐渐的,云渐融消了,血红的血红的太阳露出了一角,而楼前便有了太阳光。不到一刻,而朝阳已全个的出现于地平线上了,比平常大,比平常红,却是柔和的,新鲜的,不刺目的。

对着了这个朝阳而深深的呼吸着,真要觉得生命是在进展,真要觉得活力是已重生。满腔的朝气,满腔的希望,满腔的愉意,满腔的跃跃欲试的工作力!

怪不得晨鸟是要那样的对着朝阳宛转的歌唱着。

常常的在廊前这样的看日出。常常的移了椅子在阳光中,全个身子都浸没在它的新光中。

也许到塔山那个最高峰去看日出,更要好呢。泰山之观日出不是一个最动人的景色么?

一天,绝早,天色还黑着,我便起身,胡乱的洗漱了一下,立刻起程到塔山。天刚刚有些亮,可以看见路。半个行人也没有遇见。一路上急急的走着,屡次的回头看,看太阳已否升起。山后却是阴沉沉的。到了登上了塔山公园的长而多级的石级时,才看见山头已有金黄色,东方是已经亮晶晶的了。

风虎虎的吹着,似乎要从背后把你推送上山去。愈走得高风愈大,真有些觉得冷栗,虽然是在六月,且穿上了夹衣。

飞快的飞快的上山,到了绝顶时,立刻转身向东望着,太阳却已经出来了,圆圆的血红的一个,与在廊前所见的一模一样,眼界并不见得因更高而有所不同。

在金黄的柔光中浸溶了许久许久才回去,到家还不过八时。

第三次,又到了塔山,是和心南先生全家去的,居然用到了水门汀的椅桌,举行了一次野餐会。离第一次到时,只有半个月,这里仿佛因工程已竣之故,到的人突多起来。空地上垃圾很不少,也无人去扫除。每个人下山时都带了不少只苍蝇在衣上帽上回去。沿路费了不少驱逐的工夫。

1926 年 9 月 30 日追记

(选自《山中杂记》,开明书店 1927 年 1 月出版)

蝉与纺织娘

　　你如果有福气独自坐在窗内,静悄悄的没一个人来打扰你,一点钟,两点钟的过去,嘴里衔着一支烟,躺在沙发上慢慢的喷着烟云,看它一白圈一白圈的升上,那末在这静境之内,你便可以听到那墙角阶前的鸣虫的奏乐。

　　那鸣虫的作响,真不是凡响;如果你曾听见过曼杜令的低奏,你曾听见过一支洞箫在月下湖上独吹着;你曾听见过红楼的重幔中透漏出的弦管声,你曾听见过流水潺潺的由溪石间流过,或你曾倚在山阁上听着飒飒的松风在足下拂过,那末,你便可以把那如何清幽的鸣虫之叫声想象到一二了。

　　虫之乐队,因季候的关系而颇有不同,夏天与秋令的虫声,便是截然的两样。蝉之声是高旷的,享乐的,带着自己满足之意的;它高高的栖在梧桐树或竹枝上,迎风而唱,那是生之歌,生之盛年之歌,那是结婚曲,那是中世纪武士美人的大宴时的行吟诗人之歌。无论听了那叽——叽——的曼长声,或叽格——叽格——的较短声,都可同样的受到一种轻快的美感。秋虫的鸣声最复杂。但无论纺织娘的咭嘎,蟋蟀的唧唧,金铃子之叮令,还有无数无数不可名状的秋虫之鸣声,其音调之凄抑却都是一样的;它们唱的是秋之歌,是暮年之歌,是薤露之曲。它们的歌声,是如秋风之扫落叶,怨妇之奏琵琶。孤峭而幽奇,清远而凄迷,低徊而愁肠百结。你如果是一个孤客,独宿于荒郊逆旅,一盏荧荧的油灯,对着一张板床,一张木桌,一二张硬板凳,再一听见四壁唧唧知知的虫声间作,那你今夜便不用再想稳稳的安睡了,什么愁情,乡思,以及人生之悲感,都会一串一串的从根儿勾引起来,在你心上翻来覆去,如白老鼠在戏笼中走轮盘一般,一上去便不用想下来憩息。如果你不是一个客人,你有家庭,你有很好的太太,你并没有什么闲愁胡想,那末,在你太太已睡之后,你想在书房中静静的写些东西时,这唧唧的秋虫之声却也会无端的窜入你的心里,翻掘起你向不曾有过的一种凄感呢。如果那一夜是一个月夜,天井里统是银白色,枯秃的树影,一根一条的很清朗的印在地上,那末你的感触将更深了。那也许就是所谓悲秋。

秋虫之声,大都在蝉之夏曲已告终之后出现,那正与气候之寒暖相应。但我却有一次奇异的经验;在无数的纺织娘之鸣声已来了之后,却又听得满耳的蝉声。我想我们的读者中有这种经验的人是必不多的。

我在山中,每天听见的只有蝉声,鸟声还比不上。那时天气是很热,即在山上,也觉得并不凉爽。正午的时候,躺在廊前的藤榻上,要求一点的凉风,却见满山的竹树梢头,一动也不动,看看足底下的花草,也都静静的站着,如老僧入了定似的。风扇之类既得不到,只好不断的用手巾来拭汗,不断的在摇挥那纸扇了。在这时候,往往有几缕的蝉声在槛外鸣奏着。闭了目,静静的听了它们在忽高忽低,忽断忽续,此唱彼和,仿佛是一大阵绝清幽的乐阵在那里奏着绝清幽的曲子,炎热似乎也减少了,然后,矇眬的矇眬的睡去了,什么都不觉得。良久,良久,清梦醒来时,却又是满耳的蝉声。山中的蝉真多!绝早的清晨,老妈子们和小孩子们常去抱着竹干乱摇一阵,而一只二只的蝉便要跟随了朝露而落到地上了。第一个早晨,在我们滴翠轩的左近,至少是百只以上之蝉是这样的被捉。但蝉声却并不减少。

常常的,一只蝉两只蝉,叽的一声,飞入房内,如平时我们所见的青油虫及灯蛾之飞入一样。这也是必定被人所捉的。有一天,见有什么东西在槛外倒水的铅斗中咯笃咯笃的作响,俯身到槛外一看,却又是一只蝉,这当然又是一个俘虏了。还有好几次,在山脊上走时,忽见矮林丛中有什么东西在动,拨开林丛一看,却也是一只蝉。它是被竹枝竹叶挡阻住了不能飞去。我把它拾在手中。同行的心南先生说,"这有什么稀奇,放走了它吧,要多少还怕没有!"我便顺手把它向风中一送,它悠悠扬扬的飞去很远很远,渐渐的不见了。我想不到这只蝉就在刚才是地上拾了来的那一只!

初到时,颇想把它们捉几个寄到上海去送送人。有一次,便托了老妈子去捉。她在第二天一早,果然捉了五六只来放在一个大香烟纸盒中,不料给依真一见,她却吵着,带强迫的要去。我又托那个老妈子去捉。第二天,又捉了四五只来。依真的纸盒中却只剩下两只活的,其余的都死了。到了晚上,我的几只,也死了一半。因此,寄到上海的计划遂根本的打消了。从此以后,便也不再托人去捉,自己偶然捉来的,也都随手的放去了。那样不经久的东西,留下了它干什么用!不过孩子们却还热心的去捉。依真每天要捉至少三只以上用细绳子缚在铁杆上。有一次,曾有一只蝉居然带了红绳子逃去了;很长的一根红绳子,拖在它后面,在风中飘荡着,很有趣味。

半个月过去了;有的时候,似乎蝉声略少,第二天却又多了起来。虽然是叽——叽——的不息的鸣着,却并不觉喧扰;所以大家都不讨厌它们。我却特别的爱听它们的歌唱,那样的高旷清远的调子,在什么音乐会中可以听得到！所以我每以蝉声将绝为虑,时时的干涉孩子们的捕捉。

到了一夜,狂风大作,雨点如从水龙头上喷出似的,向槛内廊上倾倒。第二天还不放晴。再过一天,晴了,天气却很凉,蝉声乃不再听见了！全山上在鸣唱着的却换了一种咭嘎——咭嘎——的急促而凄楚的调子,那是纺织娘。

"秋天到了,"我这样的说着,颇动了归心。

再一天,纺织娘还是咭嘎咭嘎的唱着。

然而,第三天早晨,当太阳晒得满山时,蝉声却又听见了！且很不少。我初听不信;叽——叽——叽格——叽格——那确是蝉声！纺织娘之声却又潜踪了。

蝉回来了,跟它回来的是炎夏。从箱中取出的棉衣又复放入箱中。下山之计遂又打消了。

谁曾于听了纺织娘歌声之后再听见蝉的夏曲呢？这是我的一个有趣的经验。

11月8日夜补记

（选自《山中杂记》,开明书店1927年1月出版）

苦鸦子

乌鸦是那末黑丑的鸟，一到傍晚，便成群结阵的飞于空中，或三两只栖于树下，苦呀！苦呀的叫着，更使人起了一种厌恶的情绪。虽然中国许多抒情诗的文句，每每的把鸦美化了。如"寒鸦数点""暮鸦栖未定"之类，读来未尝不觉其美，等到一听见其声，思想的美感却完全消失了，心上所有的只是厌恶。

在山中也与在城市中一样，免不了鸦的打扰。太阳的淡金色光线，弱了，柔和了，暮霭渐渐的朦胧的如轻纱似的幔罩于冈峦之腰，田野之上，西方是血红的一个大圆盘悬在地平上，四边是金彩斑斓的云霞，点染在半天；工作之后，躺在藤榻上，有意无意的领略着这晚霞天气的图画。经过了这样静谧的生活的，准保他一辈子不会忘了，至少是要在城市的狭室中不时想起的。不幸这恬静可爱的山中的黄昏，却往往为苦呀！苦呀的鸦声所乱。

有一天，晚餐吃得特别的早；几个老婆子趁着太阳光未下山，把厨房中盆碗等物都收拾好了，便也上楼靠在红栏杆上闲谈。

"苦呀！苦呀！"几只乌鸦栖在对面一株大树上，正朝着我们此唱彼和的歌叫着。

"苦鸦子！我们乡下人总说她是嫂嫂变的。"汤妈说。

江妈接着道："我们那里也有这话。婆婆很凶，姑娘又会挑嘴，弄得嫂嫂常常受婆婆的气，还常常的打她，男人又一年间没有几时在家。有一次，她把米饭从后门给了些叫化的；她姑娘看见了，马上去告诉她的娘。还挑拨的说：'嫂嫂常常把饭给人家。'于是婆婆生了大气，用后门的门闩，没头没脑的打了她一顿，她浑身是伤。气不过，就去投河。却为邻居看见了救起，把她湿淋淋的送回家。她婆婆姑娘还骂她假死吓诈人。当夜，她又用衣带把自己吊死在床前了。过了几个月，她男人回家，他的娘却淡淡的说，她得病死了。但她的灵魂却变了乌鸦，天天在屋前树上苦呀！苦呀的叫着。"

"做人家媳妇实在不容易。"江妈接着说，"像我们那里媳妇吃苦的真不少！"

汤妈说，"可不是！前半年的少爷家里用的叶妈还不是苦到无处说！一天到晚打水，烧饭，劈柴，种田，摘豆子。她婆婆还常常的叽哩咕噜骂她。碰到丈夫好些的，也还好，有地方说说。她的丈夫却又是牛脾气，好赌。输了，总拿她来出气，打得呀，浑身是伤！有一次，她给我看，一身的青肿，半个月一个月还不会退。好容易来帮人家，虽然劳碌些，比在家里总算是好得多了。一月三块半工钱，一个也不能少，都要寄回家。她丈夫还时时来找她要钱！她说起来常哭！上一次，她不是辞了回家么？那是她丈夫为了赌钱的事，被人家打伤了，一定要她回去伏侍。这一向都没有信来，问她乡里人也不知道。这一半年总不见得会出来了。"

江妈道："汤奶奶你是好福气！说是童养媳，婆婆待你比自己的女儿还好。男人又肯干，家里积的钱不少了，去年不是又买了几亩田么？你真可以回去享福了，汤奶奶！"

"哪里的话！我们哪里说得上享福两个字！我们的婆婆待我可真不差，比自己的姆妈还好！"

这时，一声不响的刘妈插嘴道："汤奶奶待她婆婆也真是好；自己的娘病，还不大挂心，听说她婆婆有什么难过，就一定要回去看看的了！上次她婆婆还托人带了大棉袄给她，真是疼她！"

汤妈指着刘妈向江妈道："她真可怜！人是真好，只可惜有些太老实，常给人欺负。她出来帮人家也是没法的。她家里不是少吃的，穿的，只是她婆婆太厉害了，不是打，就是骂，没有一天有好日子过。自从她男人死了，婆婆更恨她入骨，说她是克夫。她到外边来，赛如在天堂上！"

刘妈一声不响的听着她在谈自己的身世。栏杆外面乌鸦还是一声苦呀！苦呀在叫着，夜色已经成了深灰色了。

"刘妈，天黑了，怎么还不点灯？天天做的事都会忘了么！"她主妇的声音，严厉的由后房传出。

"噢，来了，"刘妈连忙的答应，慌慌张张的到后面去了。

"真作孽，像她这样的人，到处要给人欺负。"江妈说。"还好她是个呆子，看她一天到晚总是嘻嘻的笑脸。"

"不，"汤妈说，"别看她呆头呆脑的；她和我谈起来，时时的落泪呢。有一次，给她主妇大骂了一顿以后，她便跑到自己房里痛哭。到了夜里，我睡时，还听见她在呜咽的抽气！"

想不到刘妈是这样的一个人，自到山中来后，我们每以她为乐天的痴呆人，往往的拿她来取笑，她也从没有发怒过，谁晓得她原是这样的一个"苦鸦子"！

这时，黑夜已经笼罩了一切。江妈说，"我也要去点灯了。"

"苦呀，苦呀！"的乌鸦已经静止，大约它们是栖定在巢中了。

11月12夜追记

（选自《山中杂记》，开明书店1927年1月出版）

不速之客

这里离上海虽然不过一天的路程,但我们却以为上海是远了,很远了;每日不再听见隆隆的机器声,不再有一堆一堆的稿子待阅,不再有一束一束来往的信件。这里有的是白云,是竹林,是青山,如果镇日的靠在红栏杆上,看看山,看看田野,看看书,那末,便可以完全与外面的世界隔绝。偶然的听着鸟声喀格喀格的啭着,或一只两只小鸟,如疾矢似的飞过槛外,或三五丛蝉声曼长的和唱着,却更足以显出山中的静谧与心中的静谧来。

然而我们每天却有两次或三次是要与上海及外面世界接触的;一次便是早晨八时左右邮差的降临,那是照例总有几封信及一束日报递来的。如果今天邮差迟了一点来,或没有信件,我们心里便有些不安逸。

"我有信没有?"一见绿衣人的急步噔噔噔的上了楼,便这样的问;有时在路上遇见了,那时时间是更早,也便以这同样的问题问他。

他跑得满头是汗,从邮袋中取了信件日报出来,便又匆匆的转身下楼了。我到了山中不到三天,已与这个邮差熟悉。因为每次送这一带地方邮件的总是他。据他说,今年上山的人不到三百。因为熟悉了,在中途向他要信时,他当然不会不给的。

再一次是下午一时左右;那时带了外面的消息来的,又是邮差,且又是同样的那一个邮差;不过这一次是靠不住的,有时来,有时不来。

最后一次是夜间九十时左右,那时是上海或杭州的旅客由山下坐了轿子来的时候。因为滴翠轩的一部分是旅馆,所以常常有旅客来。我的房间隔壁,有两间空房,后面也有一间,这几个房间的住客是常常更换的。有时是官僚,有时是军人,有时是教育家,有时是学生,——我还曾在茶房扫除房间时,见到一封住客弃掉的诉说大学生生活的苦闷的信——有时是商人;有时是单身,有时是带了女眷。虽然我是不大同他们攀谈的,但见了他们的各式各样的脸,各式各样的举动,也颇有趣。不过他们来时,往往我们已经睡了。第二天一清晨,便听见老妈子们纷纷传说来的是什么样的人。有时,坐谈得迟了,便也看见他们的上山。大约每一二夜总有一批人来。一见轿夫挑夫的喧语,呼唤茶房的声音,楼梯上杂乱匆促的足步声,便知山客是又多了几个了。有时,坐在廊前,也看见对山有灯火荧荧的移动。老妈子们便道:"又有人上山了。"刘妈道:"一个,两个,还有一个,妈妈呀,轿子多着呢!今天来的人真不少呀!"这些人当然不是到滴翠轩来的,因为到滴翠轩是走老路近,而对山却是新路,轿夫们向来不走的。走新路的,都是到岭上各处别墅上去的。

第一次第二次的外面消息,是我们所最盼望的,因为载来的是与我们有关的消息。尤其热忱的来候着的是我。因为,筬没有和我同来,我几次写信去,总催她快些上山来。上海太热,是其一因,还有……

别离,那真不是轻易说的。如果你偶然孤身作客在外,如果你不是怕见你那母夜叉似的妻,如果你没有在外眷恋了别一个女郎,你必定会时时的想思到家中的她，必定会有一种说不出的离情别绪萦挂在心头的，必定会时时的因事，因了极小极小的事，而感到一种思乡或思家之情怀的。那是每个人都是这个样子的，无庸其讳言。即使你和她向来并不怎么和睦，常常要口角几声，隔了几天，且要大闹一次的，然而到了别离之后，你却在心头翻腾着对于她的好感。别离使你忘了她的坏处，而只想到了她，特别是她的好处。也许你们一见面，仍然再要口角，再要拍桌子，摔东西的大闹，然而这时却有一根极坚固极大的无形的情线把你和她牵住，要使你们互相接近。你到了快归家时，你心里必定是"归心如箭"，你到了有机会时，必定要立刻的接了她出来同住。有几个朋友，在外面当教员的，一到暑假，经过上海回家时，必定是极匆忙的回去，多留一天也不肯。"他是急于要想和他夫人见面呢，"大家都嘲笑似的谈着。那不必笑，换了你，也是要如此的。

这也无庸讳言，我在这里，当然的，时时要想念到她。我写了好几封信给她，去邀她来。"如果路上没有伴，可叫江妈同来。"但她回了信，都说不能来。我们大约每天总有一封信来往，有时有两封信，然而写了信，读了信，却更引起了离别之感。偶然她有一天没有信来，那当然是要整天的不安逸的。

"铎，你不在，我怎么都不舒服，常常的无端生气，还哭了几次呢。你什么时候才能回来呢？"这是她在我走了第二日写来的信。

凄然的离情，弥漫了全个心头，眼眶中似乎有些潮润，良久，良久，还觉得不大舒适。

听心南先生说，有两位女同事写信告诉他，要在山上来住。那是很好的机会，可以与箴结伴同行的。我兴匆匆的写了信去约她。但她们却终于没有成行，当然她也不来了。我每天匆匆的工作着，预备早几天把要做的工做完。她既不能来，还是我早些回去吧。

有一次，我写信叫她寄了些我爱吃的东西来。她回信道："明后天有两位你所想不到的人上山来,我当把那些东西托他们带上。"

这两位我所想不到的人是谁呢?执了信沉吟了许久,还猜不出。也许是那两位女同事也要来了吧?也许是别的亲友们吧?我也曾写信去约圣陶、予同他们来游玩几天,也许竟是他们吧?

一天过去了,两天过去了,这两位还没有到,我几乎要淡忘了这事。

第三夜,十点钟的左右,我已经脱了衣,躺在床上看书。倦意渐渐迫上眼睑,正要吹灭了油灯,楼梯上突然有一阵匆促的杂乱的足步声;这足步到了房门口,停止了。是茶房的声音叫道:

"郑先生睡了没有?楼下有两位女客要找你。"

"是找我么?"

"她说是要找你。"

我心头扑扑的跳着。女客?那两位女同事竟来了么?匆匆的穿上了睡衣,黑漆漆的摸到楼梯边,却看不出站在门外的是谁。

"铎,你想得到是我来了么?"这是箴的声音,她由轿夫执的灯笼光中先看见了我。"是江妈伴了我来的。"

这真是一位完全想不到的不速之客!

在山中,我的情绪没有比这一时更激动得厉害的了。

1926年11月28日夜追记

(选自《山中杂记》,开明书店1927年1月出版)

山　市

　　未至滴翠轩时,听说那个地方占着山的中腰,是上下山必由之路,重要的商店都开设在那里。第二次清晨到楼下观望时,却很清静,不像市场的样子。楼下只有三间铺子。商务书馆是最大,此外还有一家出卖棉织衣服店,一家五金店。东边是下山之路,一面是山壁,一面是竹林;底下是铁路饭店。"这里下山要到三桥埠才有市集呢,"茶房告诉我说。西边上去,竹荫密密的遮盖在小路上,景物很不坏!——后来我曾时时到这条路上散步,——但也不见有商店的影子。茶房说,由此上去,有好几家铺子,最大的元泰也在那里。我和心南先生沿了这条路走去,不到三四百余步,果然见几家竹器店,水果店,再过去是上海银行,元泰食物店及三五家牛肉庄,花边店,竹器店;如此而已。那就是所谓山市。但心南先生说,后山还有一个大市场,老妈子天天都到那里去买菜。

　　滴翠轩的楼廊,是最可赞许的地方,又阔又敞,眼界又远,是全座"轩"最好的所在。

一家竹器店正在编做竹的躺椅。"应该有一张躺椅放在廊前躺躺才好,"我这样想,便对这店的老板说,"这张躺椅卖不卖。"

"这是外国人定做的,您要,再替您做一张好了,三天就有。"

"照这样子,"我的身体躺在这将成的椅上试了一试,说,"还要长了二三吋。价钱要多少?"

"替外国人做,自然要贵些,这一张是四块钱,但您如果要,可以照本给您做。只要三块八角,不能再少。"

我望望心南先生,要他还价,因为这间铺子他曾买过几样东西,算是老主顾了。

"三块钱,我看可以做了,"心南先生说。

"不能,先生,实在不够本。"

"那末,三块四角钱吧,不做随便你,"我一边走,一边说。

"好了,好了,替您做一张就是。"

"三天以后,一定要有,尺寸不能短少,一定要比这张长三吋。"

"一定,一定,我们这里不会错的,说一句是一句,请先付定洋。"

我付了定洋,走了。

第二天去看,他们还没有动手做。

"怎么不做,来得及么?大后天一定要的,因为等要用。"

"有的,一定有的,请您放心。"

第三天早晨,到山上去,走过门前,顺便去看看,他们才在扎竹架子。

"明天椅子有没有?一定要送去的。"

"这两天生意太忙,对不起。后天给你送去吧。今天动手做,无论如何,明天不会好的。"

再过一天,见他们还没有把椅子送来,又跑去看。大体是已经做好了。老板说,"下午一定有,随即给你送来。"

躺在椅上试了一试,似乎不对,比前次的一张还要短。

"怎么更短了?"

"没有,先生,已经特别放长了。"

前次定做的那张椅子还挂在墙角,没有取去。

"把那张拿下来比比看。"我说。

一比,果然反短了二吋,不由人不生气!山里做买卖的人总以为比都市里会老实些,不料这种推测却完全错误!

"我不要了,说话怎么不作准?说好放长三吋的,怎么反短了二吋!"

"先生,没有短,是放长的,因为样子不同,前面靠脚处把您编得短些,所以您觉得它短了。"

"明明是短!"我用了尺去量后说。

争执了半天,结果是量好了尺寸,叫他们再做一只。两天后一定有。

这一次才没有偷减了尺寸。

每次到山脊上散步时,总觉得山后田间的景色很不坏。有一天绝早,天色还没有发亮,便起了床,自己预备洗脸水。到了一切都收拾好时,天色刚刚有些淡灰色。于是独自一人的便动身了。到了山脊,再往下走时,太阳已如大血盘似的出现于东方。山后有一个小市场,几家茶馆饭铺,几家米店,兼售青菜及鸡。还有一家肉店。集旁是一小队保安队的驻所,情况很寂寥,并不热闹。心南先生所说的市集,难道就是这里么?我有些怀疑。

由这市集再往下走,沿途风物很秀美。满山都是竹林,间有流泉淙淙的作响。有一座小桥,架于溪上,几个村姑在溪潭旁捶洗衣服。在在都可入画。只是路途渐渐的峻峭了,毁坏了,有时且寻不出途径,一路都是乱石。走了半个钟头,还没有到山脚。头上汗珠津津的渗出,太阳光在这边却还没有,因为是山阴。沿路一个人也没有遇到。良久,才见下面有一个穿蓝布衣的人向上走。到了临近,见他手执一个酱油瓶,知道是到市集去的。

"这里到山脚下还有多少路?"

他以怀疑的眼光望着我,答道:"远呢,远呢,还有三五里路呢。你到那边有什么事?"

"不过游玩游玩而已。"

"山路不好走呢。一路上都是石子,且又高峻。"

我不理他,继续的走下去,不到半里路,却到了一个村落,且路途并不坏,较上面的一段平坦多了。不知这个人为什么要说谎。一条溪水安舒的在平地上流着,红冠的白鹅安舒的在水面上游着。一群孩子立在水中拍水为戏,嘻嘻哈哈的大笑大叫,母亲们正在水边洗菜蔬。屋上的烟囱中,升出一缕缕的炊烟。

一只村犬见了生人,汪汪的大叫起来,四面的犬应声而吠,这安静的晨村,立刻充满了紧张的恐怖气象。孩子们和母亲们都停了游戏,停了工作,诧异的望着我。几只犬追逐在后面吠叫。亏得我有一根司的克护身,才能把它们吓跑了。它们只远远的追吠,不敢走近来。山行真不能不带司的克,一面可以为行山之助,一面又可以防身,走到草莽丛杂时,可以拨打开蛇虫之类,同时还可以吓吓犬!

沿了溪边走下去,一路都是水田,用竹杆搭了一座瓜架,就架在水面上;满架都是黄色的花,也已有几个早结的绿皮的瓜。那样有趣而可爱的瓜架,我从不曾见过。再下面是一个深潭,绿色的水,莹静的停储在那里,我静静的立着,可以照见自己的面貌。高山如翠绿屏风似的围绕于三面。静悄悄的一点人声鸟声都没有。能在那里静立一二个钟头,那真是一种清福。但偶一抬头,却见太阳光已经照在山腰了。

一看表,已经七点,不能不回去了。再经过那个村落时,犬和人却都已进屋去,不再看见。到了市集,却忘了上山脊的路,去问保安队,他们却说不知。保安队会不知驻在地的路径,那真有些奇闻!我不再问他们,自己试了几次,终于到达了山脊,由那里到家,便是熟路了。

　　回家后,问问心南先生,他们说的大市集原来果是那里。山市竟是如此的寂寥的,那是我初想不到的;山中人原却并不比都市中人朴无欺诈,那也是我初想不到的。

1926 年 11 月 28 日夜追记

(选自《山中杂记》,开明书店 1927 年 1 月出版)

辑二 海燕

蝴蝶的文学

一

春送了绿衣给田野,给树林,给花园;甚至于小小的墙隅屋角,小小的庭前阶下,也点缀着新绿。就是油碧色的湖水,被春风粼粼的吹动,山间的溪流也开始淙淙汨汨的流动了;于是黄的、白的、红的、紫的、蓝的以及不能名色的花开了,于是黄的、白的、红的、黑的以及不能名色的蝴蝶们,从蛹中苏醒了,舒展着美的耀人的双翼,栩栩的在花间,在园中飞了;便是小小的墙隅屋角,小小的庭前阶下,只要有新绿的花木在着的,只要有什么花舒放着的,蝴蝶们也都栩栩的来临了。

蝴蝶来了,偕来的是花的春天。

当我们在和暖宜人的阳光底下,走到一望无际的开放着金黄色的花的菜田间,或杂生着不可数的无名的野花的草地上时,大的小的蝴蝶们总在那里飞翔着。一刻飞向这朵花,一刻飞向那朵花,便是停下了,双翼也还在不息不住的扇动着。一群儿童们嬉笑着追逐在他们之后,见他们停下了,便悄悄的蹑足走近,等到他们走近时,蝴蝶却又态度闲暇的舒翼飞开了。

呵,蝴蝶!它便被追,也并不现出匆急的神气。(日本的俳句,我乐作)

在这个时候,我们似乎感得全个宇宙都耀着微笑,都泛溢着快乐,每个生命都在生长,在向前或向上发展。

二

在东方,蝴蝶是我们最喜欢的东西之一,画家很高兴画蝶。甚至于在我们古式的帐眉上,常常是绘饰着很工细的百蝶图,——我家以前便有二幅帐眉是这样的。在文学里,蝴蝶也是他们所很喜欢取用的题材之一。歌咏蝴蝶的诗歌或赋,继续的产生了不少。梁时刘孝绰有《咏素蝶》一诗:

随蜂绕绿蕙,避雀隐青薇。映日忽争起,因风乍共归。出没花中见,参差叶际飞。芳华幸勿谢,嘉树欲相依。

同时如简文帝(萧纲)诸人也作有同题的诗。于是明时有一个钱文荐的做了一篇《蝶赋》,便托言梁简文与刘孝绰同游后园,"见从风蝴蝶,双飞花上",孝绰就作此赋以献简文。此后,李商隐、郑谷、苏轼诸诗人并有咏蝶之作,而谢逸一人作了蝶诗三百首,最为著名,人称之为"谢蝴蝶"。

叶叶复翻翻,斜桥对侧门。芦花惟有白,柳絮可能温?西子寻

遗殿,昭君觅故村。年年方物尽,来别败兰荪。(李商隐作)

寻艳复寻香,似闲还似忙。暖烟沉蕙径,微雨宿花房。书幌轻随梦,歌楼误采妆。王孙深属意,绣入舞衣裳。(郑谷作)

双眉卷铁丝,两翅晕金碧。初来花争妍,忽去鬼无迹。(苏轼作)

何处轻黄双小蝶,翩翩与我共徘徊。绿阴芳草佳风月,不是花时也解来。(陆游作)

桃红李白一番新,对舞花前亦可人。才过东来又西去,片时游遍满园春。江南日暖午风细,频逐卖花人过桥。(谢逸作)

像这一类的诗,如要集在一处,至少可以成一大册呢。然而好的实在是没有多少。

在日本的俳句里,蝴蝶也成了他们所喜咏的东西,小泉八云曾著有《蝴蝶》一文,中举咏蝶的日本俳句不少,现在转译十余首于下。

就在睡中吧,它还是梦着在游戏——呵,草的蝴蝶。(护物作)

醒来!醒来!——我要与你做朋友,你睡着的蝴蝶。(芭蕉作)

呀,那只笼鸟眼里的忧愁的表示呀;——它妒羡着蝴蝶!(作者不明)

当我看见落花又回到枝上时,——呵!它不过是一只蝴蝶!(守武作)

蝴蝶怎样的与落花争轻呀!(春海作)

看那只蝴蝶飞在那个女人的身旁,——在她前后飞翔着。(素园作)

哈!蝴蝶!——它跟随在偷花者之后呢!(丁涛作)

可怜的秋蝶呀!它现在没有一个朋友,却只跟在人的后边呀!(可都里作)

至于蝴蝶们呢,他们都只有十七八岁的姿态。(三津人作)

蝴蝶那样的游戏着,——一若在这个世界上没有一个敌人似的!(作者未明)

呀,蝴蝶!——它游戏着,似乎在现在的生活里,没有一点别的希求。(一茶作)

在红花上的是一只白的蝴蝶:我不知是谁的魂。(子规作)

我若能常有追捉蝴蝶的心肠呀!(杉长作)

三

我们一讲起蝴蝶,第一便会联想到关于庄周的一段故事。《庄子·齐物论》道:"昔者庄周梦为蝴蝶,栩栩然蝴蝶也,自喻适志与,不知周也。俄然觉,则蘧蘧然周也。不知周之梦为蝴蝶与?蝴蝶之梦为周与?周与蝴蝶,则必有分矣。此之谓物化。"这一段简短的话,又合上了"庄子妻死,惠子吊之。庄子则方箕踞,鼓盆而歌"(《至乐篇》)的一段话,后来便演变成了一个故事。这故事的大略是如此:庄周为李耳的弟子,尝昼寝梦为蝴蝶,"栩栩然于园林花草之间,其意甚适。醒来时,尚觉臂膊如两翅飞动,心甚异之。以后不时有此梦。"他便将此梦诉之于师。李耳对他指出夙世因缘。原来那庄生是混沌初分时一个白蝴蝶,因偷采蟠桃花蕊,为王母位下守花的青鸾啄死。其神不散,托生于世做了庄周。他被师点破前生,便把世情看做行云流水,一丝不挂。他娶妻田氏,二人共隐于南华山。一日,庄周出游山下,见一新坟封土未干,一少妇坐于冢旁,用扇向冢连扇不已,便问其故。少妇说,她丈夫与她相爱,死时遗言,如欲再嫁,须待坟土干了方可。因此举扇扇之。庄子便问她要过扇来,替她一扇,坟土立刻干了。少妇起身致谢,以扇酬他而去。

庄子回来，慨叹不已。田氏闻知其事，大骂那少妇不已。庄子道："生前个个说恩深，死后人人欲扇坟。"田氏大怒，向他立誓说，如他死了，她决不再嫁。不多几日，庄子得病而死。死后七日，有楚王孙来寻庄子，知他死了，便住于庄子家中，替他守丧百日。田氏见他生得美貌，对他很有情意。后来，二人竟恋爱了，结婚了。结婚时，王孙突然的心疼欲绝。王孙之仆说，欲得人的脑髓吞之才会好。田氏便去拿斧劈棺，欲取庄子之脑髓。不料棺盖劈裂时，庄子却叹了一口气从棺内坐起。田氏吓得心头乱跳，不得已将庄子从棺内扶出。这时，寻王孙时，他主仆二人早已不见了。庄子说她道："甫得盖棺遭斧劈，如何等待扇干坟！"又用手向外指道："我教你看两个人。"田氏回头一看，只见楚王孙及其仆踱了进来。她吃了一惊，转身时，不见了庄生，再回头时，连王孙主仆也不见了。"原来此皆庄生分身隐形之法"。田氏自觉羞辱不堪，便悬梁自缢而死。庄子将她尸身放入劈破棺木时，敲着瓦盆，依棺而歌。

这个故事，久已成了我们的民间传说之一。最初将庄子的两段话演为故事的在什么时代，我们已不能知道，然在宋金院本中，已有《庄周梦》的名目（见《辍耕录》），其后元、明人的杂剧中，更有几种关于这个故事的：

《鼓盆歌庄子叹骷髅》一本（李寿卿作）
《老庄周一枕蝴蝶梦》一本（史九敬先作）
《庄周半世蝴蝶梦》一本（明无名氏作）

这些剧本现在都已散逸，所可见到的只有《今古奇观》第二十回《庄子休鼓盆成大道》一篇东西。然诸院本杂剧所叙的故事，似可信其与《今古奇观》中所叙者无大区别。可知此故事的起源，必在南宋的时候，或更在其前。

四

韩凭妻的故事较庄周妻的故事更为严肃而悲惨。宋大夫韩凭,娶了一个妻子,生得十分美貌。宋康王强将凭妻夺来。凭悲愤自杀。凭妻悄悄的把她的衣服弄腐烂了。康王同她登高台远眺。她投身于台下而死。侍臣们急握其衣,却着手化为蝴蝶。(见《搜神记》)

由这个故事更演变出一个略相类的故事。《罗浮旧志》说:"罗浮山有蝴蝶洞在云峰岩下,古木丛生,四时出彩蝶,世传葛仙遗衣所化。"

我少时住在永嘉,每见彩色斑斓的大凤蝶,双双的飞过墙头时,同伴的儿童们都指着他们而唱道:"飞,飞!梁山伯,祝英台!"《山堂肆考》说:"俗传大蝶出必成双,乃梁山伯、祝英台之魂,又韩凭夫妇之魂,皆不可晓。"梁、祝的故事,与韩凭夫妻事是绝不相类的,是关于蝴蝶的最凄惨而又带有诗趣的一个恋爱的故事。这个故事的来源不可考,至现在则已成了最流传的民间传说。也许有人以为它是由韩凭夫妻的故事蜕化而出,然据我猜想,这个故事似与韩凭夫妻的故事没有什么关系。大约是也许有的地方流传着韩凭夫妻的故事,便以那飞的双凤蝶为韩凭夫妻。有的地方流传着梁山伯、祝英台的故事,便以那双飞的凤蝶为梁山伯、祝英台。

梁山伯是梁员外的独生子,他父亲早死了。十八岁时,别了母亲到杭州去读书。在路上遇见祝英台;祝英台是一个女子,假装为男子,也要到杭州去读书。二人结拜为兄弟,同到杭州一家书塾里攻学。同居了三年,山伯始终没有看出祝英台是女子。后来,英台告辞先生回家去了;临别时,悄悄的对师母说,她原是一个女子,并将她恋着山伯的情怀诉述出。山伯送英台走了一程;她屡以言挑探山伯,欲表明自己是女子,而山伯俱不悟。于是,她说道,她家中有一个妹妹,面貌与她一样,性情也与她一样,尚未定婚,叫他去求亲。二人就此相别。英台到了家中,时时恋念着山伯,怪他为什么好久不来求婚。后来,有一个马翰林来替他的儿子文才向英台父母求婚,他们竟答应了他。英台得知这个消息,心中郁郁不乐。这时,山伯在杭州也时时恋念着英台,——是朋友的恋念。一天,师母见他忧郁不想读书的神情,知他是在想念着英台,便告诉他英台临别时所说的话,并述及英台之恋爱他。山伯大喜欲狂,立刻束装辞师,到英台住的地方来。不幸他来得太晚了,太晚了! 英台已许与马家了! 二人相见述及此事,俱十分的悲郁,山伯一回家便生了病,病中还一心恋念着英台。他母亲不得已,只得差人请英台来安慰他。英台来了,他的病觉得略好些。后来,英台回家了,他的病竟日益沉重而至于死。英台闻知他的死耗,心中悲抑,如不欲生。然她的喜期也到了。她要求须先将喜轿至山伯墓上,然后至马家,他们只得允许了她这个要求。她到了坟上,哭得十分伤心,欲把头撞死在坟石上,亏得丫环把她扯住了。然山伯的魂灵终于被她感动了,坟盖突然的裂开了。英台一见,急忙钻入坟中。他们来扯时,坟石又已合缝,只见她的裙儿飘在外面而不见人。后来他们去掘坟。坟掘开了,不惟山伯的尸体不见,便连英台的尸体也没有了,只见两个大凤蝶由坟的破处飞到外面,飞上天去。他们知道二人是化蝶飞去了。

这个故事感动了不少民间的少年男女。看它的结束甚似《华山畿》的故事。《古今乐录》说:"《华山畿》者,宋少帝时《懊恼》一曲,亦变曲也。少帝时南徐一士子,从华山畿往云阳,见客舍有女子,年十八九。悦之无因,遂感心疾。母问其故,具以启母,母为至华山寻访,见女,具说,女闻感之,因脱蔽膝;令母密置其席下,卧之当已。少日果差。忽举席见蔽膝而抱持,遂吞食而死。气欲绝,谓母曰:'葬时,车载从华山度。'母从其意。比至女门,牛不肯前,打拍不动。女曰:'且待须臾。'装点沐浴既而出,歌曰:'华山畿,君既为侬死,独活为谁施! 欢若见怜时,棺木为侬开。'棺应声开。女遂入棺。家人扣打,无如之何,乃合葬,呼曰神女冢。"也许便是从《华山畿》的故事里演变而成为这个故事的。

047

五

梁山伯、祝英台以及韩凭夫妻，在人间不能成就他们的终久的恋爱，到了死后，却化为蝶而双双的栩栩的飞在天空，终日的相伴着。同时又有一个故事，却是蝶化为女子而来与人相恋的。《六朝录》言刘子卿住在庐山，有五彩双蝶，来游花上，其大如燕。夜间，有两个女子来见他，说："感君爱花间之物，故来相谐，君子其有意乎？"子卿笑："愿伸缱绻。"于是这两个女子便每日到子卿住处来一次，至于数年之久。

蝶之化为女子，其故事仅见于上面的一则，然蝶却被我东方人视为较近于女性的东西。所以女子的名字用"蝶"字的不少，在日本尤其多（不过男子也有以蝶为名）。现在的舞女尚多用蝶花、蝶吉、蝶之助等名。私人的名字，如"谷超"（Kocho），或"超"（Cho），其意义即为蝴蝶。陆奥的地方，尚存称家中最幼之女为太郭娜（Tekona）之古俗，太郭娜即陆奥土语之蝴蝶。在古时，太郭娜这个字又为一个美丽的妇人的别名。

然在中国蝶却又为人所视为轻薄无信的男子的象征。粉蝶栩栩的在花间飞来飞去，一时停在这朵花上，隔一瞬，又停在那一朵花上，正如情爱不专一的男子一样。又在我们中国最通俗的小说如《彭公案》之类的书，常见有花蝴蝶之名；这个名字是给与那些喜爱任何女子的色情狂的盗贼的。他们如蝴蝶之闻花的香气即飞去寻找一样，一见有什么好女子，便追踪于他们之后，而欲一逞。

在这个地方，所指的蝴蝶便与上文所举的不同，已变为一种慕逐女子的男性，并非上文所举的女性的象征了。所以，蝴蝶在我们东方的文学里，原是具有异常复杂的意义的。

六

蝶在我们东方，又常被视为人的鬼魂的显化。梁、祝及韩凭的二故事,似也有些受这个通俗的观念的感发。这种鬼魂显化的蝶,有时是男子显化的,有时是女子显化的。《春渚纪闻》说,建安章国老之室宜兴潘氏,既归国老,不数岁而卒。其终之日,室中飞蝶散满,不知其数。闻其始生,亦复如此。既设灵席,每展遗像,则一蝶停立久之而去。后遇避讳之日,与曝像之次,必有一蝶随至,不论冬夏也。其家疑其为花月之神。这个故事还未说蝶就是亡去少妇的魂。《癸辛杂识》所记的二事,仍直捷的以蝶为人的魂化:"杨昊字明之,娶江氏少女,连岁得子。明之客死之明日,有蝴蝶大如掌,徊翔于江氏旁,竟日乃去。及闻讣,聚族而哭,其蝶复来,绕江氏,饮食起居不置也。盖明之未能割恋于少妻稚子,故化蝶以归尔……杨大芳娶谢氏,谢亡未殓。有蝶大如扇,其色紫褐,翩翩自帐中徘徊飞集窗户间,终日乃去。"

  日本的故事中,也有一则关于魂化为蝶的传说。东京郊外的某寺坟地之后,有一间孤零零立着的茅舍,是一个老人名为高滨(Takahama)的所住的房子。他很为邻居所爱,然同时人又多目之为狂。他并不结婚,所以只有一个人。人家也没有看见他与什么女子有关系。他如此孤独的住着,不觉已有五十年了。某一年夏天,他得了一病,自知不起,便去叫了弟媳及她的一个三十岁的儿子来伴他。某一个晴明的下午,弟媳与她的儿子在床前看视他,他沉沉的睡着了。这时有一只白色大蝶飞进屋,停在病人的枕上。老人的侄用扇去逐她,但逐了又来。后来她飞出到花园中,侄也追出去,追到坟地上。她只在他面前飞,引他深入坟地。他见这蝶飞到一个妇人坟上,突然的不见了。他见坟石上刻着这妇人名明子(Akiko),死于十八岁。这坟显然已很久了,绿苔已长满了坟石上。然这坟收拾得干净,鲜花也放在坟前,可见还时时有人在看顾她。这少年回到屋内时,老人已于睡梦中死了,脸上现出笑容。这少年告诉母亲在坟地上所见的事,他母亲道:"明子!唉!唉!"少年问道:"母亲,谁是明子?"母亲答道:"当你伯父少年时,他曾与一个可爱的女郎名明子的定婚。在结婚前不久,她患肺病而死。他十分的悲切。她葬后,他便宣言此后永不娶妻,且筑了这座小屋在坟地旁,以便时时可以看望她的坟。这已是五十年前的事了。在这五十年中,你伯父不问寒暑,天天到她坟上祷哭,且以物祭之。但你伯父对人并不提起这事。所以,现在,明子知他将死,便来接他:那大白蝶就是她的魂呀。"

在日本又有一篇名为《飞的蝶簪》的通俗戏本,其故事似亦是从鬼魂化蝶的这个概念里演变出。蝴蝶是一个美丽的女子,因被诬犯罪及受虐待而自杀。欲为她报仇的人怎么设法也寻不出那个害她的人。但后来,这个死去妇人的发簪,化成了一只蝴蝶,飞翔于那个恶汉藏身的所在之上面,指导他们去捉他,因此得报了仇。

七

《蝴蝶梦》一剧是中国古代很流行的剧本之一,宋、金院本中有《蝴蝶梦》的一个名目,元剧中有关汉卿的一本《包待制三勘蝴蝶梦》,又有萧德祥的一本同名的剧本。现在,关汉卿的一本尚存在于《元曲选》中。

这个戏剧的故事,也是关于蝴蝶的,与上面所举的几则却俱不同。大略是如此:王老生了三个儿子,都喜欢读书。一天,他上街替儿子们买些纸笔,走得乏了,在街上坐着歇息,不料因冲着马头,却被骑马的一个势豪名葛彪的打死了。三个儿子听见父亲为葛彪打死,便去寻他报仇,也把他打死了。他们都被捉进监狱。审判官恰是称为中国的苏罗门的包拯。当他大审此案之前,曾梦自己走进一座百花烂漫的花园,见一个亭子上结下个蛛网。花间飞来一个蝴蝶,正打在网中,却又来了一个大蝴蝶,把他救出。后来,又来第二个蝴蝶打在网中,也被大蝴蝶救了。最后来了一个小蝴蝶,打在网上,却没有人救,那大蝴蝶两次三番只在花丛上飞,却不去救。包拯便动了恻隐之心,把这小蝴蝶放走了。醒来时,却正要审问王大、王二、王三打死葛彪的案子。他们三个人都承认葛彪是自己打死的,不干兄或弟的事。包拯说,只要一个人抵命,其他二人可以释出。便问他们的母亲,要哪一个去抵命。她说,要小的去。包拯道:"为什么?小的不是你养的么?"母亲悲哽的说道:"不是的,那两个,我是他们的继母,这一个是我的亲儿。"包拯为这个贤母的举动所感动,便想道:"梦见大蝴蝶救了两个小蝶,却不去救第三个,倒是我去救了他。难道便应在这一件事上么?"于时他假判道,"王三留此偿命",同时却悄悄的设法,把王三也放走了。

八

还有两则放蝶的故事,也可以在最后叙一下。

唐开元的末年,明皇每至春时,即旦暮宴于宫中,叫嫔妃们争插艳花。他自己去捉了粉蝶来,又放了去。看蝶飞止在那个嫔妃的上面,他便也去止宿于她的地方。后来因杨贵妃专宠,便不复为此戏(见《开元天宝遗事》)。

这一则故事,没有什么很深的意味,不过表现出一个淫佚的君王的佚事的一幕而已。底下的一则,事虽略觉滑稽,却很带着人道主义的精神。

长山王进士屿生为令时,每听讼,按律之轻重,罚令纳蝶自赎。堂上千百齐放,如风飘碎锦:王乃拍案大笑。一夜,梦一女子衣裳华好,从容而入曰:"遭君虐政,姊妹多物故,当使君先受风流之小谴耳。"言已,化为蝶,回翔而去。明日,方独酌署中,忽报直指使至,皇遽而出。闺中戏以素花簪冠上,忘除之。直指见之,以为不恭,大受斥骂而返。由是罚蝶令遂止(见《聊斋志异》卷十五)。

(《海燕》,上海新中国书局1932年7月版)

离 别

一

别了,我爱的中国,我全心爱着的中国,当我倚在高高的船栏上,见着船渐渐的离岸了,船与岸间的水面渐渐的阔了,见着许多亲友挥着白巾,挥着帽子,挥着手,说着 Adieu,Adieu!① 听着鞭炮劈劈拍拍的响着,水兵们高呼着向岸上的同伴告别时,我的眼眶是润湿了,我自知我的泪点已经滴在眼镜面了,镜面是模糊了,我有一种说不出的感动!

船慢慢的向前驶着,沿途见了停着的好几只灰色的白色的军舰。不,那不是悬着青天白日满地红的国旗的,它们的旗帜是"红日",是"蓝白红",是"红蓝条交叉着"的联合旗,是有"星点红条"的旗!

两岸是黄土和青草,再过去是两条的青痕,再过去是地平上的几座小岛山,海水满盈盈的照在夕阳之下,浪涛如顽皮的小童似的跳跃不

---

① 法语:"再会,再会!"

定。水面上现出一片的金光。

别了,我爱的中国,我全心爱着的中国!

我不忍离了中国而去,更不忍在这大时代中放弃每人应做的工作而去,抛弃了许多亲爱的勇士们在后面,他们是正用他们的血建造着新的中国,正在以纯挚的热诚,争斗着,奋击着。我这样不负责任的离开了中国,我真是一个罪人!

然而我终将在这大时代中工作着的,我终将为中国而努力,而呈献了我的身,我的心;我别了中国,为的是求更好的经验,求更好的奋斗的工具。暂别了,暂别了,在各方面争斗着的勇士们,我不久即将以更勇猛的力量加入你们当中了。

当我归来时,我希望这些悬着"红日"的,"蓝白红"的,有"星点红条"的,"红蓝条交叉着"的一切旗帜的白色灰色的军舰都已不见了,代替它们的是我们的可喜爱的悬着我们的旗帜的伟大舰队。

如果它们那时还没有退去中国海,还没有为我们所消灭,那末,来,勇士们,我将加入你们的队中,以更勇猛的力量,去压迫它们,去毁灭它们!

这是我的誓言!

别了,我爱的中国,我全心爱着的中国!

二

别了,我最爱的祖母、母亲、妹妹以及一切亲友们!我没有想到我动身得那末匆促。我决定动身,是在行期前的七天;跑去告诉祖母和许多亲友们,是在行期前的五天。我想我们的别离至多不过是两年,三年,然而我心里总有一种离愁堆积着。两三年的时光,在上海住着是如燕子疾飞似的匆匆滑过去了,然而在孤身栖止于海外的游子看来,是如何漫长的一个时间呀!在倚间而望游子归来的祖母、母亲们和数年来终日聚首的爱友们看来,又是如何漫长的一个时期呀!祖母在半年来,身体又渐渐的恢复康健了,精神也很好,所以我敢于安心远游。要在半年前,我真的不忍与她相别呢!然而当她听见我要远别的消息时,她口里不说什么,还很高兴的鼓励着我,要我保重自己的身体,在外不像在家,没有人细心照应了,饮食要小心,被服要盖得好些,落在床下是不会有人来拾起了;又再三叮嘱着我,能够早回,便早些回来。她这些话是安舒的慈爱的说着的,然而在她慢缓的语声中,在她微蹙的眉尖上,我已看出她是满孕着难告的苦闷与别意。不忍与她的孩子离别,而又不忍阻挡他的前进,这其间是如何的踌躇苦恼,不安!人非铁石,谁不觉此!第二天,第三天,她的筋痛的旧病,便又微微的发作了。这是谁的罪过!行期前一天的晚上,我去向她告别;勉强装出高兴的样子,要逗引开她的忧怀别绪;她也勉强装着并不难过的样子,这还不是她也怕我伤心么?在强装的笑容间,我看出万难遮盖的伤别的阴影。她强忍着呢!以全力忍着呢!母亲也是如此,假定她们是哭了,我一定要弃了我离国的决心!一定的!这夜临别时,我告诉她们说,第二天还要来一次。但是,不,第二天,我决不敢再去向她们告别了。我真怕摇动了我的离国的决心!我宁愿负一次说谎的罪,我宁愿负一次不去拜别的罪!

岳父是真希望我有所成就的,他对于我的离国,用全力来赞助。他老人家仆仆的在路上跑,为了我的事,不知有几次了!托人,找人帮忙,换钱……都是他在忙着。我不知将如何说感谢的话好!然而临别时,他也不免有戚意。我看他扶着箴,在太阳光中,忙乱的码头上站着,挥着手,我真的感动得说不出话来。

许多朋友,亲戚……他们都给我以在我预想以上之帮忙与亲切的感觉,这使我便不忍于离别了!

果然如此的轻于言离别,而又在外游荡着,一无所成,将如何的伤了祖母、母亲、岳父以及一切亲友的心呢!

别了,我最爱的祖母以及一切亲友们!

三

当我与岳父同车到商务去时,我首先告诉他我将于二十一日动身了。归家时,我将这话第二次告诉给箴,她还以为我是与她开开玩笑的。

"哪里的话!真的要这末快动身么?"

"哪一个骗你,自然是真的,因为有同伴。"

她还不信,摇摇头道:"等爸爸回来问他看。你的话不能信。"

岳父回来,她真的去问了。

"哪里会假的;振铎一定要动身了,只有六七天工夫。快去预备行装!"他微笑的说着。

箴有些愕然了,"爸爸也骗我!"

"并没有骗你,是一点不假的事。"他正经的说道。

她不响了,显然的心上罩了一层殷浓的苦闷。

"铎,你为什么这样快动身?再等几时,八月间再走不好么?"箴的话声有些生涩,不如刚才的轻快了。

一天天的过去,我们俩除同出去置办行装外,相聚的时候很少,我每天还去办公,因为有许多事要结束。

每个黄昏,每个清晨,她都以同一的凄声向我说道:"铎,不要走了吧!"

"等到八月间再走不好么?"

我踌躇着,我不能下一个决心,我真的时时刻刻想不走。去年我们俩一天的相离,已经不可忍受了,何况如今是两三年的相别呢?

我真的不想走!

"泪眼相见,觉无语幽咽,"在别前的三四天已经是如此了。每天的早餐,我都咽不下去,心上似有千百重的铅块压着,说不出的难过。当护照没有签字好时,箴暗暗的希望着英法领事拒绝签字,于是我可以不走了。我也竟是如此的暗暗的希望着。

当许多朋友请我们钱别宴上,我曾笑对他们说道:"假定我不走呢,吃了这一顿饭要不要奉还?"这不是一句笑话,我是真的这样想呢。即在整理行装时,我还时时的这样暗念着:"姑且整理整理,也许去不成。"

然而护照终于签了字,终于要于第二天动身了。

只有动身的那一天早晨,我们俩是始终的聚首着。我们同倚在沙发上。有千万语要说,却一句也都说不出,只是默默的相对。

箴鸣咽的哭了,我眼眶中也装满了热泪。谁能吃得下午饭呢!

码头上,握了手后,我便上船了,船上催送客者回去的铃声已经丁丁的摇着了。我倚在船栏上,她站在岳父身边,暗暗的在拭泪。中间隔的是几丈的空间,竟不能再一握手,再一谈话。此情此景,将何以堪!最后,岳父怕她太伤心了,便领了她先走。那临别的一瞬,她已经不能再有所表示了,连手也不能挥送,只慢慢的走出码头,她的手握着白巾,在眼眶边不停的拭着。我看着她的黄色衣服,她的背影,渐渐的远了,消失在过道中了!

"黯然魂消者惟别而已矣!"

Adieu! Adieu!

希望几个月之后——不敢望几天或几十天,在国外再有一次"不速之客"的经历。

"别离"那真不是容易说的!

(选自《海燕》,上海新中国书局 1932 年 7 月出版)

海　燕

　　乌黑的一身羽毛，光滑漂亮，积伶积俐，加上一双剪刀似的尾巴，一对劲俊轻快的翅膀，凑成了那样可爱的活泼的一只小燕子。当春间二三月，轻飔微微的吹拂着，如毛的细雨无因的由天上洒落着，千条万条的柔柳，齐舒了它们的黄绿的眼，红的白的黄的花，绿的草，绿的树叶，皆如赶赴市集者似的奔聚而来，形成了烂熳无比的春天时，那些小燕子，那末伶俐可爱的小燕子，便也由南方飞来，加入了这个隽妙无比的春景的图画中，为春光平添了许多的生趣。小燕子带了它的双剪似的尾，在微风细雨中，或在阳光满地时，斜飞于旷亮无比的天空之上，唧的一声，已由这里稻田上，飞到了那边的高柳之下了。再几只却隽逸的在粼粼如穀纹的湖面横掠着，小燕子的剪尾或翼尖，偶沾了水面一下，那小圆晕便一圈一圈的荡漾了开去。那边还有飞倦了的几对，闲散的憩息于纤细的电线上，——嫩蓝的春天，几支木杆，几痕细线连于杆与杆间，线上是停着几个粗而有致的小黑点，那便是燕子，是多末有趣的一幅图画呀！还有一家家的快乐家庭，他们还特为我们的小燕子备了一个两个小巢,放在厅梁的最高处,假如这家有了一个匾额,那匾后便是小燕子最好的安巢之所。第一年,小燕子来住了,第二年,我们的小燕子,就是去年的一对,它们还要来住。

"燕子归来寻旧垒"。

还是去年的主,还是去年的宾,他们宾主间是如何的融融泄泄呀!偶然的有几家,小燕子却不来光顾,那便很使主人忧戚,他们邀召不到那末隽逸的嘉宾,每以为自己运命的塞劣呢。

这便是我们故乡的小燕子,可爱的活泼的小燕子,曾使几多的孩子们欢呼着,注意着,沉醉着,曾使几多的农人们市民们忧戚着,或舒怀的指点着,且曾平添了几多的春色,几多的生趣于我们的春天的小燕子!

如今,离家是几千里!离国是几千里!托身于浮宅之上,奔驰于万顷海涛之间,不料却见着我们的小燕子。

这小燕子,便是我们故乡的那一对,两对么?便是我们今春在故乡所见的那一对,两对么?

见了它们,游子们能不引起了,至少是轻烟似的,一缕两缕的乡愁么?

海水是皎洁无比的蔚蓝色,海波是平稳得如春晨的西湖一样,偶有微风,只吹起了绝细绝细的千万个粼粼的小皱纹,这更使照晒于初夏之太阳光之下的、金光烂灿的水面显得温秀可喜。我没有见过那末美的海!天上也是皎洁无比的蔚蓝色,只有几片薄纱似的轻云,平贴于空中,就如一个女郎,穿了绝美的蓝色夏衣,而颈间却围绕了一段绝细绝轻的白纱巾。我没有见过那末美的天空!我们倚在青色的船栏上,默默的望着这绝美的海天;我们一点杂念也没有,我们是被沉醉了,我们是被带入晶天中了。

就在这时,我们的小燕子,二只,三只,四只,在海上出现了。它们仍是隽逸的从容的在海面上斜掠着,如在小湖面上一样;海水被它的似剪的尾与翼尖一打,也仍是连漾了好几圈圆晕。小小的燕子,浩莽的大海,飞着飞着,不会觉得倦么?不会遇着暴风疾雨么?我们真替它们担心呢!

小燕子却从容的憩着了。它们展开了双翼,身子一落,落在海面上了,双翼如浮圈似的支持着体重,活是一只乌黑的小水禽,在随波上下的浮着,又安闲,又舒适。海是它们那末安好的家,我们真是想不到。

在故乡,我们还会想象得到我们的小燕子是这样的一个海上英雄么?

海水仍是平贴无波,许多绝小绝小的海鱼,为我们的船所惊动,群向远处窜去;随了它们飞窜着,水面起了一条条的长痕,正如我们当孩子时之用瓦片打水镖在水面所划起的长痕。这小鱼是我们小燕子的粮食么?

小燕子在海面上斜掠着,浮憩着。它们果是我们故乡的小燕子么?

啊,乡愁呀,如轻烟似的乡愁呀!

(选自《海燕》,上海新中国书局 1932 年 7 月出版)

大佛寺

祝福那些自由思想者!

挂了黄布袋去朝山,瘦弱的老妇,娇嫩的少女,诚朴的村农,一个个都虔诚的一步一挨的,甚至于一步一拜的,登上了山;口里不息的念着佛,见蒲团就跪下去磕头,见佛便点香点烛。自由思想者站在那里看着笑着,"呵,呵,那一班愚笨的迷信者,"一个蓝布衣衫,拖着长辫的农人,一进门便猛拜下去,几乎是朝了他拜着,这使他吓了一跳,便打断了他的思想。

几个教徒,立在小教堂门外唱着赞美诗,唱完后便有一个在宣讲"道理",四周围上了许多人听着,大多数是好事的小孩子们,自由思想者经过了那里,不禁嗤了一声,连站也不一站的走过了。

几个教徒陪他进了一座大礼拜堂。礼拜堂门口放了两大石盆,盛着圣水,教徒们用手蘸了些圣水,在胸前画了一个十字,便走进了。大殿的四周都是一方一方的小方格,立着圣像,各有一张奇形的椅子,预备牧师们听忏悔者自白时用的。那里是很庄严的。然而自由思想者是漠然淡然的置之。

祝福那些自由思想者！

然而自由思想者果真漠然淡然么？

他嗤笑那些专诚的朝山者，传道者，烧香者，忏悔者；真的是！然而他果真漠然淡然么？

不，不！

黄色的围墙，庄严的庙门，四个极大的金刚神分站左右。一二人合抱不来的好多根大柱，支持着高难见顶的大殿；香烟缭绕着；红烛熊熊的点在三尊金色的大佛之前，签筒的嗒的嗒的作响，时有几声低微的宣扬佛号之声飘过你的耳边。你是被围抱在神秘的伟大的空气中了。你将觉得你自己的空虚，你自己的渺小，你自己的无能力；在那里你是与不可知的运命，大自然，宇宙相见了。你将茫然自失，你将不再嗤笑了。

尖耸天空的高大建筑，华丽而整洁的窗户，地板，雄伟的大殿，十字架上是又苦楚，又慈悲的耶稣，一对对的纯洁无比的白烛燃着。殿前是一个空棺，披罩着绣着白十字的黑布，许多教徒的尸体是将移停于此的。静悄悄的一点声响也没有；连苍蝇展翼飞过之声也会使你听见。假使你有意的高喊一声，那你将见你的呼声凄楚的自灭于空虚中。这里，你又被围抱在别一个伟大的神秘的空气中了。你受到一种不可知的由无限之中而来的压迫。你又觉得你自己是空虚，渺小，无能力。你将茫然自失，你将不再嗤笑了。

便连几缕随风飘荡的星期日的由礼拜堂传出的风琴声，赞歌声以及几声断续的由寺观传到湖上的薄暮的钟声，鼓声，也将使你感到一种压迫，一种神秘，一种空虚。

那些信仰者是有福了。

呵，我们那些无信仰者，终将如浪子似的，如秋叶似的萎落在飘流在外面么？

我不敢想，我不愿想。

我再也不敢嗤笑那些专诚的信仰者。

我怎敢踏进那些"庄严的佛地"呢？然而，好奇心使我们战胜了这些空想，而去访问科仑布的大佛寺。

无涯的天，无涯的海，同样的甲板，餐厅，卧房，同样的人物，同样的起，餐，散步，谈话，睡，真使人们厌倦了；我们渴欲变换一下沉闷空气。于是我们要求新奇的可激动的事物。

到了科仑布，我们便去访问那久已闻名的大佛寺。我们预备着领受那由无限的主者，由庄严的佛地送来的压迫。压迫，究之是比平淡无奇好些的。

呵，呵，我们预备着怎样的心情去瞻仰这古佛，这伟佛，这只有我们自己知道。

到了！一所半西式的殿宇，灰白色的墙，并不庄严的立在南方的晚霞中。到了！我有些不信。那不是我们所想象的"佛地"，没有黄墙，没有高殿，没有一切一切，一进门是一所小园，迎面便是大卧佛所在的地方。我们很不满意，如预备去看一场大决斗的人，只见得了平淡的和解之结局一样的不满意。我们直闯进殿门。刚要揭开那白色嵌花的门帘时，一个穿黄色的和尚来阻止了。"不，"他说，"请先脱了鞋子。"于是我们都坐到长凳上脱下了皮鞋，用袜走进光滑可鉴的石板上。微微的由足底沁进阴凉的感触。大佛就在面前了。他慈和的倚卧着，高可一二丈，长可四五丈，似是新塑造的，油漆光亮亮的。四周有许多小佛，高鼻大脸，与中国所塑的罗汉之类面貌很不相同。"那都是新的呢，"同行的魏君说。殿的四周都是壁画，也似乎是新画上去的。佛前有好些大理石的供桌，桌上写着某人献上，也显然是新的。

那不是我们所想象的大佛寺里的大卧佛！

不必说了，我们是错走入一个新的佛寺里来了！

然而,光洁无比的供桌,堆着许多许多"佛花",神秘的花香,一阵阵扑到鼻上来时;有几个土人,带了几朵花来,放在桌上合掌向佛,低微的念念有词;风吹动门帘,那帘上所系的小铜铃,便叮令作声。我呆呆的立住,不忍立时走开。即此小小的殿宇,也给我以所预想的满足。

我并不懊悔;那便是大佛寺,那便是那古旧的大卧佛!

出门临上车时,车夫指着庭中一个大围栏说,"那是一株圣树。"圣树枝叶披离,已是很古老了。树下是一个佛龛,龛前一个黑衣妇人,伏在地上默默的祷告着。

呵,怕吃辣的人,尝到一点辣味已经足够了。

(选自《海燕》,上海新中国书局1932年7月出版)

阿剌伯人

　　阿剌伯人曾给世界——至少是欧洲——的人类以强大的战栗过；那些骑士，跨着阿剌伯种的壮马，执着长枪，出现于无边无际的平原高原上，野风刚劲的吹拂着，黄草垂倒了它们的头，而这些壮士们凛然的向着朝阳立着，威美而且庄严，便连那映在朝阳下的黑影子也显得坚定而且勇毅。啊，那些阿剌伯人，那些人类之鹰的阿剌伯人！

　　据说，如今长枪虽然换了火枪，他们的国土虽然被掠夺于他人之手，然而他们却还不减于前的勇鸷。

　　船由东而西，快要转折而北了，停泊的地方是亚丁。啊，亚丁，那是阿剌伯人的大本营呀！

　　上船来的是卖杂物的黑人，那细细的黑发，紧紧的拳曲在头上，那皮肤黑得如漆，显得那牙齿更白。夹杂在这些黑人之中的是阿剌伯人，有的瘦而微黑，有的肥胖。头上戴的是红毡的高帽子；他们是不异于印度人的，是不异于我们故乡的人的，是不异于日本人的；他们并不可怕。他们将那掮着的毛布，驼（鸵）鸟毛扇子等等，陈列在我们之前，笑嘻嘻的在邀致生意。

那还是执长枪,跨壮马,驰骋于战场之下的阿剌伯人么?

我想起来了,那天在新加坡,为我们赶马车的和慈老头子,他并不断断争价,多给了半个银角,便笑嘻嘻的道谢的,也正是这个样子的人,也正是一个阿剌伯人呀!

啊,好和善可亲的阿剌伯人!

我们上了岸,太阳如一个绝大的火球,投射下无限的热气在我们身上。地上是一片的黄土,绝无一株绿草可见,与香港,西贡,新加坡,科仑布的情形绝不相同,那黄色的地土,也反射出无限的热气;在这上下交迫之间,我们步行不到十几步,便浑身是汗了。汗衫是湿透了,而额上的汗水尽由帽缘溜出,流得满脸都是。要用手去揩,而手背已是津津的若刚由水中伸出似的湿了。前面是一片小公园,很有布置的植种了许多树木;那树木是可怜的瘦小,那树木的枝叶是可怜的憔悴。左面是一带商店,店后便是奇形可怪的山岩,只草片苔不生的山岩,而店的隙处,便是一条通过山中而至"城内"的道路。

然而我们在寂寂悄悄的海滨大道上走着,除了洒水运货的骆驼车,除了骑在小驴子上的小阿剌伯人,除了兜揽生意的汽车夫之外,一点也没遇到什么。我们匆匆的归来,能在"阿托士"离开亚丁之前,赶得上船,还亏得是他们的指导。

那些阿剌伯人,那些和善的阿剌伯人,他们勇鸷之心,威壮之气,难道已随了时光之飞逝而消磨净尽么?

第二天清晨,"阿托士"又停泊在耶婆地了。照样的上来许多戴红毡帽的阿剌伯人,以及头发拳曲的黑人,照样的笑嘻嘻的在招揽生意。有好几个阿剌伯人,捐了笨大的布包,黑的白的驼(鸵)鸟毛扇子,由三层楼的头等舱甲板,下到我们的甲板上来;梯口已用一个短铁栏阻住了。一位"侍者"坐在梯后。他见这一队阿剌伯商人下梯来,便立起来,用破椅上拆下的木条,猛敲他们几下。有几下是敲在梯级上了,有几下是敲在他们的腿上。他们一个个见了这突如其来的打击,便惶急得惊慌得不得了。一个个都匆急的跨过短栏去。看那惶恐的样子呀,唉,我真有些不忍!然而最猛重的一下却敲在一位瘦长的老头子手指上。他痛得只是把手来摇抖,而捐的货物又笨大,一时不易跨过短栏。他心愈惶急,而愈不易跨过。在这时,他身上又着了一二下木条子。我把头回转了不忍看;我望着柔绿的海水,几只海鸥正呱呱若泣的啼着飞过去。我再回头时,他已经立在我们的甲板上,不住的抚摩着那一只被猛敲的手,还用口来吻润着。而他的脸上眼中,还依样的和善,一点也看不出恨怒的凶光。

我不知怎样的,心上突感着一种难名的苦楚和悲戚。

我面前现出一队的骑士,跨着阿剌伯种的壮马,执着长枪,出现于无边无际的平原高原上,野风刚劲的吹拂着,黄草垂倒了它们的头,而这些壮士们凛然的向着朝阳立着,威美而且庄严,便连那映在朝阳下的黑影子也显得坚定而且勇毅。

啊,啊,这些阿剌伯的商贩们便是他们的苗裔么?

我不能相信,我不忍相信!

(选自《海燕》,上海新中国书局 1932 年 7 月出版)

同舟者

今天午餐刚毕,便有人叫道:"快来看火山,看火山!"

我们知道是经过意大利了,经过那风景秀丽的意大利了;来不及把最后的一口咖啡喝完,便飞快的跑上了甲板。

船在意大利的南端驶过,明显的看得见山上的树木,山旁的房屋。转过了一个湾,便又看见西西利岛的北部了;这个山峡,水是镜般平。有几只小舟驶过,那舟上的摇橹者也可明显的数得出是几个人。到了下午二时,方才过尽了这个山峡。

啊,我们是已经过意大利了,我们是将到马赛了;许多人都欣欣的喜色溢于眉宇,而我们是离家远了,更远了!

啊,我们是将与一月来相依为命的"阿托士"告别了,将与许多我们所喜的所憎的许多同舟者告别了。这个小小的离愁也将使我们难过。真的是,如今船中已是充满了别意了;一个军官走过来说:

"明天可以把椅子抛到海上了。"

一个葡萄牙水兵操着同我们说的一般不纯熟的法语道:

"后天,早上,再会,再会!"

有的人在互抄着各人的通信地址,有的人在写着要报关的货物及衣服单,有的人在忙着收拾行装。

别了,别了,我们将与这一月来所托命的"阿托士"别了!

在这将离别的当儿,我们很想恰如其真的将我们的几个同舟者写一写;他们有的是曾给我们以许多帮忙,有的是曾使我们起了很激烈的恶感的。然而,谢上帝,我是自知自己的错误了;在我们所最厌恶者之中,竟有好几个是使我们后来改变了厌恶的态度的。愿上帝祝福他们!我是如何的自惭呀!我觉得没有一个人是压根儿的坏的。我们应该爱人类,爱一切的人类!

第一个使我们想起的是一位葡萄牙太太和她的公子。她是一位真胖的女人,终日喋喋多言。自从香港上船后,一班军官便立刻和她熟悉了,有说有笑的,态度很不稳重。许多正人君子,便很看不起她。在甲板上,在餐厅中,她立刻是一个众目所注的中心人物了。然而,后来我们知道她并不是十分坏的人。在印度洋大风浪中的几天,她都躺在房中没出来。也没人去理会她——饭厅中又已有了一个更可注目的人物了,谁还理会到她。这个后来的人物,我下文也要一写——据说,她晕船了,然而在头晕脚软之际,还勉强的挣扎着为她儿子洗衣服。刚洗不到一半,便又软软的躺在床上轻叹了一口气。她同我们很好。在晕船那几天,每天傍晚,都借了我的藤椅,躺在甲板上休息着。那几天,刚好魏也有病,他的椅子空着,我自然是很乐意的把自己所不必用的椅子借给她。她坐惯了我的椅子,每天都自动的来坐。她坐在那里,说着她的丈夫;说着她的跳舞,"别看我身子胖,许多人和我跳舞过的,都很惊诧于我的'身轻如燕'呢;"还说着她女儿时代的事;说着她剖了肚皮把孩子取出的事;说着她儿子的不听话而深为叹息。她还轻声的唱着,唱着。听见三层楼客厅里的隐约的音乐声,便双脚在甲板上轻蹬着,随了那隐约的乐声。船过了亚丁,是风平浪静了,许多倒在床上的人都又立起来活动着。魏的病也好了。我于每日午晚二餐后,便有无椅可坐之感,然而我却是不能久立的。于是,踌躇又踌躇,有一天黄昏,只得向她开口了:

"夫人,我坐一会椅子可以不可以。"

她立刻站起来了,说道:"拿去,拿去!"

"十分的对不起!"

"不要紧,不要紧。"

我把我的椅子移到西边坐着,我们的几个人都在一处。隔了不久,她又立在我们附近的船栏旁了,且久立着不走。我非常难过,很想站起来让她,然怕自此又成了例,只得踌躇着,踌躇着,这些时候是我在船上所从没有遇到的难过的心境。然而她终于走开了。自此,她有一二天不上甲板。还有一顿饭是房里吃的。后来,即上了甲板,也永远不再坐着我们的椅子。

我一见她的面,我便难过,我只想躲避了她。

她的儿子 Jim 最初也使我们不喜欢。一脸的顽皮相,我们互相说道:"这孩子,我们别惹他吧。"真的,我们一个人也不曾理他。他只同些军官们闹闹。隔了好几天,他也并不见怎么爱闹。我开始见出我的错误。到西贡后,船上又来了二个较小的孩子。Jim 带领了他们玩,也不大欺负他们。我们看不出他的坏处。在他的十岁生日时,我还为他和他母亲照了一个相。然而他母亲却终于在这日没有一点举动,也没有买一点礼物给他。在这一路上,没有见他吃过一点零食,没有见他哭过一声;对母亲也还顺和。别人上岸去,带了一包一包东西回来,他从来没有闹着要;许多卖杂物的人上船来,他也从不向他母亲要一个两个钱来买。这样的孩子还算是坏么?我颇难过自己最初对他之有了厌恶心。学昭女士还说——她本是与他们同一个房间的——每天早晨起来时,或每晚就寝时,这个孩子,一定要做一回祷告;这个小小的人儿,穿着睡衣,赤着足儿,跪在地上箱上,或板上,低声合掌的念念有词;念完了,便睁开眼望着他母亲叫了声"妈"! 这幅画够多末动人!

一位白发萧萧的老头儿,在西贡方才上船来;他的饭厅上的坐位,恰好可以给我们看得见。我不晓得他已有了多少年纪,只看他向下垂挂着的白须,迎着由窗口吹进来的风儿,一根根的微飘着;那样的银须呀,至少增加他以十分的庄严,十二分的美貌。他没有一个朋友,镇日坐着走着,精神仿佛很好。过了好几天,他忽然对我们这几个人很留意。他最先送了一个礼物来,那是由他亲手做成的,一个用线和硬纸板剪缀成的人形,把线一拉手足便会活动着。纸上还用钢笔画了许多眉目口鼻之类。老实说,这人形并不漂亮,然而这老人的皱纹重重的手中做出的礼物,我们却不能不慎重的领受着,慎重的保存着。他很好事,常常到我们桌子上来探探问问。什么在他都是新奇的;照相机也要看看,饼干也要问这是中国的或别国的;还很诧异的看着我们写字;我写着横行的字,这使他更奇怪:"是中国字么? 中国是直行向下写的。"直到了我们告诉他这是新式的写法,他方才无话;然而"诧异"似还挂在他的眉宇间。有一天,他看见一位穿着牧师的黑衣的西班牙教士来探望我们,他一直注目不已。这位教士刚走出饭厅门口,他便跑来殷殷的查问了:"是中国人么? 是天主教牧师么?"人家说,老人是像孩子的。这句话真不错。他简直是一位孩子。听说——因为我没有看见——那几天他执了剪刀、硬纸板、针和线,做了不少这些活动的人形分给同饭厅的孩子们。然而没有一个孩子和他亲热。军官们,少年们,太太们,没有一个人理会他。这几天,他是由房里取出一个袋子来,独自坐在椅上,把袋子里的绒线长针都搬出,在那里一针一针的编织着绒线衣衫。他织得真不坏! 这绒线衫是做了给谁的呢? 我猜不出,我也不想猜。

然而我每见了这位白发萧萧而带着童心的孤独的老人,我便不禁有一种无名的感动。

一位瘦瘦的男人,和一位瘦瘦的他的妻,最惹我们讨厌。第一天上船,他们的一个小孩子便啼哭不止,几乎是整夜的哭。徐袁魏三位的房门恰对着他的房门。他们谈话的声音略高,那瘦丈夫便跑来干涉,说是怕扰了孩子的睡眠。他们门窗没有放下,那瘦丈夫又跑来说,有女太太在对门不方便。这使他们非常的气愤。那样瘦得只剩皮和骷髅的脸,唇边两劈乌浓的黑胡子,一见面便使人讨厌。后来,他们终于迁居了一个房间。仿佛孩子也从此不哭了。他们夫妻俩似乎也很沉默,不大和人说话,我们也不大理会他,他们那两个孩子可真有趣。大的女孩不过五岁,已经能够做事了;当她母亲晕船的那几天,她每顿饭总要跑好几趟路,又是面包,冷水,又是菜。我见了那小小的人儿,小小的手儿,慎重其事的把大盆子大水杯子棒着,走过我的面前,我几乎要脱口的说道:"小小的朋友,让我替你拿去了吧。"当然,这不过是一瞬间的幻想,并没有真的替她拿过。他们的小女孩子,那是更小了,须有人领着,才会在甲板上走。她那双天真的小黑眼,东方人的圆圆的小脸,常常笑着看着人。我不相信,她便是那位曾终夜啼哭过的孩子。

再有,上文说起过的那位胖女人;她也是由西贡上船来的。我不是说过了么,有了她一上船,那位葡萄牙太太便失了为军官们所注意的中心人物么?她胖得真可笑,身重至少比那位葡萄牙的胖太太要加重二分之一。她终日的笑声不绝,和那些军官玩笑得更为下流。我们不由得不疑心她是一个妓女。那些和她开玩笑的军官,都是存心要逗她玩玩的,只要看他们那样的和同伴们挤小眼儿便可见。然而她似乎一点也没有觉到这些。她是真心真意的说着,笑着,唱着,闹着,快乐着,不惜以她自己为全甲板,全饭厅的人的笑料。没有一个人见了她不摇摇头。她常不穿袜子,裸着半个上身,半个下身,拖着一双睡鞋,就这样的入饭厅,上甲板。啊,那胖胖到褶挂下来的黄色肌肉,走一步颤抖一下的,使我见了几乎要发呕。我躺在藤椅上,一见她走过便连忙闭了眼不敢望她一下。没有一个同舟的人比之她使我更厌恶的。有一次,她忽然和一位兔脸儿的军官,大开玩笑。她收集了好几瓶的未吃的红酒,由这桌到那桌的收集着,尽往兔脸军官那儿送去。兔脸军官立了起来,满怀抱都是酒瓶。他做的那副神情真使人发笑。于是全饭厅的人都拍了掌。从这一天起,她便每天由这桌到那桌的收集了红酒往兔脸军官那儿送去。只有我们这个桌子,她没有来光顾过;她往往望着我们的酒瓶,我们的酒瓶早已空了。有一天,隔壁桌儿上的军官,故意的把水装满了一瓶放在我们桌上。她来取了,倒还机伶,先倒来一试,说道:"水,"又还给我们了。总算我们的桌上,她是始终没有光顾过。后来,船到了波赛,不知什么时候她已上岸了。她的坐位上换了一个讨厌新闻记者,而饭厅里不复闻有笑声。

讲起兔脸军官来,我也觉得了自己的错误,有一天,他在 Lavatory 门口对我说了一声"Bon jour"①,我勉强的还了一声。然而他除了和胖女人逗趣外,并无别的讨厌的事。在甲板上,他常常带领了几个孩子们玩耍,细心而且体贴。Jim 连连的捏了他的红鼻子,他并不生气,只是笑嘻嘻的,还替两个孩子造了两个小车,放在满甲板上跑。他总是嘻嘻笑的,对了我总是点头。

啊,在这里,人是没有讨厌的,我是自知自己的错误了。

然而那瘦脸的新闻记者,那因偷钱而被贬入四等舱而常到三等舱来的魔术家,我却是始终讨厌他们的。

不,上帝原谅我,我没有和他们深交,作兴他们也有可爱之处而为我们所不知道呢!

---

① 法语:"日安"。

还有,许许多多的军官,同伴,帮忙我们不少的,早有别的人写了,我且不重复,姑止于此。

我在此,得了一个大教训,是:人都是好的。

(选自《海燕》,上海新中国书局1932年7月出版)

宴之趣

虽然是冬天,天气却并不怎么冷,雨点淅淅沥沥的滴个不已,灰色云是弥漫着;火炉的火是熄下了,在这样的秋天似的天气中,生了火炉未免是过于燠暖了。家里一个人也没有,他们都出外"应酬"去了。独自在这样的房里坐着,读书的兴趣也引不起,偶然的把早晨的日报翻着,翻着,看看它的广告,忽然想起去看《Merry Widow》①吧。于是独自的上了电车,到派克路跳下了。

在黑漆的影戏院中,乐队悠扬的奏着乐,白幕上的黑影,坐着,立着,追着,哭着,笑着,愁着,怒着,恋着,失望着,决斗着,那还不是那一套,他们写了又写,演了又演的那一套故事。

但至少,我是把一句话记住在心上了:

"有多少次,我是饿着肚子从晚餐席上跑开了。"

这是一句隽妙无比的名句;借来形容我们宴会无虚日的交际社会,

---

① 美国影片名,中译名《风流寡妇》。

真是很确切的。

每一个商人,每一个官僚,每一个略略交际广了些的人,差不多他们的每一个黄昏,都是消磨在酒楼菜馆之中的。有的时候,一个黄昏要赶着去赴三四处的宴会。这些忙碌的交际者真是妓女一样,在这里坐一坐,就走开了,又赶到别一个地方去了,在那一个地方又只略坐一坐,又赶到再一个地方去了。他们的肚子定是不会饱的,我想。有几个这样的交际者,当酒阑灯灺,应酬完毕之后,定是回到家中,叫底下人烧了稀饭来堆补空肠的。

我们在广漠繁华的上海,简直是一个村气十足的"乡下人";我们住的是乡下,到"上海"去一趟是不容易的,我们过的是乡间的生活,一月中难得有几个黄昏是在"应酬"场中度过的。有许多人也许要说我们是"孤介",那是很清高的一个名辞。似我们实在不是如此,我们不过是不惯征逐于酒肉之场,始终保持着不大见世面的"乡下人"的色彩而已。

偶然的有几次,承一二个朋友的好意,邀请我们去赴宴。在座的至多只有三四个熟人,那一半生客,还要主人介绍或自己去请教尊姓大名,或交换名片,把应有的初见面的应酬的话呐呐的说完了之后,便默默的相对无言了。说的话都不是有着落,都不是从心里发出的;泛泛的,是几个音声,由喉咙头溜到口外的而已。过后自己想起那样的敷衍的对话,未免要为之失笑。如此的,说是一个黄昏在繁灯絮语之宴席上度过了,然而那是如何没有生趣的一个黄昏呀!

有几次,席上的生客太多了,除了主人之外没有一个是认识的;请教了姓名之后,也随即忘记了。除了和主人说几句话之外,简直的无从和他们谈起。不晓得他们是什么行业,不晓得他们是什么性质的人,有话在口头也不敢随意的高谈起来。那一席宴,真是如坐针毡;精美的羹菜,一碗碗的捧上来,也不知是什么味儿。终于忍不住了,只好向主人撒一个谎,说身体不大好过,或是说还有应酬,一定要去的。——如果在谣言很多的这几天当然是更好托辞了,说我怕戒严提早,要被留在华界之外——虽然这是无礼貌的,不大应该的,虽然主人是照例的殷勤的留着,然而我却不顾一切的不得不走了。这个黄昏实在是太难挨得过去了!回到家里以后,买了一碗稀饭,即使只有一小盏萝卜干下稀饭,反而觉得舒畅,有意味。

如果有什么友人做喜事,或寿事,在某某花园,某某旅社的大厅里,大张旗鼓的宴客,不幸我们是被邀请了,更不幸我们是太熟的友人,不能不到,也不能道完了喜或拜完了寿,立刻就托辞溜走的,于是这又是一个可怕的黄昏。常常的张大了两眼,在寻找熟人。好容易找到了,一定要紧紧的和他们挤在一处,不敢失散。到了坐席时,便至少有两三人在一块儿可以谈谈了,不至于一个人独自的局促在一群生面孔的人当中,惶恐而且空虚。当我们两三人在津津的谈着自己的事时,偶然抬起眼来看着对面的一个坐客,他是凄然无侣的坐着;大家酒杯举了,他也举着;菜来了,一个人说:"请,请,"同时把牙箸伸到盘边,他也说:"请,请,"也同样的把牙箸伸出。除了吃菜之外,他没有目的,菜完了,他便局促的独坐着。我们见了他,总要代他难过,然而他终于能够终了席方才起身离座。

宴会之趣味如果仅是这样的,那末,我们将咒诅那第一个发明请客的人;喝酒的趣味如果仅是这样的,那末,我们也将打倒杜康与狄奥尼修士了。

然而又有的宴会却幸而并不是这样的;我们也还有别的可以引起喝酒的趣味的环境。

独酌,据说,那是很有意思的。我少时,常见祖父一个人执了一把锡的酒壶,把黄色的酒倒在白磁小杯里,举了杯独酌着;喝了一小口,真正一小口,便放下了,又拿起筷子来夹菜。因此,他食得很慢,大家的饭碗和筷子都已放下了,且已离座了,而他却还在举着酒杯,不匆不忙的喝着。他的吃饭,尚在再一个半点钟之后呢。而他喝着酒,颜微酡着,常常叫道:"孩子,来,"而我们便到了他的跟前。他夹了一块只有他独享着的菜蔬放在我们口中,问道:"好吃么?"我们往往以点点头答之。在孙男与孙女中,他特别的喜欢我,叫我前去的时候尤多。常常的,他把有了短髭的嘴吻着我的面颊,微微有些刺痛,而他的酒气从他的口鼻中直喷出来。这是使我很难受的。

这样的,他消磨过了一个中午和一个黄昏。天天都是如此。我没有享受过这样的乐趣,然而回想起来,似乎他那时是非常的高兴,他是陶醉着,为快乐的雾所围着,似乎他的沉重的忧郁都从心上移开了,这里便是他的全个世界,而全个世界也便是他的。

别一个宴之趣,是我们近几年所常常领略到的,那就是集合了好几个无所不谈的朋友,全座没有一个生面孔,在随意的喝着酒,吃着菜,上天下地的谈着。有时说着很轻妙的话,说着很可发笑的话,有时是如火如剑的激动的话,有时是深切的论学谈艺的话,有时是随意的取笑着,有时是面红耳热的争辩着,有时是高妙的理想在我们的谈锋上触着,有时是恋爱的遇合与家庭的与个人的身世使我们谈个不休。每个人都把他的心胸赤裸裸的袒开了,每个人都把他的向来不肯给人看的面孔显露出来了;每个人都谈着,谈着,谈着,只有更兴奋的谈着,毫不觉得"疲倦"是怎么一个样子。酒是喝得干了,菜是已经没有了,而他们却还是谈着,谈着,谈着。那个地方,即使是很喧闹的,很湫狭的,向来所不愿意多坐的,而这时大家却都忘记了这些事,只是谈着,谈着,谈着,没有一个人愿意先说起告别的话。要不是为了戒严或家庭的命令,竟不会有人想走开的。虽然这些闲谈都是琐屑之至的,都是无意味的,而我们却已在其间得到宴之趣了;——其实在这些闲谈中,我们是时时可发现许多珠宝的;大家都互相的受着影响,大家都更进一步了解他的同伴,大家都可以从那里得到些教训与利益。

"再喝一杯,只要一杯,一杯。"

"不,不能喝了,实在的。"

不会喝酒的人每每这样的被强迫着而喝了过量的酒。面部红红的,映在灯光之下,是向来所未有的壮美的丰采。

"圣陶,干一杯,干一杯,"我往往的举起杯来对着他说,我是很喜欢一口一杯的喝酒的。

"慢慢的,不要这样快,喝酒的趣味,有于一小口一小口的喝,不在于'杯干',"圣陶反抗似的说,然而终于他是一口干了。一杯又是一杯。

连不会喝酒的愈之,雁冰,有时,竟也被我们强迫的干了一杯。于是大家哄然的大笑,是发出于心之绝底的笑。

再有,佳年好节,合家团团的坐在一桌上,放了十几双的红漆筷子,连不在家中的人也都放着一双筷子,都排着一个坐位。小孩子笑孜孜的闹着吵着,母亲和祖母温和的笑着,妻子忙碌着,指挥着厨房中厅堂中仆人们的做菜,端菜,那也是特有一种融融泄泄的乐趣,为孤独者所妒羡不置的,虽然并没有和同伴们同在时那样的宴之趣。

还有,一对恋人独自在酒店的密室中晚餐;还有,从戏院中偕了妻子出来,同登酒楼喝一二杯酒;还有,伴着祖母或母亲在熊熊的炉火旁边,放了几盏小菜,闲吃着宵夜的酒,那都是使身临其境的人心醉神怡的。

宴之趣是如此的不同呀!

(选自《海燕》,上海新中国书局 1932 年 7 月出版)

黄昏的观前街

我刚从某一个大都市归来。那一个大都市,说得漂亮些,是乡村的气息较多于城市的。它比城市多了些乡野的荒凉况味,比乡村却又少了些质朴自然的风趣。疏疏的几簇住宅,到处是绿油油的菜圃,是蓬蒿没膝的废园,是池塘半绕的空场,是已生了荒草的瓦砾堆。晚间更是凄凉。太阳刚刚西下,街上的行人便已"寥若晨星"。在街灯如豆的黄光之下,踽踽的独行着,瘦影显得更长了,足音也格外的寂寥。远处野犬,如豹的狂吠着。黑衣的警察,幽灵似的扶枪立着。在前面的重要区域里,仿佛有"站住!""口号!"的呼叱声。我假如是喜欢都市生活的话,我真不会喜欢到这个地方;我假如是喜欢乡间生活的话,我也不会喜欢到这个所在。我的天!还是趁早走了吧。(不仅是"浩然",简直是"凛然有归志"了!)

归程经过苏州,想要下去,终于因为舍不得抛弃了车票上的未用尽的一段路资,蹉跎的被火车带过去了。归后不到三天,长个子的樊与矮而美髯的孙,却又拖了我逛苏州去。早知道有这一趟走,还不中途而下,来得便利么?

　　我的太太是最厌恶苏州的,她说舒舒服服的坐在车上,走不了几步,却又要下车过桥了。我也未见得十分喜欢苏州;一来是,走了几趟都买不到什么好书,二来是,住在阊门外,太像上海,而又没有上海的繁华。但这一次,我因为要换换花样,却拖他们住到城里去。不料竟因此而得到了一次永远不曾领略到的苏州景色。

　　我们跑了几家书铺,天色已经渐渐的黑下来了,樊说,"我们找一个地方吃饭吧。"饭馆里是那末样的拥挤,走了两三家,才得到了一张空桌。街上已上了灯。楼窗的外面,行人也是那末样的拥挤。没有一盏灯光不照到几堆子人的,影子也不落在地上,而落在人的身上。我不禁想起了某一个大城市的荒凉情景,说道,"这才可算是一个都市!"

　　这条街是苏州城繁华的中心的观前街。玄妙观是到过苏州的人没有一个不熟悉的;那末粗俗的一个所在,未必有胜于北平的隆福寺,南京的夫子庙,扬州的教场。观前街也是一条到过苏州的人没有一个不曾经过的;那末狭小的一道街,三个人并列走着,便可以不让旁的人走,再加之以没头苍蝇似的乱钻而前的人力车,或箩或桶的一担担的水与蔬菜,混合成了一个道地的中国式的小城市的拥挤与纷乱无秩序的情形。

　　然而,这一个黄昏时候的观前街,却与白昼大殊。我们在这条街上舒适的散着步,男人,女人,小孩子,老年人,摩肩接踵而过,却不喧哗,也不推挤。我所得的苏州印象,这一次可说是最好。——从前不曾于黄昏时候在观前街散步过。半里多长的一条古式的石板街道,半部车子也没有,你可以安安稳稳的在街心踱方步。灯光耀耀煌煌的,铜的,布的,黑漆金字的市招,密簇簇的排列在你的头上,一举手便可触到了几块。茶食店里的玻璃匣,亮晶晶的在繁灯之下发光,照得匣内的茶食通明的映入行人眼里,似欲伸手招致他们去买几色苏制的糖食带回去。

野味店的山鸡野兔,已烹制的,或尚带着皮毛的,都一串一挂的悬在你的眼前——就在你的眼前,那香味直扑到你的鼻上。你在那里,走着,走着。你如走在一所游艺园中。你如在暮春三月,迎神赛会的当儿,挤在人群里,跟着他们跑,兴奋而感到浓趣。你如在你的少小时,大人们在做寿,或娶亲,地上铺着花毯,天上张着锦幔,长随打杂老妈丫头,客人的孩子们,全都穿戴着崭新的衣帽,穿梭似的进进出出,而你在其间,随意的玩耍,随意的奔跑。你白天觉得这条街狭小,在这时,你,才觉这条街狭小得妙。她将你紧压住了,如夜间将自己的手放在心头,做了很刺激的梦;她将你紧紧的拥抱住了,如一个爱人身体的热情的拥抱;她将所有的宝藏,所有的繁华,所有的可引动人的东西,都陈列在你的面前,即在你的眼下,相去不到三尺左右,而别用一种黄昏的灯纱笼罩了起来,使它们更显得隐约而动情,如一位对窗里面的美人,如一位躲于绿帘后的少女。她假如也像别的都市的街道那样的开朗阔大,那末,你便将永远感不到这种亲切的繁华的况味,你便将永远受不到这种紧紧的箍压于你的全身,你的全心的燠暖而温馥的情趣了。你平常觉得这条街闲人太多,过于拥挤,在这时却正显得人多的好处。你看人,人也看你;你的左边是一位时装的小姐,你的右边是几位随了丈夫父亲上城的乡姑,你的前面是一二位步履维艰的道地的苏州老,一二位尖帽薄履的苏式少年,你偶然回过头来,你的眼光却正碰在一位容光射人,衣饰过丽的少奶奶的身上。你的团团转转都是人,都是无关系的无关心的最驯良的人,你可以舒舒适适的踱着方步,一点也不用担心什么。这里没有乘机的偷盗,没有诱人入魔窟的"指导者",也没有什么电掣风驰,左冲右撞的一切车子。每一个人都是那末安闲的散步着,散步着;川流不息的在走,肩磨接踵的在走,他们永不会猛撞着你身上而过。他们是走得那末安闲,那末小心。你假如偶然过于大意的撞了人,或踏了人的足——那是极不经见的事!他们抬眼望了望你,你对他们点点头,表示歉意,也就算了。大家都感到一种的亲切,一种的无损害,一种的无忧无虑的生活;大家都似躲在一个乐园中,在明月之下,绿林之间,优闲的微步着,忘记了园外的一切。

那末鳞鳞比比的店房,那末密密接接的市招,那末耀耀煌煌的灯光,那末狭狭小小的街道,竟使你抬起头来,看不见明月,看不见星光,看不见一丝一毫的黑暗的夜天。她使你不知道黑暗,她使你忘记了这是夜间。啊,这样的一个"不夜之城"!

"不夜之城"的巴黎,"不夜之城"的伦敦,你如果要看,你且去歌剧院左近走着,你且去辟加德莱圈散步,准保你不会有一刻半秒的安逸;你得时时刻刻的担心,时时刻刻的提防着,大都市的灾害,是那末多。每个人都是匆匆的走马灯似的向前走,你也得匆匆的走;每个人都是紧张着矜持着,你也自然得会紧张着,矜持着。你假如走惯了黄昏时候的观前街,你在那里准得要吃大苦头,除非你已将老脾气改得一干二净。你假如为店铺的窗中的陈列品所迷住了,譬如说,你要站住了仔仔细细的看一下,你准得要和后面的人猛碰一下,他必定要诧异的望了望你,虽然嘴里说的是"对不起"。你也得说,"对不起",然而你也饱受了他,以至他们的眼光的冥落。你如走到了歌剧院的阶前,你如走到了那尔逊的像下,你将见斗大的一个个市招或广告牌,闪闪在放光;一片的灯火,映射着半个天空红红的。然而那里却是如此的开朗敞阔,建筑物又是那末的宏伟,人虽拥挤,却是那样的藐小可怜,Taxi 和 Bus 也如小甲虫似的,如红蚁似的在一连串的走着。大半个天空是黑漆漆的,几颗星在冷冷的映着眼看人。大都市的荣华终敌不住黑夜的侵袭。你在那里,立了一会,只要一会,你便将完全的领受到夜的凄凉了。像观前街那样的燠暖温馥之感,你是永远得不到的,你在那里是孤零的,是寂寞的,算不定会有什么飞灾横祸光临到你身上,假如你要一个不小心。像在观前街的那末舒适无虑的亲切的感觉,你也是永远不会得到的。

有观前街的燠暖温馥与亲切之感的大都市,我只见到了一个委尼司;即在委尼司的 St. Mark 方场的左近。那里也是充满了闲人,充满了紧压在你身上的燠暖的情趣的;街道也是那末狭小,也许更要狭,行人也是那末拥挤,也许更要拥挤,灯光也是那末辉辉煌煌的,也许更要辉煌。有人口口声声的称呼苏州为东方的委尼司;别的地方,我看不出,别的时候,我看不出,在黄昏时候的观前街,我却深切的感到了。——虽然观前街少了那末弘丽的 Piazza of St. Mark,少了那末轻妙的此奏彼息的乐队。

(选自《海燕》,上海新中国书局 1932 年 7 月出版)

辑三　西行书简

题　记

　　这里刊出的十几封信，都是我在平绥路上旅行时沿途寄给君箴的。本来是私信，也有不少的私话，且都是随笔挥写，不加剪裁的东西，不大愿意发表出来。但友人们见到的，却都以为应该公之于众。有人天天在嚷着开发西北；西北的现状究竟是怎样的一个情形呢？关于这一类的记载是极少。我这十几封给君箴的信，虽然对于西北社会的情形说得不多，且更偏重于古迹方面，却总有点足资未闻未见者的参考。我不愿说什么"言之者无罪，闻之者足戒"的老话。但最近的将来，就将成为问题的中心的西北，其危急的情形，以及民间的疾苦，或可于此得到些消息吧，特别是关于西蒙一方面的事。故便趁着住在上海的十天，将它们整理一下，删去一部分的"私话"将它刊之于此！却并不曾增入什么。书简本是随笔挥写的东西，也许反因其为随笔挥写之故而反能不忸怩作态吧。即有些浅陋草率之处，也便索性的让它们"过而存之"了。

　　在平绥路上，这夏天旅行了两次，一次是七月间，到了平地泉，因路断而回。一次是八月间，由北平直赴绥远，再到百灵庙，包头等处。第七封信以前都是第一次旅行时所写的；第八封信以后却是第二次写的。

此行得友好们的帮助不少，特别是冰心、文藻夫妇。这趟旅行，由他们发起，也由他们料理一切。我应该向他们俩和一切帮助我们的人，致恳切的谢意！

作　　者

二十三年九月八日

（《西行书简》，商务印书馆1937年6月出版）

从清华园到宣化

别后,坐载重汽车向清华园车站出发。沿途道路太坏,颠簸得心跳身痛。因为坐得高,绿榆树枝,时时扑面打来,一不小心,不低头,便会被打得痛极。八时十二分,上平绥车,向西走,"渐入佳境"。左边是平原,麦田花畦,色彩方整若图案。右边,大山峙立,峰尖邺邺若齿,色极青翠。白云环绕半山,益增幻趣。绝似大幅工笔的青绿山水图。天阴,欲雨未雨。道旁大石巨崖棋布罗立,而小树散缀于岩间,益显其细弱可怜。沿途马缨花树最多,树尖即在车窗之下,绿衣红饰,楚楚有致。九时半,到南口。车停得很久。下去买了一筐桃子,总有一百多个,价仅二角。味极甜美。果贩们抢着叫卖,以脱手卖出为幸,据说获利极少。过南口,车即上山。溪水清冽,铮淙有声。过了几个山洞,山势险砗甚。在青龙桥站停了一会,又过山洞,经八达岭下,即入大平原。俨然换一天地。山势平衍若土阜,绿得可爱。长城如在车下,回顾八达岭一带,则山皆壁立,峻削不可攀援。长城蜿蜒卧于山顶,雉堞相望。山下则堡垒形的烽火台连绵不断。昔日的国防,是这样的设备得周密,今已一无所用了。长城一线已不能阻限敌人们铁骑的蹂躏了！

十一时四十五分到康庄。这是一个很大的车站,待运的货物堆积得极多。有许多山羊,装在牲畜车上,当是从西边运来的。十二时二十五分,过怀来,山势又险峻起来。山色黄绿相间,斑斓若虎皮纹,白云若断若连的懒散地拥抱于山腰。太阳光从云隙中射下,一缕一缕的,映照山上,益显得彩色的幻变不居。

下午一时余,到土木堡。此地即明英宗被也先所俘处,侍臣及兵士们死难者极多。闻有大墓一,今已不知所在。有显忠祠一,祀死难诸臣的,今尚在堡内。我们下车,预备在此处停留数小时。堡离车站数里；在田垄间走着。进沛津门,即入堡。房屋构造,道路情形,已和"关内"不同。大街极窄小,满是泥泞,不堪下足,除小毛驴外,似无其他代步物。街下有"岁进士"和"选元"的匾额,初不知所指,后读题字,始知前者为"岁贡生",后者为"选拔贡生"。商店很少,有所谓"孟尝君子之店"者,即为旅馆,门上又悬"好大豆腐"的招记,后又数见此招记。似居民食物主要品即为豆腐。到显忠祠,房屋破败不堪,明碑也鲜存者。此祠立于景泰间,至万历时焚于火,清初又毁于兵。康熙五十六年雷有乾等重建之。嘉庆间又加重修。祠后,辟屋祠文昌帝君,壁上画天聋、地哑像,乔模作态,幽默可喜。三时半,回到车站,四时又上车西去。六时二十分到下花园车站。这个地方,辽代的遗迹颇多,惜未及下车。鸡鸣山远峙于左,洋河浊浪滔滔,车即沿河而走。右有一峰孤耸,若废垒,四无依傍,拔地数十丈,色若焦煤。是一奇景。一路上都是稻田,大有江南的风光。六时五十五分到辛庄子,溯河而上,洋河之水,势极湍急,奔流而下,潺潺之声满耳。堤岸皆方石所筑,极齐整,间亦有已被冲刷坏了的。对山一带,自山腰以下,皆是黄色,风力吹积之痕迹,宛然可见。漠外的沙碛,第一次睹得一斑。山色本来是绿的；为了黄沙的烘托,觉得幽暗,更显出暗绿。柳树极多,极目皆是。

七时四十分到宣化。车停在车站,拟即在此过夜。城外有兵士甚多,正在筑土堡,据说是在盖建营房。夜间,风很大,虎虎有声,不像是夏天。

八日,清晨即起身。遥望山腰,白云绵绵不绝,有若衣带环束者,有若炊烟上升者。半山黄沙,看得更清楚。七时半,坐人力车进城。入昌平门,门两旁有烧砖砌成之金刚神。城门上钉的是钟形之铁钉;极别致。城墙上有一石刻小孩作向下放便势;下有一猴,头顶一盘承之。据车夫说,从前每逢天将雨,盘上便有水渍。今已没有这效验了。穿城而过,出北门。北门的城楼,即有名之威远楼,明代所建,今尚未全颓。正对此楼,为镇朔台,台高四丈,远望极雄壮。旁有一小阜,名药王阁。我们走上去,无一人,屋内皆停棺木。狗吠声极凶猛。一老太婆在最高处出而问客。语声不可懂。她骨瘦如柴,说一声话,便要咳嗽几声。明白的是肺痨病已到不可救药的地步,真所谓"与鬼为邻"的了。我心头上觉得有物梗塞,非常难过,便离开了她,向镇朔台走来。台下为龙王殿,台上有匾曰"眺远"。此台为嘉靖甲寅(一五五四年)所建,登之,可眺望全城。有时代碑记,凡"镇朔台"之"朔"字,皆已被铲去,殆是清代驻防军人所为。台下山旁,有洞穴二,初不知为何物,入其中,可容人坐立。车夫云:"为一山西客民所居,今已弃之而去。"这是我第一次见到的穴居。

过镇朔台,便望见恒山寺(一名北岳庙)。寺占一山巅,须过一小河始可达。山径已湮没,无路可上。行于乱石细草之间,尚不难走。前殿为安天殿,后殿为子孙娘娘庙。有顺治十年及乾隆甲午二碑。山石皆铁色。对河即为龙烟铁矿办事处。本有铁路支线一,因此矿停工,路亦被拆去。此矿规模极大,炼矿砂处,在北平之石境山。恒山寺下葡萄园极多,亦间有瓜田。平津一带所需之葡萄,皆由此处供给。又有天主堂的修道院一,建筑不久,式样似辅仁大学,当为同时所造的。院主为本国人吴君,在内修道者,有五六十人,都是从远方来的。

回到城内，游城中央的镇朔楼，本为鼓楼，大鼓尚存，今改为民众教育馆，办事精神很好，图书有《万有文库》等，尚不少。其北为清远楼，尚是旧形，原为钟楼，崇阁三层，为明成化间御史秦鹗所造，因上楼之门被锁上了，未能上去。清远楼正居城的中央，楼下通衢四达，似峨特式的建筑，全是圆拱式的。

甘霖桥东有朝玄观（亦作朝天观），有宣德九年杨荣撰及正统三年吴大节撰的碑记。楼阁虽已破败，而弘伟的规模犹在。

次到介春园（今名玉家花园），园本清初王毅洲（墨庄）的藏书处，乾隆间为李氏所得。道光十年，始为守备玉焕功所得，大加经营，为一邑名胜。鱼池花木，幽雅宜人，今也已衰败，半沦为葡萄园，闻年可出葡萄八千斤。园亭的建筑大有日本风，小巧玲珑。春时芍药极盛，今仅存数株耳。大树不少，正有两株绝大的，被斫伐去，斥卖给贾人。工匠丁丁的在挖掘树根。不禁有重读柴霍夫《樱桃园》剧之感。

次到弥陀寺。朝玄观的道士云："先有弥陀，后有宣化，不可不看。"但此寺今已改为第二师范，仅存明代的铜钟及大铜佛各一。其实，弥陀寺乃始建于元中书右丞相安童，元清皆曾重修。今碑文皆不见。铜佛高一丈八尺五寸，重四千余斤，为明宣德十四年九月十五日比丘性杲真源募缘建造。校园中，有大葡萄树数株，远者已有六十余年。

次去参观一清真寺，脱鞋入殿。此地教徒约五千人，甚占势力。

宣化本为李克用的沙陀国城，余址今尚可辨，又有镇国府，为明武宗的行在，曾辇豹房珍宝及妇女实其中，称曰"家里"，今为女子师范学校。惜因时促，均未及游。

宣化城内用水，皆依靠洋河，全城皆有小沟渠，引水入城，饮用，洗濯，及灌溉葡萄园皆用此水。人工河道，规模之小，似当以此处为最。

（选自《西行书简》，商务印书馆1937年6月出版）

大 同

十日，五时即起身。六时二十分由张家口开车。过阳高时，本想下去游白登堡，因昨夜大雨滂沱，遍地泥泞，不能下足，只好打消此议。下午一时半到大同。

大同在六朝做过北魏的都城，历代也都是大邑重镇。遗留古迹极多。在平绥路线上是一个最有过去的光荣的地方。现在车道可通太原等处。将来同蒲路修竣，这个地方在军事和商业上占的地位更为重要。

过大同的人，没有一个不耳熟于云岗石窟之名。这是北魏时代的一个伟大的艺术的宝窟。我憧憬于兹者已有好多年。到大同的目的，大半在游云岗。但并不是说，城内便没有可逛的地方。大同的城内也到处都是古迹，都有伟大的建筑物和艺术品在着。在大同，便够你逛个十天八天，逛个心满意足，还使你流连徘徊，不忍即返。

在车站上听见人说，连日大雨倾盆，通云岗的汽车道已被水冲坏，交通中断。这话使我的游兴为之减去大半。其田、文藻到骑兵司令部去打听关于云岗道上的消息，并去借汽车。——到云岗虽不过三十里，汽车一小时余可达，坐骡车骑马却都很费事，故非去借汽车不可。过了许久，他们才回来，说赵司令承绶已赴云岗，他也因路断不能回来。现在正派工兵连夜赶修，大约明天这条路可以修好。

这样的在期待中，在车厢里过了半天，夜色苍茫，如豆的电灯光照得人影如鬼影似的，实在鼓不起上街的兴趣。到这陌生的地方，也不愿意夜游。便在车上闲谈，消遣过这半夜。

十一日六时起。九时左右，司令部的载重汽车来了。先游城内。云岗的修路消息还没有来，据说，要十二时前后方才知道确实的情形。颉刚游过大同数次，他独留在车上写信，不出去。

大同旧城外，有外郭三，除兵房外，无甚商店。但马路甚好，兵士时常的在修理。一进旧城，便是县政府的范围，那马路的崎岖不平，泥泞满涂，有过于北平人所称的"无风三尺土，有雨一街泥"。我们坐在大汽车上颠簸得真够受。旧城的城楼，曾改建成西式的楼房，作为图书馆。后冯玉祥军围大同，图书馆为炮火所毁，至今未能恢复，一座破坏了的洋楼孤巍巍的耸立在城头，倒是一个奇观。

到了阳和街东，便是九龙壁的所在。这是代王邸前的一道照壁。王邸已沦为民居，仅此照壁尚存。锁上了门，须叫看守者开门进去。那九条龙张牙舞爪的显得很活泼。琉璃砖瓦砌合的东西，光彩过于辉煌耀目，火辣辣的，一看便有非高品之感。但此壁琉璃砖上的彩色已剥落了不少，却觉得古色斑斓，恬暗幽静，没有一点火气，较之北海公园的那一座九龙壁来，这一座是够得上称做老前辈的了。在壁下徘徊了好久。壁的前面是一个小池。据看守人说，池里有水的时候，龙影映在水中，活像是真龙。又说，大小龙共计一千三百八十条。此数大约不确，连琉璃瓦片上的小龙计之，也不会到此巨数的。"九龙神迹"的一碑为乾隆重修时所立。又有嘉庆及民国十九年重修的二碑。门首有一碑，题云："奉旨传教修德立功为义殉躯杨司铎、雅各伯"，大约是"拳匪"时被杀者的纪念碑。

次游华严寺，这是大同城内最著名的梵刹。共有上寺下寺二所，相距甚近。当初香火盛时，或是相连的，后来寺址的一部分被侵占为民居，便隔成两地了。这是很可能的解释。上华严寺规模极大，现在虽然破坏不堪，典型犹在。旁院及后院皆夷为民居。大雄宝殿是保存得最好的一部分。终年锁上了门，可想见香火的冷落。找到了一个看守的和尚，方才开了门。此殿曾经驻过兵，被蹂躏得不堪。壁画尚完好。但都是金碧焕然，显为二三十年内所作的。有题记云："信心弟子画工董安"，又云："云中钟楼西街兴荣魁信心弟子画工董安"。这位董安，当是很近代的人。但画的佛像及布置的景色却浑朴异常，饶有古意。有好几个地方还可看出旧的未经修补涂饰的原来痕迹。大约董安只不过修补一下，加上些新鲜的颜色上去而已。原来署名的地方，一定是有古人署名的，却为他所涂却，僭写上了自己的名号了。此种壁画，当不至经过一次两次的涂饰。每经过一次的"装修"，必定会失去若干的"神韵"。凡董安所曾"装修"过的，细阅之，笔致皆极稚弱。仅存古作的躯壳耳。凡未经他的"装修"的，气魄皆很伟大，线条使色，都比较的老练，大胆。今日壁画的作家，仅存于西北一隅，而人皆视之为工匠，和土木工人等量齐观，所得也极微少，无怪他们的堕落。再过几年，恐怕连这类的"匠人"也不易找到了。北方的佛教势力实在是太微弱了，除了一年一度或数度的庙会之外，差不多终年是没有香火的。有香火的几个庙，不过是娘娘庙、城隍庙及关帝庙、玉皇庙的寥寥数座而已。为了生活的压迫，连宗教的崇拜也都专趋于与自己有切身利害关系的神祇们身上，什么释迦如来之类，只好是关上大门喝西北风了。故北方的庙宇，差不多不容易养活多少个僧侣。像灵隐寺及普陀山诸寺之每寺往往住着数百千个和尚的简直是没有。这有名的古刹华严寺，不过住着几个很穷苦的看守人而已，而其衣衫的破烂，殊有和这没落的古庙相依为命之概。北方的庙宇,听说,只有喇嘛庙还可以存在,每庙也常住着数百人。其经济的来源却是从蒙古王公们那方面供给的居多。然今日也渐渐的日见其衰颓了。

上华严寺的大殿上的佛像以及布置,都和江南及北平的不同。殿很大,共有九九八十一间。还是辽代的建筑,历经丧乱,巍然独存。佛像极庄严,至晚是金元时代的东西。供养佛前的花瓶,是石头造的。像后的焰光极繁缛绚丽,和永乐时代的木板雕刻的佛像有些相同。无疑的,木雕是从这实物上仿得的。

"大雄宝殿"四字是宣德二年写的。又有"调御丈夫"一额,是万历戊午年马林所题。此外,便无更古的题记了。

走过一条街便是下华严寺。一走进寺门,觉得气魄没有上寺大,眼界没有上寺敞。但当小和尚们——这里还有几个和尚及沙弥,庙宇保存得也还好——把大殿的门打开了时,我们的眼光突为之一亮,立刻喊出了诧异和赞叹之声。啊!这里是一个宝藏,一个最伟大的塑像的宝藏!从不曾见过那末多的那末美丽的塑像拥挤在一起的。这里的佛像确有过于拥挤之感,也许是从别的地方搬运了些过来的吧。简直像个博物院。上寺给我们的是衰败没落的感觉,到这下寺却使我们感到走进一个保存古物的金库里去。上寺的佛像是庄严的,但这里的佛像,特别倚立着的几尊菩萨像,却是那样的美丽。那脸部,那眼睛,那耳朵,那双唇,那手指,那赤裸的双足,那婀娜的细腰,几乎无一处不是最美的制造品,最漂亮的范型。那倚立着的姿态,娇媚无比啊,不是和洛夫博物院的 Venus de Melo 有些相同么?那衣服的褶痕、线条,哪一处不是柔和若最柔软的丝布的,不像是泥塑的,是翩翩欲活的美人。地山曾经在北平地摊上买到过一尊木雕的小菩萨像,其姿势极为相同。当为同时代之物。大约还是辽代的原物吧?否则,说是金元之间的东西,是决无疑问的。在明代,便不见了那飞动,那婀娜的作风了。明的塑像往往是庄严有余,生动不足的。清代的作物,则只有呆板的形象,连庄严慈祥的表情也都谈不到了。眼前便有一个好例:在这宝库里,同时便有几尊清代的塑像杂于其间,是那样的猥琐可怜!

我看了又看,相了又相,爬上了供桌,在佛像菩萨像之间,走着,相着,赞叹着。在殿前殿后转了好几个弯。要是我一个人在这里的话,便住在这里一天两天三天都还不能看得饱足的。可惜天已正午,不能不走。走出这拥挤的宝殿时,还返顾了好几次!

殿内有"大金国西京大华严寺重修薄伽藏教记",为金天眷三年云中段子卿撰。原来这里是一个藏经殿。殿的四周,经阁尚存,但不知是否原物。打开了经阁看时,金代的藏经当然是不翼而飞了,但其中还藏着一部《正统藏》,残阙颇多,有的仅存经皮。赵城县广胜寺所藏的一部《金藏》或与这寺有些渊源关系吧。

回到车上,匆匆的吃了午饭。司令部的招待员不久便来,说云岗的汽车道已经修好了。我们便兴匆匆的又上了载重汽车。是带着那样的兴奋和期望走向我们的更伟大的佛教的宝藏云岗去!

在云岗预定至少要住两天。

(选自《西行书简》,商务印书馆 1937 年 6 月出版)

云　岗

　　云岗石窟的庄严伟大是我们所不能想象得出的。必须到了那个地方，流连徘徊了几天，几月，才能够给你以一个大略的美丽的轮廓。你不能草草的浮光掠影的跑着走着的看。你得仔细的去欣赏。猪八戒吃人参果似的一口吞下去，永远的不会得到云岗的真相。云岗决不会在你一次两次的过访之时，便会把整个的面目对你显示出来的。每一个石窟，每一尊石像，每一个头部，每一个姿态，甚至每一条衣襞，每一部的火轮或图饰，都值得你仔细的流连观赏，仔细远观近察，仔细的分析研究。七十丈，六十丈的大佛，固然给你以弘伟的感觉，即小至一呎二呎，二吋三吋的人物，也并不给你以邈小不足观的缺憾。全部分的结构，固然可称是最大的一个雕刻的博物院，即就一洞、一方、一隅的气氛而研究之，也是以得着温腻柔和，慈祥秀丽之感。他们各有一个完整的布局。合之固极繁赜富丽，分之亦能自成一个局面。

　　假若你能够了解，赞美希腊的雕刻，欣赏雅典处女庙的"浮雕"，假若你会在 Venus de Melo 像下，流连徘徊，不忍即去，看两次，三次，数十次而还不知满足者,我知道你一定能够在云岗徘徊个十天八天一月二月的。

见到了云岗,你就觉得对于下华严寺的那些美丽的塑像的赞叹,是少见多怪。到过云岗,再去看那些塑像,便会有些不足之感——虽然并不会以他们为变得丑陋。

说来不信,云岗是离今一千五百年前的遗物呢;有一部分还完好如新,虽然有一部分已被风和水所侵蚀而失去原形,还有一部分是被斫下去盗卖了。

那未被自然力或奸人们所破坏的完整部分,还够得你赞叹欣赏的,且仍还使你有应接不暇之慨。入了一个佛洞,你便有如走入宝山,如走到山阴,珍异之多,山川之秀,竟使你不知先拾哪件好,先看哪一方面好。

曾走入一个大些的佛洞,刚在那里仔细的看大佛的坐姿和面相,忽然有一个声音叫道:

"你看,那高壁上的侍佛是如何的美!"

刚刚回过头去,又有一个声音在叫道:

"那门柱上的金刚(?),有五个头的如何的显得力和威!还有那无名的鸟,躯体是这样的显得有劲!"

"快看,这边的小佛是那末恬美,座前的一匹马,没有头的,一双前腿跪在地上,那姿态是不曾在任何画上和雕刻上见到呢。"

"啊,啊,一个奇迹,那高高的壁上的一个女像,手执了水瓶的,还不活像是阿述利亚风的浮雕么?那扁圆的脸部简直是阿述帝国的浮雕的重现。"

这样的此赞彼叹,我怎样能应付得来呢!赵君执着摄影机更是忙碌不堪。

但贪婪的眼和贪婪的心是一点不知倦的;看了一处还要再看一处,

看了一次,还要再看一次。

云岗石窟的开始雕刻,在公元四五三年(魏兴和二年)。那时,对于佛教的大迫害方才除去,主张灭佛法的崔浩已被族诛。僧侣们又纷纷的在北朝主者的保护下活动着。这一年有高僧昙曜,来到这武周山的地方,开始掘洞雕像。曜所开的窟洞,只有五所。后来成了风气,便陆续的扩大地域,增多窟洞。佛像也愈雕愈多,愈雕愈细致。

《魏书·释老志》云:"太安初,有师子国胡沙门邪奢遗多、浮慨难提等五人,奉佛像三,到京师,皆云备历西域诸国。见佛影迹及肉髻,外国诸王相承,咸遣工匠摹写其容,莫能及难提所造者。去十余步,视之炳然,转近转微。又沙勒湖沙门赴京师致佛钵及画像迹。初昙曜以复佛法之明年(兴安二年,公元四五三年),自中山被命赴京。帝后奉以师礼。昙曜白帝,于京城西武州塞凿山石壁,开窟五所,镌建佛像各一,高者七十尺,次六十尺,雕饰奇伟,冠于一世。"

又云:"皇兴中,又构三级石佛图,榱栋楣楹,上下重结,大小皆石。高十丈,镇固巧密,为京华壮观。"(均见卷一百十四)

又《续高僧传》云:"元魏北台恒北石窟通乐寺沙门解昙曜传:释昙曜,未详何许人也。少出家,摄行坚贞,风鉴闲约。以元魏和平年,任北台昭元统,绥辑僧众,妙得其心。住恒安石窟通乐寺,即魏帝之所造也。去恒安西北三十里,武州山谷,北面石崖,就而镌之,建立佛寺,名曰灵岩。龛之大者,举高二十余丈,可受三千许人。面别镌像,穷诸巧丽,龛别异状,骇动人神。栉比相连,三十余里。东头僧寺恒供千人。碑碣见存,未卒陈委。先是太武皇帝太平贞君七年,司徒崔浩,令帝崇重道士寇谦之,拜为天师,珍敬老氏,虐刘释种,焚毁寺塔。至庚寅年,太武感致疠疾,方始开悟。帝既心悔,诛夷崔氏。至壬辰年,太武云崩,子文成立,即起塔寺,搜访经典。毁法七载,三宝还兴。曜慨前陵废,欣今重复(以和平三年壬寅)。故于北台石窟,集诸德僧,对天竺沙门译付法藏

传,并净土经,流通后贤,意存无绝。"(卷一)

然这二书之所述,已可见开窟雕像的经过情形,不必更引他书。惟《续高僧传》所云:"栉比相连三十余里,"未免邻于夸大。武州山根本便没有绵延到三十余里之长。至多不过五六里长。还是《魏书·释老志》所述"开窟五所"的话,最可靠,但昙曜开辟了此山不久,此山便成了皇家崇佛的圣地。在元魏迁都之前,《魏书》屡纪皇帝临幸武州山石窟寺之事。

《魏书·显祖记》:"皇兴元年八月丁酉,行幸武州山石窟寺。"(公元四六七)以后又有七八次。

又《魏书·高祖记》:"太和四年八月戊申,幸武州山石窟寺。"

以后又有三次。

但也不仅皇家在那里开窟雕像;民间富人们和外国使者们也凑热闹的在那里你开一窟,我雕一像的相竞争。就连日所得的碑刻看来,西头的好几个洞,都是民间集资雕成的。这消息,足征各洞窟的雕刻所以作风不甚相同之故。因此,不久之后,武州山便成了极热闹的大佛场。

《水经注》"漯水"条下注云:

"其水又东北流注武州川水,武州川水又东南流。水侧有石祇洹舍,并诸窟室,比邱尼所居也。其水又东转径灵岩,凿石开山,因岩结构,真容巨壮,世法所希。山堂水殿,烟寺相望,林渊锦镜,缀目新眺。川水又东南流出山。《魏土地记》曰:平城西三十里,武州塞口者也。"

按《水经注》撰于后魏太和,去寺之建,不过四五十年,而已繁盛至此。所谓"山堂水殿,烟寺相望,林渊锦镜,缀目新眺,"决不是瞎赞。

《大清一统志》引《山西通志》:"石窟十寺,在大同府治西三十里,元魏建,始神瑞,终正光,历百年而工始完。其寺,一同升,二灵光,三镇国,四护国,五崇福,六童子,七能仁,八华严,九天宫,十兜率。内有元载所修石佛十二龛。"那十寺不知是哪一代的建筑。所谓元载云云,到底指的是元代呢,还指的是唐时宰相元载?或为元魏二字之误吧?云岗石刻的作风,完全是元魏的,并没有后代的作品掺杂在内。则所谓元载一定是元魏之误。十寺云云,也不会是虚无之谈。正可和《水经注》的"山堂烟寺相望"的话相证。今日所见,石窟之下,是一片的平原,武州山的山上也是一片平原,很像是人工所开辟的;则"十寺"的存在,无可怀疑。今所存者,仅一石窟寺,乃是清初所修的,石窟寺的最高处,和山顶相通的,另有一个古寺的遗构。惜通道已被堵塞,不能进去。又云岗别墅之东,破坏最甚的那所大窟,其窟壁上有石孔累累,都是明显的架梁支柱的遗迹。此窟结构最为弘伟。难道便是《魏书·释老志》所称"皇兴中又构三级石佛图"的故址所么?这是很有可能的。今尚见有极精美的两个石柱耸立在洞前。

经我们三日(十一日到十三日)的奔走周览,全部武州山石窟的形势,大略可知。武州山因其山脉的自然起讫,天然的分为三个部分;每一部分都可自成一局面。中有山涧将他们隔绝开。如站在武州河的对岸望过去,那脉络的起讫是极为分明的。今人所游者大抵只为中部;西部也间有游者,东部则问津者最少。所谓东部,指的是,自云岗别墅以东的全部。东部包括的地域最广,惜破坏最甚,沿窟也较为零落。中部包括今日的云岗别墅、石窟寺、五佛洞,一直到碧霞宫为止。碧霞宫以西便算是西部了。中部自然是精华所在。西部虽也被古董贩者糟蹋得不堪,却仍有极精美的雕刻物存在。

我们十一日下午一时二十分由大同车站动身,坐的仍是载重汽车。沿途道路,因为被水冲坏的太多,刚刚修好,仍多崎岖不平处。高坐在车上,被颠簸得头晕心跳。有时,猛然一跳,连坐椅都跳了起来。双手紧握着车上的铁条或边栏,不敢放松一下。弄得双臂酸痛不堪。沿武州河而行,中途憩观音堂。堂前有三龙壁,也是明代物。驻扎在堂内的一位营长,指点给我们看道:"对山最高处便是马武塞,中有水井,相传是汉时马武做强盗时所占据的地方。惜中隔一水,山又太高,不能上去一游。"

三十华里的路,足足走了一个半钟头。渡过武州河两次,因汽车道是就河边而造的。第一次渡过河后,颉刚便叫道:

"云岗看见了!那山边有许多洞窟的就是。"

大家都很兴奋。但我只顾着坚握铁条,不遑探身外望,什么也没有见到;一半也因坐的地方不大好。

"看见佛字峪了,过了石窟寒泉了,"颉刚继续的指点道,他在三个月之前刚来过一次。

啊,啊,现在我也看见了,云岗全景展布我们之前。几个大佛的头和肩也可远远的见到。我的心是怦怦的急跳着。想望了许久的一千五百年前的艺术的宝窟,现在是要与它相见了!

三时到云岗。车停于石窟寺东邻的云岗别墅。这别墅是骑兵司令赵承绶氏建的。这时,他正在那里避暑。因为我们去,他今天便要回大同,让给我们住几天。这里,一切的新式设备俱全——除了电灯外。

这一天只是草草的一游。只到石窟寺(一作大佛寺)及五佛洞走走。别的地方都没有去。

登上了大佛寺的三层高楼,才和这寺内的一尊大佛的头部相对。四周都是黄的红的蓝的彩色,都是细致的小佛像及佛饰。有点过于绚丽失真。这都是后人用泥彩修补的,修得很不好,特别是头部,没有一点是仿得像原形的。看来总觉得又稚弱又猥琐,毫没有原刻的高华生动的气势。这洞内几乎全部是彩画过的,有的原来未毁坏的,其真容也被掩却。想来装修不止一次。最后的一次是光绪十七年兴和王氏所修的。他"购买民院地点,装彩五佛洞,并修饰东西两楼,金装大佛金身。"不能不说与云岗有功,特别是购买民地,保存佛窟的一事。向西到五佛洞,也因被装修彩绘而大失原形。反是几个未被"装彩"过的小洞,还保全着高华古朴的态度。

游五佛洞时,有巡警跟随着。这个区域是属于他们管辖的;大佛寺的几个窟,便是属于寺僧管辖的。五佛洞西的几个窟,有居民,可负保管之责。再西的无人居的地方,便索性用泥土封闭了洞口,在洞外写道:"内有手榴弹,游者小心!"(?)一类的话。其实没有,被封闭的无人看管的若干洞,也尽有好东西在那里。据巡长说,他们每夜都派人在外巡察。此地现已属于古物保管会管辖,故比较的不像从前那样容易被毁坏。

五佛洞西,有几尊大佛的头部,远远的可望见。很想立刻便去一游。但暮色渐渐的笼罩上来,像在这古代宝窟之前,挂上了一层纱帘。我们只好打断了游兴,回到云岗别墅。

武州山下,靠近西部,为云岗堡,一名下堡,堡门上有迎熏、怀远二额,为万历十四年所立。云岗山上还有一座土城屹立于上,那便是云岗堡的上堡。明代以大同为重镇,此二堡皆为边防兵的驻所。

晚餐后,在别墅的小亭上闲谈。东部的大佛窟,全在眼前。那两个立柱还朦朦胧胧的可见到。忽听得山下人家有击筑奏筝及吹笛的声音;乐声呜呜、托托的,时断时续。我和颉刚及巨渊寻声而往。听说是娶亲。正在一个古洞的前面,庭际搭了一个小棚,有三个音乐家在吹打。贺客不少。新娘盘膝的坐在炕上。

在这古窟宝洞之前,在这天黑星稀的时候,在当前便是一千五百年前雕刻的大佛,便是经历了不知多少次的人世浩劫的佛室,听得了这一声声的呜呜托托的乐调,这情怀是怎样可以分析呢?凄惋?眷恋?舒畅?忧郁?沉闷?啊,这飘荡着的轻纱似的无端的薄愁呀!啊,在罗马斗兽场见到黑衫党聚会,在埃及的金字塔下听到土人们作乐,在雅典处女庙的古址上见旅客们乘汽车而过,是矛盾?是调和?这永古不能分析的轻纱似的薄愁的情怀!

归来即睡。入睡了许久,中夜醒来,还听见那梆子的托托和笛声的呜呜。他们是彻夜的在奏乐。

十二日一早,我性急,便最先起身,迎着朝暾,独自向东部去周览各窟。沿着大道(这是骡车的道)向东直走,走过石窟寒泉,走过一道山涧,走过佛字峪。愈向东走,石窟愈少愈小。零零落落的简直无可称道。山涧边,半山上有几个古窟,攀登了上去一看,那些窟里是一无所有。直走到尽头处,然后再回头向西来,一窟一窟的细看。

最东的可称道的一窟,当从"左云交界处"的一个碑记的东边算起。这一窟并不大。仅存一坐佛,面西,一手上举,姿态尚好,但面部极模糊,盖为风霜雨露所侵剥的结果。

窟的前壁,向内的一部分,照例是保存得最好的,这个所在,非风势雨力所能侵及,但也一无所有,刀斧斲削之痕,宛然犹在。大约是古董贩子的窃盗的成绩。

由此向西,中隔一山涧,地势较低,即"左云交界处"。道旁零零落落的,小佛窟不少。雕刻的小佛随处可见。一窟内有较大的立佛二,但极模糊。窟西,有一小窟,沙土满中,一破棺埋在那里,尸身的破蓝衣已被狗拖出棺外,很可怕。然此窟小佛像也有不少,窟外壁上有明人朱廷翰的题诗,字很大。由此往西,明人的题刻不少。但半皆字迹剥落,不堪卒读。在明代,此处或有一大庙,为入云岗的头门,故题壁皆萃集于此。

西首有二洞,上下相连,皆被泥土所堵塞,想其中必有较完好的佛像。一大窟,在其西邻,也已被堵塞,但从洞外罅隙处,可见其中彩色黝红,极为古艳,一望而知,是元魏时代所特有的鲜红色及绿色,经过了一千五百余年的风尘所侵所曝的结果,决不是后代的新的彩饰所能冒充得来的。徒在门外徘徊,不能入内。这里便是所谓"石窟寒泉"。有一道清泉,由被堵塞的窟旁涓涓的流出,流量极微。窟上有"云深处"及

105

"山水清音"二石刻,大约也是明人的手笔。

西边有一洞,可入。洞中有一方形的立柱,高约八尺。一佛东向,一佛西向,又一佛西南向,皆模糊不清。西南向者且为泥土所修补的,形态全非。所雕立的、坐的、盘膝的小佛像甚多。但不是模糊,便是头部或连身部俱被盗去。

再西为碧霞洞(并非原名,疑亦明人所题),窟门有六,规模不小。窟内一物无存,多斧凿痕,当然也是被盗的结果。自此以西,便没有石刻可见。颇疑自"左云交界处"向西到碧霞洞,原是以石窟寒泉那个大窟的中心的一组的石洞。在明代,大约这里是士人们来往最为繁密的地方,或窟下的平原上,本有一所大庙,可供士大夫往来住宿。然今则成为云岗最寥落、最残破的一部分了。

碧霞洞以西,是另成一个局面的结构。那结构的规模的弘伟,在云岗诸窟中,当为第一。数十丈的山壁上,凿有三层的佛像,每层的中间,皆有石孔,当然是支架梁木的所在。故这里,在从前至少是一所高在三层以上的大梵刹。颉刚说:"这里便是刘孝标的译经台。"正中是一个大佛窟,窟前有二方形立柱,虽柱上雕刻皆已模糊不可辨识,那希腊风的人形雕柱的格局却是一看便知的。大窟的两旁,各有一窟,规模也殊不少。和这东西二窟相连的,更有数不清的小窟小龛。惜高处无法攀缘而上,只能周览最下层的一部分。

一进了正中的那个大窟,霉土之气便触鼻而来;还夹着不少鸽粪的特有的臭味。脱落的鸽翎,满地都是。有什么动物,咕咕咕的在低鸣着。拍拍的一扑着翼,成群的飞了出来,那都是野鸽。地上很潮湿,积满了古尘,泥屑和石屑。阴阴的,温度很低冷,如入了地下的古墓室。但一抬起头来,却见的是耀眼的伟大的雕刻物。正中是一尊大佛,总有六十多尺高,是坐像。旁有二尊菩萨的大像,侍立着。诸像腰部以下皆剥落不堪,连形态都不存。但上半身却仍是完好如新。那头部美妙庄严,赞之不尽。反较大佛寺、五佛洞诸大佛之曾经修补者为更真朴可爱。这是东部唯一的一尊大佛。但除此三大像外,这大窟中是空无所有,后壁及东西壁皆被风势及水力或人工所削平,连半点模糊的雕像的形状都看不到。壁上湿漉漉,一抹便是一手指的湿的细尘。窟口的向内的壁上,也平平的不存一物。惟一条条的极整齐的斧凿痕还很清显的在那里,一定是近十余年来的人工破坏的遗迹。

东边的一窟,其中也被破坏得无一物存在。地上堆积了不少的由壁上脱落下来的石块,被古尘沾满,和泥土成了同色,大约不是近数十年来之所为的。

西边的一窟,虽也破败不堪,却还有些浮雕可见到。副窟小龛里,遗物还不少。这西窟的东壁为泥土所堵塞,西壁及南壁,浮雕尚有规模可见。窟顶上刻有"飞天"不少。那半裸体的在空中飞舞着的姿态,是除了希腊浮雕外,他处少见的,肉体的丰满柔和,手足腰肢的曲线的圆融生动,都不是东方诸国的古石刻上所有的。我抬了头,站在那里,好久没有移开。有时,换了一个方向看去。但无论在哪个方向看去,那美妙、圆融的姿态总是令人满意、赞赏的。

由此窟向西,可通另一窟,也是一个相连的副窟。我们可称它为西窟第二洞。洞中有三尊坐佛,皆盘膝而坐。这个布置,在诸窟中不多见。东壁的浮雕皆比较的完整。后壁及西壁则皆模糊不堪。

如果把这以大佛窟为中心的一组洞窟恢复起来,其弘伟是有过于其西邻的大佛寺的。可惜过于残破,要恢复也不可能。我疑心《魏书·释老志》上所说,皇兴中构的三级石佛图,其遗址便在此处。此地曾经住过人,近代建的窑式的穹形洞尚存数所。

由此向西,不多数步,便是一道山涧,或小山峡,隔开了云岗别墅和这大佛窟的相连。

从云岗别墅开始向西走,便是中部。

107

中部又可分为五个部分来说。

我依旧是独自一个人由云岗别墅继续的向西走；他们都已出发到西头去逛了。

第一部分是云岗别墅。别墅的原址是否为一大洞窟，抑系由平地填高了的，今已不能查考。但别墅之后，今尚有好几个石窟，窟内有一佛的，有二佛对坐的，俱被风霜侵蚀得不成形体。小雕像也几于无存。但在那些洞窟中，还堆着不少烧泥的屋瓦和檐饰。显然的这别墅的原址，本是一座小庙，或竟是连合在大佛寺中的一个东偏院。惜不及详问大佛寺的住持以究竟。那些佛窟，决不能独立成为一组，也当是大佛寺的大佛窟的东边的几个副窟。但为方便计，姑算它作中部的第一部分。

第二部分包括大佛寺内的两个大窟。这二窟的前面，各有一楼，高各三层，第三层上有游廊可相通达。三楼之上，更有最高的一层，仿佛另有梯级可通，却寻不到。前面已经说过，大约是较此楼更古的一个建筑物。

第一窟通称为大佛殿；殿前有咸丰辛酉重修碑，有不知年月满文碑，有同治十二年及光绪二年的满文碑。又有明万历间吴氏的一个刻石。无更古者。

入殿后，冷气飕飕由窟中出。和尚手执一把香燃点起来，为照看雕像之用。楼下一层很黑暗，非用火光，看不到什么。正中是一尊大佛，高约六十尺，身上都装了金。四壁浮雕，都被涂饰上新的彩色。且凡原像模糊不清，或已失去之处，皆一一以彩泥为之补塑。怪不调和的。第二层楼上，光线较好，壁上也多半都是彩泥的满像。站在这楼，正对大佛的胸部。到了三层楼上，方才和大佛的头部相对。大佛究竟还完好，故虽装了金，还不失其美妙慈祥的面姿。

第二窟俗称如来殿。窟中也极黑暗，结构和大佛殿大不相同。正中是一个方形立柱，每一面有一立佛，像支柱似的站着，柱上雕得极细。

但有一佛，已毁，为彩泥所补塑。北壁为泉水所侵害，仅模糊可辨人形。东西壁尚完好，修补较少，较大佛殿稍存原形。登上了三楼，有一木桥可通那四方柱的第二层。这一层雕刻的是四尊坐佛，四边浮雕极多，皆是侍像及花饰，有极美者。这立方柱当是云岗最完好的最精致的一个。

第三部分包括所谓"弥勒殿"及佛籁洞的二窟；这二窟介于大佛寺和五佛洞之间，几成了瓯脱之地，无人经管。弥勒殿前有额曰："西来第一山"，为顺治四年马国柱所题。那结构又自不同。正壁有二佛对坐着，像在谈经。其上层则为三尊佛像。其东西二壁各有八佛龛；每龛的帏饰，各有不同；都极生动可爱。有的是圆帏半悬，有的是绣带轻飘，无不柔软圆和，一点石刻的生硬之感也没有。顶壁的"飞天"及莲花最为完整。六朵莲花，以雕柱隔为六部。每一朵莲花，四周皆绕以正在飞行的半裸体的"飞天"，隔柱上也都雕刻着"飞天"。总有四十位飞天，那姿态却没有一个相同的；处处都是美，都是最圆融的曲线。那设计和雕工是世界上所不多觏的。更好的是这窟中的雕像，全为原形，未经后人涂饰。

佛籁洞在其西，破坏已甚。观其结构的形势，当和弥勒殿完全相同。惟无后殿，规模较小。正中的一佛，为后人用彩泥补塑的。原来，照其佛龛的布置及大小，当也是二佛对坐谈经的姿态。

此殿前面，本来有楼，已塌毁。窟门左右，一边有五头佛，一边有三头佛，都显出有威力和严肃的样子，似是把守门口的神道们，同时用来作支柱的。窟外壁上，有浮雕的痕迹甚多，惜剥落殆甚，极为模糊。以上二窟，似也为大佛洞的西首的副窟。

第四部分就是俗称的五佛洞；不知为什么这五佛洞保护得格外周密，有巡警室在其口外。游人入内，必有一警士随之而入。其实，这一部分被装修涂改得最利害，远不及弥勒殿和如来殿的天然秀丽。

说是五佛洞，其实却有六个大窟。最东的第一窟，分隔为三进。结构甚类大佛殿。正中有大佛一,高亦有五十余尺,尚完好。后壁低而潮湿,雕像毁败已甚。前窟的许多浮雕都被涂饰得不成形状。但也有尚存原形的。

西为第二窟,结构略同前窟,大佛已毁去。到处都是新修新饰的色彩。惟高处的飞天及立佛尚有北魏的典型。

再西为第三窟,内部较小,结构同如来殿,中为一方形立柱,一方各雕着一佛,四壁皆新修新饰者,原有浮雕皆被彩泥填平,几乎是整个重画过。

再西为第四窟,较大,有两进,外进有四支塔形的支柱,极挺秀,尚未失原形。第二进则完全被涂饰改造过。疑其结构本同弥勒殿,正中的佛龛,原分上下二层,上层为三佛,下层为二坐佛。但今则上下二龛都仅坐着泥塑的二佛。以三佛及二佛的宽敞的地位,安置了一佛,自然要显得大而无当。再西为第五窟,结构同大佛殿。大佛高约五十尺,盘膝而坐。四壁多为新修饰的彩色泥像。

又西为第六窟。此窟内部已全毁,空无所有,故后人修补,亦不及之。仅窟门的内部,浮雕尚完好。西边即为一道泥墙,和寺外相隔绝。但此窟的外壁,小佛龛颇多,有几尊尚完整的佛像,那坐态的秀美,面姿的清俊,是诸窟内所罕见的。惜头都失去得太多。

再往西走,要出大佛寺,绕过五佛洞的外墙,才是中部的第五部分。这一部分的雕像我认为最美好,最崇高;却没有人加以保护,任其曝露于天空,任其夷为民居,任其给农民们作为存放稻草及农具之处所。其尚得保存到现在的样子,实在是侥幸之至。到这几个佛窟去,我们都得叩了农民们的大门进去。有时,主人不在家,便要费了大事。有一次,遇到一个病人,躺在床上起不来,没法开门,只好不进去,直等到第二次去,方才看到。

这一部分的第一大窟亦为一大佛洞,洞中有大佛一,高在六十尺以上,远远的便可望见其肩部及头部。壁上的浮雕也有一部分可见到。洞门却被泥墙所堵塞,没法进去。此窟东边,有二小窟;最东一窟有二坐佛,对坐谈经,却败坏已甚。较近的一窟也被堵塞。隐隐约约的看见其中的彩色古艳的许多浮雕,心怦怦动,极力要设法进去一看而不可能。窟外数十丈的高壁上满雕着小佛像,不知其几千几百。功力之伟大,叹观止矣!

向西为第二大窟。这一窟,也在民居的屋后,保存得甚好。正中为一大坐佛,高亦在六十尺左右。两壁有二佛像,一立一坐。此二像的顶上,其"宝盖"却是雕成像戏院包厢似的。三壁的浮雕,也皆完好。

再西也为一大窟(第三窟)。正中一大佛为立像,高约七十尺,体貌庄严之至。袈裟半披在身上;而袈裟上却刻了无数的小佛像,像虽小而姿态却无粗率草陋者。两旁有四立佛。东壁的二立佛间,诸雕像都极隽好。特别是一个被袈裟而手执水瓶的一像,面貌极似阿述利亚人,袈裟上的红色,至今尚新艳无比。这一像似最可注意。

窟门口的西壁上,有刻石一方,题云:"大茹茹……可登□□斯□□□鼓之□尝□□以资征福。谷浑□方妙□"每行约十字,共约二十余行,今可辨者不到二十字耳。然极重要。大茹茹即蠕蠕国。这在魏的历史上是极重要的一个发现。茹茹国竟到云岗来雕像求福,这可见此地在不久时候,便已成了东亚的一个圣地了。

再西为第四大窟。破坏最甚。一大佛盘膝而坐,暴露在天日中。左右有二大佛龛,尚有一二壁的浮雕还完好。因为此处光线较好,故游人们都在此大佛之下摄影。据说,此像最高,从顶至踵,有七十尺以上。

再西为第五大窟,亦有一大坐佛,高约六十尺。东西壁各有一立佛。西壁的一佛已被毁去。

由此再往西走,便都是些小像小龛了;在那些小龛小像里,却不时的可发现极美丽的雕刻。各像坐的姿态,最为不同,有盘膝而坐者,有交膝而坐者,有一膝支于他膝上,而一手支颐而坐者。处处都是最好的雕像的陈列所。惜头部被窃者甚多,甚至有连整个小龛都被凿下的。

到了碧霞宫止,中部便告了段落。碧霞宫为嘉庆十年所修,两壁有壁画,是水墨的,画得很生动。

颇疑中部的第五部分的相连续的五个大窟,便是昙曜最初所开辟的五窟。五尊大佛像是曜时所雕刻的,其壁上及前后左右的浮雕及侍像,也许是当地官民及外国人所捐助的。也未必是一时所能立即完全雕刻好。每一个大窟,其经营必定是很费工夫的。无力的或力量小些的人民,便在窟外雕个小龛,或开辟一小窟,以求消灾获福。

西部是从碧霞宫以西直到武州山的尽西头处。山势渐渐的向西平衍下去,最西处,恰为武州河的一曲所拥抱着。

这一路向西走,共有二十多个洞窟,规模都不甚大。愈向西走,愈见龛小,且也愈见其零落,正和东部的东首相同。故以中部的第三部分,假设为昙曜最初所选择而开辟的五窟,是很有可能的。那地位恰在正中。

西部的二十余窟,被古董贩子斫去佛头不少。几个较好的佛窟,又都被堵塞住了,而以"内有手榴弹"来吓唬你。那些佛像,有原来的彩色尚完整存在者。坐佛的姿势,隽好者不少。立像的衣襞,有翩翩欲活的。在中段的地方,一连四个洞,俱被堵塞,而标曰"内有手榴弹"。西部从罅中望进去,那顶壁的色彩是那样的古艳可喜!

西邻为一大窟,土人说,内为一石塔。由外望之,顶壁的色彩也极隽美。再西有一佛龛,佛像已被风雨所侵剥,而龛上的悬帏却是细腻轻软若可以手揽取。

再西的各小窟及各龛则大都破败模糊,无足多述。

这样的匆匆的巡览了一遍,已经是过了一整天,连吃午饭的时间都忘记了。

把云岗诸石窟的大势综览了一下,如以中部的第五部分为中心,则今日的大佛寺,五佛洞和东部的大佛图的遗址,都是极弘大的另成段落的一部分。

高到五十尺至七十尺的大佛,或坐或立的,计东部有一尊,中部的大佛寺有一尊,五佛洞现存二尊(或当有三尊,一尊已毁)。连同中部的第五部分五尊,共只有九尊或十尊。《山西通志》所谓的十二龛及一说的所谓的二十尊,都是不可靠的。

这一夜终夜的憧憬于被堵塞的那几个大窟的内容。恰好,第二天,赵司令来到了别墅。我们和他商议打开洞门的事。他说:"那很容易,吩咐他们打开就是了。"不料和看守的巡长一商量,却有许多的麻烦。非会同大同县的代表,古物保管会的代表及本地的村长、村副眼同打开,眼同封上不可。说了许久,巡长方允召集了村长村副去打开洞门,先打东部石窟寒泉的一洞。他们取了长梯,只拆去最高的墙头的一段。高高的站在梯头向下望,实在看不清楚,跳又跳不下去。这洞内是一座石塔,塔的背后有佛像。因为忙乱了半天,还只开了一个洞,便只好放弃了打开西部各洞的计划,一半也因为打开了,负责任太大。

十三日的下午,一吃过饭,便到武州山的山顶上去闲逛。从云岗别墅的东首山路走上去,不一会便到了"云岗东岗龙王庙斗母宫",其中空无人居。过此,走入山顶的大平原。这平原约有数十顷大小,上有和尚的坟塔三座,一为万历时的,一为康熙时的,其一的铭志看不清了。有农人在那里种麦种菜。我们又向西走,进入云岗堡的上堡,堡里连一间破屋都没有,都夷为菜圃麦田,有一人裸了全身在耙地。望见远山上烽火台好几座绵延不断,前后相望。大概都是明代所建的。

再向西走,到了玉皇阁,那也是一个小庙,空无人居。由此庙向下走,下了山头,便是武州河边。"断岸千尺,江流有声",正足以形容这个地方的景色。

下午四时,动身回大同,仍坐的载重汽车。大雨点已经开始落下。但不久便放晴。下了不过十多分钟的雨,不料沿途从山上奔流下来的雨水却成了滔滔的洪流,冲坏了好几处的大道。汽车勉强的冒险而过。

　　到了一个桥边,山洪都从桥面上冲下去,激水奔腾,气势极盛,成了一道浊流的大瀑布,哄哄咙咙之声,震撼得人心跳。被阻在那里,二十多分钟,这道瀑布方才势缓声低,汽车才得驶过。

　　没有经过这种情形的,简直想不到所谓"山洪暴发"的情形是如何的可怕。

　　过了观音堂,汽车本来是在干的河床上走的;这次却要在急水中走着了。

七月十三夜十二时半寄于大同

(选自《西行书简》,商务印书馆 1937 年 6 月出版)

从丰镇到平地泉

十六日,五时起身遇见老同学郑秉璋君,在此地为站长。他昨夜恰轮着夜班,彻夜未睡,然今天九时左右,仍咯(陪?)着我们,出去游览。丰镇无甚名胜,岐王山的闹鸡台及长城的得胜口因离站太远,未去游。此地连人力车都没有。步行过镇,沿途所见,与大同完全不同。大同是一个很热闹的城市,古人文化的遗迹又多,很可以留连忘返。这里却一点令人可游的地方都没有。目的是走向镇的东北隅的灵岩寺。几乎是穿过全镇。过平康里,为妓女集居之处。文庙已改成民众教育馆,但大殿仍保存,柱上的础石,作虎头状,很别致。又过城隍庙,庙前高柱林立,柱顶多饰以花形,不知作何用。在张家口大境门外的一庙,仅见二柱,初以为系旗杆,这里却多至数十,殆为信心的男女们所许愿树立者欤?

庙前广场上,百货陈列,最触目惊心者为鸦片烟灯枪,及盛烟膏之罐,大批的在发售。几乎无摊无此物;粮食摊子反倒相形见绌。同行者有购烟灯归来作纪念的。但我不愿意见到它,心里有什么在刺痛!

沿途,烟铺甚多,有专售烟膏的,也有附带吃烟室的;茶食铺兼营此业者不少。旅馆之中,更不用说了。我们走进一家小茶食店,他们的门前也挂着竹篾做的笊篱式的东西作为标识,上贴写着"净水清烟""君子自重"的红字条。店伙们正在烟榻旁做麻花。一个顾客则躺在榻上洋洋自得的在吞吐烟霞,旁若无人。此人不过三十岁左右。"你们自己也吃烟么?"我问一个店伙道。

"不,不,我们哪里吃得起。"

又走过一家出售烟膏的大店,店前贴着大红纸条,写道"新收乳膏上市"。

"新烟卖多少钱一两呢?"

"大约二毛钱一钱。"店伙道。他取出许多红绿透明洋纸包的烟膏道:"一包是二十枚,够抽一次的。"

我们才知道穷人们吃烟是不能论两计钱的,只有零星的买一包吃一顿的。

过市梢头,渐渐现出荒凉气象。远见山上有一庙独占一峰顶,势甚壮,我们知道即灵岩寺了。

灵岩寺从山麓到山顶凡九十九级,依山筑寺,眺望得很远。庙的下层为牛王庙,供的是马王,牛王。只是泥塑的牛马本形而已。这天恰是忠义社(毡毡业的同业公会)借此开会祭神,正中供一临时牌位是:

"供奉毡毡古佛神位"

人众来得很热闹。最上一层,有小屋数间,屋门被锁上,写的是"大仙祠"。从张家口以西,几乎无地无此祠。祠中供的总是一老一少的穿着清代袍褂的人物,且讳言狐狸。其信仰在民间是极强固的。

在最高处远望,为山所阻,市集是看不见的,仅见远山起伏,皆若培塿,不高,也不秀峭。秉璋指道:"前面是薛刚山,传说,薛刚逃难时,尝避追兵于此山。"此山也是四无依傍的土阜。中隔一河。因有曹福祠过河的经验,故不欲往游。

"听说,这一带罂粟花极盛,都在什么地方呢?"我们问道。

"那一片白色的不是么?"

远望一片白花,若白毡毯似的一方方的铺在地上,都是烟田。

这时正是开始收割的时候。

"车站附近也有。"

下午,午睡得很久。五时许,天气很凉快,我们都去看罂粟花及收烟的情形。离站南里余,即到处都是烟田,有粉红色的,有大红色的,有红中带白的,惟以白色者为最多。故远望都成白色。花极美丽,结实累累,形若无花果。收烟者执一小刀,一小筒,小刀为特制的,在每一实上,割了一道。过了一会,实上便有乳白色的膏液流出。收烟者以手指刮下,抹入筒口,这便是烟膏了。每一果实,可割三四次以上。农人们工作得很忙。

"你们自己吃烟么?"我们又以这个问题问之。

"我们哪里吃得起!"

看他们的脸色,很壮健,确乎不像是吃烟的。其中大部分都是短工,从远地赶着这收烟时节来作工的。

夜里,车开到平地泉。

十七日,七时起床。在车站上,知道前几天的大雨,已把卓资山以西的铁路都冲坏了,正在修理,不能去。绥远主席傅作义的专车,也已在此地等候了好几天。冲坏的地方很多。听说,少则五日,久则半月,始可修复。我们觉得在车上老等着是无益的,所以想逛完平地泉便先回家。这封信到了家时,人也许已经跟着到了。

九时,傅作义君来谈,因同人中,有几位是曾经有人介绍给他的。当路局方面打电报托他照料时,他曾经来电欢迎过。他是一个头脑很清楚的军人,以守涿州的一役知名。很想做一点事。其田问他关于烟

117

税的问题,有过很公开的谈话。他说:绥远省的军政费,收支略可相抵,快用不到烟税。烟税所入,年约一百万元,都用在建设及整理金融方面。现在绥远金融已无问题,皆由烟税方面收入的款去整顿。所以烟税的废除,在省府是没有多大问题的。只要中央下令禁止,便可奉命照办。惟中央现在已有了三年禁绝之令,现正设法,从禁吸下手,逐渐肃清。如不禁吸,则此地不种,他省的烟土必乘隙而入,绥晋的金融必大感困难。这话也许有一部分的理由。听说绥远的种烟,也是晋绥经济编制政策之一。绥晋二省吸烟的极多;如不自种自给,结果是很危险的。同时,白面、红丸之毒最甚,不得已而求其次,吃鸦片的还是"两害相权取其轻"的一法。山西某氏有"鸦片救国论"的宣布,大约其立论的根据便在于此。但饮鸩止渴,决非谋国者的正当手段,剜肉补疮,更是狂人的举动,不必求其代替物,只应谋根本禁绝之道。但这是整个中国的大问题。

二时许,游老鸦嘴(一名老虎山),山势极平衍。青草如毡,履之柔软无声。有方广数丈的岩石,突出一隅,即所谓老鸦嘴也。岩上有一小庙,一乞丐住于中。登峰顶四望,平野如砥,一目无垠,一阵风过,麦浪起伏不定,大似一舟漂泊大海中所见的景象。

"平地泉"的名称,确是名副其实。塞外风光,至此已见一斑,天上鸦鸽轻飞,微云黏天,凉风徐来,太阳暖而无威,山坡上牛羊数匹,恬然的在吃草。一个牧人,骑在无鞍马上,在坡下放马奔跑,驰骤往来,无不如意。马尾和骑士的衣衫,皆向后拂拂吹动,是一幅绝好的平原试马图。我为之神往者久之。山上掘有战壕及炮座,延绵得很长;闻为晋军去年防冯时所掘。

冯玉祥曾在此驻军过;今日平地泉的许多马路,还是冯军遗留下的德政。但街道上苍蝇极多,成群的在人前飞舞。听说,从前此地本来无蝇。冯军来后,马匹过多,蝇也繁殖起来。

路过一打蛋厂，入内参观，规模颇大。有女工数十人，正在破蛋，分离蛋黄、蛋白。蛋黄蒸成粉状；蛋白则制成微黄色的结晶片。仅此一厂，闻每日可打蛋三万个，每年可获利三四万元。车站上正停着装满了制成的蛋的一车，要由天津运到海外去。惜厂中设备，尚未臻完美。如对空气，日光等设备完全，再安上了纱窗纱门，则成效一定可以更好的。

　　傍晚，在离车站不远的怀远门外散步。"日之夕矣，牛羊下来。"这诗句正描写着此时此地的景象。牛群，羊群过去了，又有一大群的马匹，被赶入城内。太阳刚要西沉，人影长长的被映在地上。天边的云，拥挤在地平线上，由金黄色而紫，而青，而灰，幻变无穷。原野上是无垠的平，晚风是那样的柔和。车辙痕划在草原上，像几条黑影躺在那里。这是西行以来最愉快的一个黄昏。古人所谓"心旷神怡"之境，今已领略到了。拟于夜间归平，我们后天便可见面了。

十七日夜

（选自《西行书简》，商务印书馆1937年6月出版）

归绥的四"召"

这次是直接挂车到绥远的,中途并不停顿。所要游览的鸡鸣山及居庸关,都只好待之归来的时候了。八日八时许由清华园开车。九日十时十分到绥远省城。沿途无可述者。惟经过白塔车站时,可望见白塔巍然屹立。此塔为辽金时所建,中藏《华严经》万卷。清初尚可登览。张鹏翮《漠北日记》云:"七级,高二十丈,莲花为台砌,人物斗拱,较天宁寺塔更巍然。内藏篆书《华严经》万卷,拾级而上,可以登顶。嵌金世宗时阅经人姓名,俱汉字。"今则塔已颓败,不可登。《华严经》殆也已散失,无存的了。

正午,到城南古丰轩吃饭,闻此轩已历时二百余年;有烙甜馅饼的大铁锅,重至八百余斤。下午,将行装搬下车,到绥远公医院暂住。傅作义氏来谈得很久。他就住在邻宅。

十日,上午八时,乘汽车到城内各"召"游览。

锡拉图召(一作舍利图召)在城南,为绥远城内最整洁的一庙。听说,财产最多,尚可养活不少喇嘛。故不现出颓败的样子。还有一座庙,在召河附近,是这里的大喇嘛夏天的避暑所在。

此召,寺额名延寿寺。大殿分前后二部。前部完全是西藏式的"经堂",为喇嘛们哗经的地方,柱八,皆方形,朱红色,又有围楼。堂的正中,有大座椅,是活佛讲经处。今日尚有破碎的"哈达"不少方抛在那里。三壁都画着壁画,除特殊的藏佛数像外,余皆和内地的壁画不殊,大体皆画释迦佛的生平。

后部是"佛堂",供着五尊佛。三壁都是藏经的高柜。

殿后,有楼,似为从前藏经的地方。但现在是空着,正中供观音,东边供关羽。

我问看庙的人说,这庙什么时候造的? 说是明朝。

我也很疑心是明代的古庙。"经堂"的一部却是后来添造的。它和后半部的建筑是那样的不调和。

我第一次见到这种式样的汉藏合璧的建筑。

十时,到小召,即崇福寺,蒙名巴甲召。"巴甲"就是"小"的意思。规模很弘伟,并不小。清圣祖西征时,曾驻跸在此"召"。今有纪功碑在着。

碑云:城南旧有古刹,喇嘛拖音葺而新之,奏请寺额,因赐名崇福寺。经堂及佛殿的结构,和锡拉图召相同。此"召"原由古刹改造,可证实我的"经堂"为后来新增的一说。

经堂的柱,圆形,亦作朱红色,亦有楼围绕之。

寺甚颓败。盖布施日少,喇嘛不能生活,都去而他之。

寺内藏有圣祖的甲胄一副,也是他西征时留置在寺里的。

寺门口有小学校一所,额悬"归绥县第二代用小学校"。书声琅琅。我们进去参观。教师不在校。学生数十人,所读皆《百家姓》,《三字经》,《四书》,《左传》等老书。但墙上贴着他们的窗课,除了五七言诗之外,大体都是应用的文字,像"家书","合同"等等。这当是很有用处的练习。这些"私塾",其作用大约全在于此。正是应了小市民的这个需要而存在着的。

次到"五塔召"。即慈灯寺,在小召东南。颓败更甚。管"召"者为鸦片瘾极大的人,慢吞吞走来开门。大殿无甚可观。一般人所要参观的,都是那所谓"五塔"的。塔基,围十丈。上有五塔,皆建以炼砖。花纹雕刻极纤美。我们由黑漆漆的洞中,走了上去。可望见后街的平康里。砖上尚附有金彩,但大部分则均已剥落。寺建于雍正五年,故亦名"新寺"。

次到"大召",额题"古无量寺",周围占地四亩余。门口又悬"九边第一泉"额。泉在寺前百余步,今名玉泉井,寺的收入极少,故将前殿租给了商贩,辟作共和市场。大类北平的隆福寺,苏州的玄妙观。

大殿里的菩萨立像,都是细腰的,甚类大同的辽代之作,但身材太直,太板,没有下华严寺的菩萨像的美丽,其制作或在元明间吧。大佛像后,有铜制的小喜欢佛一尊,视为神秘,须执灯去看。像为狞恶的喜欢佛,足踏一牛,牛下则为一女。

这所庙宇,经堂和佛殿的不融合的痕迹,分得最清楚,"经堂"极显明的,可见出其为后建的。佛殿的前檐,有一半是成了经堂的屋顶;被挤塞在那里,怪不调和的。后面的楼阁,也出租于商人们。一灯荧然,有人正在那里吃鸦片烟。

这时,已经十二时多了。赶快的上了汽车,赴阎伟氏的召宴。

下午三时,到民政厅,观西太后出生处。今有亭,名懿览。四围花木甚多,较政府为胜。

次到第一师范,观公主府。府虽改为学校,遗物及匾额有存者。康熙写的,有"静宜堂"一额;公主自写的,有"静定长春"一额。西边有一小屋,中尚存公主的神牌,上书"公主千岁千千岁",及佛幡佛经等。闻佛经即为公主生时所诵念的。公主为圣祖的姑母,康熙间,下嫁给额驸策伦敦笃。土人称她为黑蚌公主。关于她的传说很多。她的后人尚多;到现在,每年还派人来祭供一次。

归时,灯火已零星的闪耀着。

睡得很早;明天一早:便要动身到百灵庙。

八月十日九时发

(选自《西行书简》,商务印书馆 1937 年 6 月出版)

百灵庙之一

　　十一日清早，便起床。天色刚刚发白。汽车说定了五点钟由公医院开行。但枉自等了许久，等到六点钟车才到。有一位沈君，是班禅的无线电台长，他也要和我们同到百灵庙去。

　　同车的，还有一位翻译，是绥远省政府派来招呼一切的。这次要没有傅作义氏的殷勤的招待，百灵庙之行，是不会成功的。车辆是他借给的，还有卫士五人，也是他派来保卫途中安全的。

　　车经绥远旧城，迎向大青山驶去。不久，便进入大青山脉，沿着山涧而走，这是一条干的河床。乱石细砂，随地梗道。砂下细流四伏，车辙一过，即成一道小河，涓涓清流，溢出辙迹之外。我们高坐在大汽车上，兴致很好，觉得什么都是新鲜的。朝阳的光线是那末柔和的晒着。那长长的路，充满了奇异的未知的事物，继续的展开于我们的面前。

　　走了两小时，仍顺了山涧，爬上了蜈蚣坝。这坝是绥远到蒙古的必经的大道口。路很宽阔，且也不甚峻峭，数车可以并行。但为减轻车载及预防危险，我们都下车步行。到了山顶，汽车也来了。再上了车，下山而走。下山的路途较短,更没有什么危险。据翻译者说。这条山道上,从前是常出危险的。往来车马拥挤在山道上,在冬日,常有冻死的,摔死的。西北军驻此时,才由李鸣钟的队伍,打开山岩,把道路放宽,方才化险为夷,不曾出过事。这几年来,此道久未修治,也便渐渐的崎岖不平了。但规模犹在,修理自易。本来山口有路捐局,征收往来车捐。最近因废除苛捐杂税的关系,把这捐也免除了。

下了坝,仍是顺了山涧走。好久好久,才出了这条无水的涧,也便是把大青山抛在背后了。我们现在是走在山后。颉刚说苏谚有"阴山背后"一语,意即为:"某事可以不再作理会了。"可见前人对于这条阴山山脉是被视作畏途很少人肯来的。

但当我们坐了载重汽车,横越过这条山脉的时候,一点也不觉得这是一个荒芜的地方。也许比较南方的丛山之间还显得热闹,有生气。时时有农人们的屋舍可见。——但有人说,到了冬天,他们便向南移动。不怎么高峻的山坡和山头,平铺着嫩绿的不知名的小草,无穷无尽的展开着,展开着,很像极大的一幅绿色地毯,缀以不知名的红、黄、紫、白色的野花,显得那末样的娇艳。露不出半块骨突的酱色岩来。有时,一大片的紫花,盛开着,望着像地毯上的一条阔的镶边。

在山坡上有不少已开垦的耕地。种植着荞麦、油麦、小麦以及罂粟。荞麦青青,小麦已黄,油麦是开着淡白色的小花,罂粟是一片的红或白,远远的望着,一方块青,一方块黄,一方块白,整齐的间隔的排列着,大似一幅极弘丽的图案画。

十一时,到武川县。我们借着县署吃午饭。县长席君很殷勤的招待着。所谓县署,只是土屋数进,尚系向当地商人租来的。据说,每月的署中开支,仅六百元。但每年的收入却至少在十万元以上。其中烟税占了七万元左右。

赵巨渊君忽觉头晕腹痛,吐泄不止。我们疑心他得了霍乱,异常的着急。想把他先送回绥远。又请驻军的医军官来诊断。等到断定不是霍乱而只是急性肠炎时,我们方才放心。这时,大雨忽倾盆而下,数小时不止。我们自幸不曾在中途遇到。天色渐渐的暗了下来。这天的行程是决不能继续的了。席县长让出他自己的那间住房,给我们住。但我们人太多。任怎样也拥挤不开。我和文藻其田到附近去找住所,上了平顶山。夕阳还未全下。进了一个小学校,闲房不少,却没有一个人,门户也都洞开,窗纸破碎的拖挂着,临风簌簌作响。这里是不能住,附近有县党部,那边却收拾得很干净,又是这一县最好的瓦房。我们找到委员们,说明借宿之意时,他们毫不犹豫的答应了;且是那样的殷殷的招呼着。冰心、洁琼、文藻、宣泽和我五个人便都搬到党部来住。烹着苦茶,一匙匙的加了糖,在喝着,闲谈着,一点也不觉得是在异乡。这所房子是由娘娘庙改造的,故地方很宽敞。据县长说,每年党部的费用,约在一万元左右。但他们的工作,似很紧张,且有条理,几个委员都是很年轻,很精明的。

这一夜睡得很好。第二天清早,便听见门外的军号声。仿佛党部的人员们都已经起来。这天(十二日)是星期日。不知道他们为什么这样的早起。等到我们起床时,他们都已经由门外归来。原来是赴北门外的"朝会"的,天天都得赴会,县长,驻军的团长以及地方办事人员们,都得去。这是实行新生活运动的条规之一。

九时半,我们上了汽车,出县城北门,继续的向百灵庙走。沿途所经俱为草原。我们是开始领略到蒙古的景色了,风劲草平,牛羊成群的在漫行着。地上有许多的不知名的黄花,紫花,红花。又有雉鸡草,一簇簇的傲慢的高出于蒿莱及牧草之群中,据说,凡雉鸡草所生的地方,便适宜于耕种。

不时的有黄斑色的鸟类,在草丛里,拍拍的飞了起来。翻译说,那小的是"叫天子",大的是"百灵鸟"。在天空里飞着时,鸣声清婉而脆爽,异常的悦耳。北平市上所见的百灵鸟,便产在这些地方。大草虫为车声所惊,也展开红色网翼而飞过,双翼嗤嗤嗤的作声。那响声也是我们初次所闻到的。又有灰黄色的小动物,在草地上极快的窜逃着过去,不像是山兔。翻译说,那是山鼠。一切都是塞外的风光。我们几如孔子的入周庙,每事必问。充满了新崭崭的见与闻。虽是长途的旅行,却一点也不觉得疲倦。

十一时,到保商团本部,颉刚、洁琼他们,下去参观了一会。这保商团是商民们组织的,大半都是骑兵,召募蒙人来充当,很精悍。这一途的商货,都由他们负责保护安全。

十二时,过招河,到了段履庄。这里只有一家大宅院,是一个大百货商店,名鸿记,自造油,酒,粉,面,交易做得极大。有伙计二百余人。掌柜人的住宅,极为清洁。屋顶上晒着不少米面,那都是贩运给蒙人食用的。在那里略进饼干,喝了些热水,便是草草的一顿午餐。

由鸿记上车,走了两点多钟,所见无异于前。但牛群羊群渐渐的多了,又见到些马群和骆驼群,这是招河之东的草原上所未遇的。最有趣的,是,居然遇见了成群的黄羊(野羊),总有三四百只,在山坡上立着。为车的摩托声所惊,立在最近的几只,没命的奔逃着去;那迅奔的姿态,伶俐的四只细腿的起落,极为美丽。翻译说,野羊是很难遇到的。遇者多主吉祥。三时,阴云突在车的前后升起。"快有雨来了,"翻译说。果然,大滴的雨点,由疏而密的落下。扯好了盖篷,大家都蛰伏在篷下,怪闷气的。车子闯过了那堆黑云,太阳光又明亮亮的晒着。而这时,远远的已见前面群山起伏,拥在车前。翻译指道:"那一带便是乱七八糟山——这怪名字是他自己杜撰的,他后来说——这山的缺口,便是九龙口,我们由南口进去。在这四山的包围之中,便是百灵庙。"我们登时都兴奋起来,眼巴巴的望着前面。前面还只是乱山堆拥着,望不见什么。

三时半,进了山口,有穿着满服的几个骑士们,见了汽车来,立刻策马随车奔驰了一会,仿佛在侦察车中究竟载的何等人物似的。那骋驰的利落,自如,是我们第一次见到的好景。跟了一会,便勒住马,回到山口去。

而这时,翻译忽然叫道:"百灵庙能望见了!"一簇的白屋,间以土红色的墙堵;屋顶上有许多美丽的金色的瓶形饰物,在太阳底下,闪闪发亮。

我们的车,在一个"包"前停下。这"包"装饰得很讲究,地毡都是很豪华的。原来是客厅。其组成,系先用许多交叉着的木棒,围成穹圆形,然后,外裹以白毡,也有裹上好几层的,内部悬以花布或红色毡,地上都铺垫了几层的毡。上为主座。中置矮案,案下为沙土一方,预备随时把垃圾倾在其中。隔若干日打扫一次。居者坐卧皆在地毡上。每一包,大者可住十余人。我们自己带有行军床,铺设了起来,又另成一式样。占了两包,每包住四人或五人,很觉得舒畅,比局促在河东商店的厢屋里好得多了。大家都充溢着新奇的趣味。

七时,天色忽暗,一阵很大的雹雨突然的袭来。小小的雹粒,在草地上迸跳着,如珠走玉盘似的利落。但包内却绝不进水。

雨后夕阳如新浴似的,格外鲜洁的照在绿山上,光色娇艳之至!天空是那末蔚蓝。两条虹霓,在东方的天空,打了两个大半圈,彩色可分别得很清晰。那彩圈,没有一点含糊,没有一点断裂。这是我们在雨后的北平和南方所罕见的;根本上,我们便不曾置身于那末广阔无垠的平原上过。

天色渐渐的黑了,黑得什么都看不见,仅包内一灯荧然而已。

不久便去睡。包外,不时的有马匹嘶鸣的声音传入。犬声连续不断的在此呼彼应的吠着,真有点像豹的呼叫。听说,蒙古的牧犬是很狞恶的。确比口内的犬看来壮硕得多。但在车上颠簸了大半天,觉得倦极,一会儿便酣酣的睡着。

半夜醒来,犬声犹在狂吠不已。啊,这草原上的第一夜,被包裹于这大自然的黑裳里,静聆着这汪汪的咆叫,那情怀确有点异样的凄清。

今天五点多钟便起,还是为犬吠声所扰醒。趁着大家都还在睡,便急急的写这信给你。

写毕时,太阳光已经晒遍地上。预备要吃早餐,不多说了。

八月十三日晚八时发

(选自《西行书简》,商务印书馆1937年6月出版)

百灵庙之二

　　昨天,早餐后,一个人出去散步。在北面的一带山地上漫游着。山势都不高峻,山坡平衍之至,看不见一点岩石。足下是软滑滑的,一点履声都没有。那草原上的绿草简直便是一床极细厚的地毯,踏在上面,温适极了。太阳光一点都不热。山底下便是矮伯格河环之而流。

　　中途遇见保安处的军事教官刘建华君,随走随谈,谈得很久。他是东蒙人,参加过好几次的抗日战。这可伤心的往事,不能不令人想起来便悲愤交集。

　　上午往游百灵庙。百灵庙,汉名广福寺,占地极广;凡有大小佛殿及经堂十一座;大小的喇嘛住所一百数十处,共有六百余间屋,可容得下三千余众。但现在住着的,不过数百人。

　　庙为康熙时所建,圣祖西征,曾在这里住得很久。民国三年时,张治曾驻此,曾经过一次大战,庙全被焚毁,现在的庙,是民国十年后重建的。规模遂远逊于前。

　　正殿及白塔,正对着庙前的突出的一峰,这峰名女儿山。相传,康熙怕女儿山要产生真命天子,便特建此庙以镇压之。

殿门上有焚符,符傍,注着流字云:"凡在此符下经过一次者,得消除千百世之罪孽。"前殿之经堂,正中为班禅驻此时诵经处。四周皆壁画,气韵还好,当出于大同、张家口的画人手笔。画皆释迦故事;惟有数尊喜欢佛,较异于他处。后殿为供佛之所。如来像的下方,别有头戴黄尖帽,身披黄袍的大小坐像数尊。其面貌和一般的佛像大异,鼻扁,额平,颧骨突出,极肖蒙人。初以为蒙佛,问了翻译,才知道是黄教祖师的真容。这位宗教改革家,在西藏史上是占着很重要的地位的。殿的东隅,置一金色的柱形物。分三层,为宇宙的象征。下层为地,作圆形;中层为水,亦圆形而有波浪纹;上层为天,作楼阁层叠状。水的四面,有二伞形及日,月二形。此亦藏物。

出正殿,又进几个佛殿去参观,规模有大小,而结构无殊。便也懒得去遍历十一殿了。

出庙,在山坡上散步。太阳光渐渐的猛烈起来,有点夏天的气候了。山顶有一白色石堆,插有木干无数,成为斗形。木干上悬挂着许多彩色的绸布,上有经文。此种石堆,名为"鄂博",本为各旗分界之用,同时也成了祀神之所。我们坐在这"鄂博"的阴影下闲谈着。赵君说起蒙古所以定阴历三月二十一日为大祭成吉思汗日者,非为他的生忌死忌,而是他的一个特殊的战胜纪念日。是日为黑道日,本不利于出兵。但他每在黄道日出兵必败,特选这个黑道日出兵,遂获大胜。后人遂定这个奇特的日子为大祭日。

不觉得,太阳已经在天的正中了。我们赶快的向"包"而走回。饭后,午睡了一会。"包"内闷热甚,大有住在沙漠上的意味。

夜间,赵君请了两个奏乐的人来。因为只有两个人,故只能奏两种乐器。一吹笛,一拉胡琴。奏的音调,极似《梅花三弄》,但他们说,是古调,名《阿四六》。这种音调,我疑心确是由蒙古传到内地来的。次换用胡琴和马头琴合奏。马头琴是件很奇特的乐器。蒙名"胡尔"或"尚尔"。弦以马尾制成，饰以马首形。相传系成吉思汗西征时所制的。每一弹之，马群皆静立而听。马头琴声宏浊悲壮，间以胡琴的尖烈的咿哑声，很觉得音韵旋徊动人，虽然不知道奏的是什么曲。最后，是马头琴的独奏。极慷慨激昂，抑扬顿挫之至，没有一个人不为之感动的。奏毕，争问曲名，并求重奏一次。他们说，这曲名"托伦托"，为成吉思汗西征时制。奏乐者去后，余兴未尽，又由韩君他们唱"托伦托"曲及情歌《美的花》。歌唱出来的《托伦托》曲较在乐器上奏的尤为壮烈，确具骑士在大平原上仰天长歌的情怀。《美的花》则若泣若诉，郁而不伸。反复的悲叹其情人的被夺他嫁。但叹息声里，也带着慷慨的气概，不那末靡靡自卑。

"包"内客人们散去时，已经午夜。盘膝坐得腰酸，走出"包"外，全身舒直了一下。夜仍是黑漆漆的，伸手不见掌，但天空却灿灿烂烂的缀着满空的星斗。银河横亘于半天，成一半圆形，恰与地平线相接。此奇景，不到此，不能见到。

十二时睡。相约明早到康熙营子去，又要去考察一般蒙人所住的"包"。

明日午后，尚约定看赛马会和"摔交"。

十四日上午自百灵庙发

（选自《西行书简》，商务印书馆 1937 年 6 月出版）

百灵庙之三

前昨二日由百灵庙寄上一信。此二信皆系由邮差骑马递送；每两天一班；每班须走三天才到绥远。故此二信也许较这封信还要迟到几天呢！

百灵庙地方，很可留恋。昨日（十四日）上午，七时方才起床，夜间睡得很熟，九时左右，乘汽车到康熙营子。相传该处为康熙征准格尔时的驻所。今尚留有遗迹，且有宝座。但遍觅宝座不见。四周大石重叠，果似营门。疑为附会之辞；因大石皆是天生，不大像人工所堆成。营子内，山势平衍，香草之味极烈，大约皆是蒿艾之属。草虫唧唧而鸣，声较低于北平之"叫哥哥"，其翼膀也较短。红翼的蚱蜢不断的嗤嗤的飞过。蒙古鹰成群的在山顶的蓝天上打旋。后山下有孤树二三株，挺立于水边。一个人独坐于最高的山上，实在舍不得便走开。可惜大家都在远处催促着，只得走了。香草之味尚浓浓的留在鼻中。

离开康熙营子，循汽车路去找蒙人住的蒙古包。走了好久，方才看见几个包。大约总是两个包成为一家。有山西老头儿，骑骡到各包索账。态度极迂缓从容。我们去访问一家。这家有二包,男人已经出外,仅有老母及妻在家,尚有一个汉人的孩子,是雇来看牛的。这家不过是中下之家,但有牛三十余匹羊百余只,包内也甚整洁。锅内有牛奶一大锅,食物架上堆满了奶皮,奶豆腐。火炉旁有一小火,长明不熄。由译人传语,知其老母为七十五岁,妻为二十五六岁,男人为三十余岁。已结婚二三年,尚未有子女。被雇之幼童年约九、十龄,每日工资一角。老妇人背已驼,但精神尚健壮。其媳颇静好,语声甚低,手中正在作活计;闻为其婆所穿之衣。说话时,含羞低头,且仅简单的回答着。大约都是说"不知道"之类。有问,往往由其婆代答。我们要为他们摄影,但坚持不肯出包,等到我们出包上车时,他们又立在包前看。

下午,到河东商家去访问,河东有买卖十余家,主伙皆山西大同人,专做蒙古买卖。又有无线电台及邮局等机关。最老的商店有一二百年者;最大的一家集义公也有四五十年的历史,每年可赚纯利四五千元,其资本则仅千元。盖蒙古贸易,向不用钱,皆以货易货。商人以布匹,茶,糖等必须品卖给他们。到了第二年秋天,他们则以牛羊马匹偿还之,商人们可以获得往返的两重的利息,故获利颇丰,然近年竞争亦甚烈。有商号十余家,二三人,四五人一组的行商,也有一百余组,来往各包做买卖。每组所做,有多至数百十个包者。因地面辽阔之故,他们多以骆驼,马匹,骡子等代步及运货。亦有蒙人上商号去做买卖的。我们在河东,即见二蒙人执一狐皮来兜销,要价八元,然无人问津。

无线电台为政委会的,新由北平军分会运去,可通南京、北平、绥远及德王府等处。台长关君为东北大学毕业生。

二时,沿了百灵河,向山后走去,择一僻地,洗足擦身。水极清冽,沙更细软。跣足步行水中,很觉舒适。游鱼极多,见人皆乱窜而去。鱼极小,水中也无人钓鱼,故生殖至多。也有蛙,形体较小于内地。三时回。

十五日上午五时,即起床,天色尚未大亮。早餐后,太阳始出。六时半,开车。来送行的人仍不少。各有依依不舍之情意。车将出九龙口,回望百灵庙,犹觉恋恋。庙顶的金色,照耀在初阳里,和庙墙的白色相映,觉分外的显得可爱,其美丽远胜于近睹。

有一喇嘛着红色衣,牵一白马,在绿色草原上走着,颜色是那样的鲜明。

途中遇见灰鹤成群,这和黄羊,同为罕见的动物。张君取出手枪,放了一响,灰鹤纷纷惊飞,飞态很美。其他马群,牛羊群及成群之骆驼则所遇不止一次,有一次,总有百来匹马见了车来,在车前飞奔而去,是那样的脱羁而逃。较赛马尤为天然可爱。

汽车道旁,有二蒙古包,是一家,有羊圈,已稍见汉化。此家有二女,皆未嫁,少女极姣美,头戴银圈,镶以红绿色的宝石珊瑚等,双辫悬前,缨络满缀于上,面色红白相融,是内地所罕见之健美的女子。我们徘徊了一回,即复上车。十一时,经过召河,绕道到普会寺,即绥远锡拉图召大喇嘛的避暑地。寺额为乾隆所写。寺凡三层,皆藏式,仅屋檐参以汉式。寺内结构和大召,小召等相同,也是经堂在前,佛殿在后。寺旁有二院落,极整洁,一院有高树二株。窗户皆用蓝色及绿色,而间以金色的圆圈及卍字等为饰。很别致。一旁厅悬有画马二幅,很古,似为郎世宁笔。惜门已锁上,不能进去参观。下午二时,过武川路,和县长及县党部诸君周旋了一会,即别。四时左右,过蜈蚣坝,车颠簸甚。五时半始到达公医院。计坐了十一小时的汽车,殆为生平最长途的汽车旅行。尚不觉甚倦。饭后,到旧城春华池沐浴,身体大为舒适。今夜当可有一觉好睡。

现已十二时,不再写了,明天还要早起到昭君墓。

六月十五日,夜十二时,写于绥远公医院

(选自《西行书简》,商务印书馆1937年6月出版)

135

昭君墓

早晨刚给你一信,现在又要给你写信了。

上午九时半早餐后,出发游昭君墓。墓在绥远城南二十里。希白、雷小姐他们都骑马去。我因为没有骑过马,只好坐轿车。车很干净,三面皆为黑色的纱窗。但道路崎岖不平,车轴又无弹簧,身体颠簸得利害。双手紧握着车窗或车门,不敢一刻疏忽。一疏忽,不是头被撞痛,便是手臂或腿部嘭的一声,被撞在车门上。有时,猛烈一撞,心胆俱裂,百骸若散。好在车轮很高,相距亦阔,还不至演出覆车的危险。有马队四人,带了手提机关枪,来保护我们;因为前日城内出过抢案。骡夫走得很慢,骑马的人不时的休息下来等着我们。十时三刻,才到小黑河。水不深,还不到尺。十一时一刻,到民丰渠。浊流湍急,不测深浅,渡河时,人人皆惴惴危惧。一个从者的马匹倒了下去,骑者浑身俱湿。幸渠身不大宽,河水也至多只有两尺多深。大家都不曾再出危险。骡车也安稳的渡过。据说,春时,汽车可达。此时水深,除马及骡车外,无法渡过。十一时三刻到昭君墓。墓甚高,据说有二十丈,周围数十亩。土色特黑,草色青翠,多半是香蒿,高及人腰,香味极烈。墓前列碑七八座,最古者为道光十一年长白升演所书之"汉明妃冢"及他的碑阴的题诗。次有道光十三年长白,珠澜的碑。次有戊申年耆英的碑。此外皆民国时代的新碑。民国十二年立的马福祥的墓碑云:《辽史地理志》:"丰州下则曰青冢,即王昭君墓。据此则昭君墓之在丰州,已无疑义。又考清初张文端《使俄行程录》云:归化城南直书有青冢,冢前石虎双列,白石狮子仅存其一,光莹精工,必中国所制,以赐明妃者也。又有绿琉璃瓦砾狼藉,似享殿遗址。"民国十九年冯曦的一碑,最为重要。

"岁庚午,清明后十日,海础李公召集军政各长议定植树冢右。始掘土获梵文经卷,随风湮灭。既而石虎,木柱现,而零星璃瓦,碧苔叠篆,犹不可更仆数。知古人于冢有实右大招提在。"

冯氏所推测的大致很对,张氏所云,享殿遗址,必是大招提的遗址无疑。"中国所制,以赐明妃者也,"语尤无根。惟清初已破败至此,则此遗址至晚必为辽金时代的遗物。惜未获碑文,无从断定。但此冢孤耸于平原上,势颇险峻,如果不是古代一个瞭望台,则也许是一个古墓。至于是否昭君之墓,则不可知了。他日也许能够发掘一次以定之。此望台或古墓的时代当较右有的庙宇为古。石虎一只,今尚倒在田陇间,极粗朴,似非名贵之物。昭君墓,包头附近尚有一座(闻西陲更有一座)。依常理推之,汉时归绥,尚为中土,明妃决不会葬在这个地方的。但青冢之说,唐人的《王昭君变文》里已提及之,有"青冢寂辽,多经岁月"的话。元人马致远有"沉黑水明妃青冢恨,破幽梦孤雁汉宫秋"一剧,黑水青冢,皆见于此。冢南的大黑河殆即所谓黑水,(《元曲选》说白中,指黑水为黑龙江,万无是理。)其后明人的《和戎记》,《青冢记》诸传奇也都坐实青冢之说。究竟有此富于诗意的古址,留人凭吊,也殊不恶。休息了一会,即登冢上。仅有小路,沿山边而上,宽仅容足,一边即为壁立数丈的空际。"一失足成千古恨",走时,很小心。半山有极小的大仙祠一所。据说,中为一洞,甚深。从前游人们常从大仙借碗汲水喝,今已不能借到了,闻之,为之一笑。冢上白土披离,似为雨冲刷的结果。仅有此方丈之地不生草,四边仍为黑土及绿草。南望,即大黑河,今已枯浅。北望大青山脉,绵延不断,为归绥的天然屏障。西北方即归绥的新旧城所在。太阳光很猛烈,徘徊了一会,方下山。在碑阴喝水,吃轻便的午饭。我先坐骡车走。骡夫说,青冢一日有三变,一变似馒头,再变为盖碗。第三变则他已忘记了。骡夫为一老头儿,他说,现年五十六岁,十余岁时已业此,至今已四十余年了。他慨叹的道:"前清的生意好做,民国时是远不如前了。洋车抢了不少生意去。"他似对一切新事物都抱不愤。有自行车经过,骡为所惊。他便咒诅不已。他又说:"这车已经三天不开张了。"我问他:"是你自己的车么?"他说:"不,我替人赶的;买卖实在不好做,每月薪水二元,吃东家的,有时,客人们赐个一毛五分的。东家一天得费五毛钱养车。净赔。卖了也没人要。从前有七八百辆,如今只存二百九十多辆了。"他脸上满是烟容。我问他:"你吃烟么?"他点点头。"一个月两块钱的工钱,如何够吃烟?"他道:"对付着来。"

骡车在入城的道上,因骡惊,踢翻了一个水果担子。他道:"不要紧,我赔,我赔。"结果赔了一毛钱。他似毫不容心的,还是笑着。水果贩子还要不依。我阻止了他。骡夫却始从容而迂缓,若不动心的。等到回到公医院,我给了三毛钱的赏钱。

"是给我的么?"他有点惊诧。

"给你做赏钱。"

他现了笑容,谢了又谢,显出感激的样子。

这可爱的人呀! 世事在他看来,是怎样简朴而无容思虑。

回望昭君墓,仅见如三角台形似的一堆绿色土阜。同行的王副官说,这青冢,冬天草枯时,也并不显出土色,远望仍是青的。

这一天实在是太辛苦了。为了这末一个土阜或古墓,实在不值得写这封信。但又不能不对你诉苦。双腿为了支配的不得当,或盘膝,或伸直,直被颠播得走路都抬不起来,软软的好像大病方愈。

最后,还有一件事要说。到昭君墓去的途中,见有不少德政碑。又有禧神庙一所,在路右,已破烂不堪,为乞丐们所占据。然在门外望之,神像虽已不存,而两壁的壁画颇佳,皆清代衣冠,作迎亲送亲的喜祥之进行队,是壁画中所仅见者。

八月十六日下午六时发

(选自《西行书简》,商务印书馆 1937 年 6 月出版)

包 头

十七日晨五时起床,六时半到绥远车站,预备向包头走。因二次车迟到的缘故,等到八时半方才开车。车沿大青山脉而走。山色黑绿斑斓若虎皮纹,太阳照射其上格外的现出复杂的彩色,和康庄附近的山色正相同。远远的望见浊流一线,和田野的积水之清莹,白洁者正相映照。这浊流便是黄河。到磴口,可望见民生渠。十二时,到包头,周站长及七十师派来招待的参谋吴泽君都到车上来谈,吴君极有风趣,好说笑话。一时半坐车到城内新生活改进社,找段承泽君,段君为此地实业界的巨子,他主持电灯面粉公司,能用新的方法,垦辟荒地至数百顷。他购地时每亩价仅四角,今已值价至数十倍。他试验种水稻,两年以来,已有成绩,但决不种烟(种烟出息最好)。惜他不在家。遂到东门外转龙藏去,这寺是此地的一个很好的风景,占住了一个小山顶。水泉由寺中流出,全城饮水,半赖于此。由长工而成佃户,由佃户而成自耕农。要做到由自养到自卫,由自卫到自治的理想。自养的计划是自耕而食,自织而衣;自卫的计划是寓兵于农,变兵为农。最高的理想,则要实现

"耕者有其田"的主张；并本节制资本的主张，田产不许买卖及抵押。现在正在进行的是"农牧林工商"业的自给。有百货商店，性质略同于合作社。这实"世外桃源"的新村，任君他自己也颇怀疑能否独在"浊世"中存在。但他相信，社会主义国家的苏俄，既能做到自养自给的地位，则新村似也可以办到不受外来影响的地位，新村运动向为无政府主义者的同志的组合，今此新村却带些官办性质，至少和当地政府是合作的。其主张很值得讨论。却也不妨有此一种试验。九时半回到火车上，倦甚，即睡。

十八日，五时半即醒。天空半为淡云所蔽，日影微露，大有雨意。六时三刻，坐汽车出发到五当召。途中很不好走。沙地过软，车轮易陷于其中。雨点已落，由小而大淅沥不已，大有江南春天的气候。到了一个山峡中，车路已坏，不易走上。停了好久。我到瓜田中散步了一会。仍无办法，只好归来，打消了到五当召去的计划。因倦甚，一倒头便睡到正午。明日拟游民生渠，麦达召等处。

十八日自包头寄

（选自《西行书简》，商务印书馆1937年6月出版）

辑四　蛰居散记

《蛰居散记》自序

胜利！胜利！胜利！

我们在水深火热的沦陷区里，度日如岁，天天盼着胜利的到来，简直如大旱之望云霓。我们忍受着人类所不能忍受的痛苦；我们吞声饮泣的睁眼看着狼虎的择肥而噬，狐兔的横行，群鬼的跳梁；我们被密密的网罗覆罩着；我们的朋友们里，有的杀身成仁，为常山舌，为文氏头，以热血写了不朽的可泣可歌的故事；有的被捕受刑，历尽了非人道的酷暴的待遇，幸而未死，然已疮痍满身，永生不愈；最大多数的人民是受着不可言说的压迫与恐怖，日在饥饿线上挣扎着；言之痛心，闻者酸鼻。

然而别一方面却是荒淫，奢靡，快乐无度；无耻与丧心病狂者流，统治了一切。敌人与勾结敌人之奸官、奸商，莫不致富万万；乃至数十百万万；人民求食所谓"文化粉"（北方以豆渣、花生壳、高粱、黍米等合磨为粉，称之为"文化粉"）而不可得，而彼等则食必珍馐，日掷百万而无吝；人民在黑暗中摸索着，而彼等则灯火辉煌，俾夜作昼；人民出无车，而彼等则汽车如虎，街头疾驰；人民住无室，而彼等则高楼巨厦，三宅四院而尚嫌不足;人民妻离子散,而彼等则娇妻艳妾,左拥右抱;人民衣裳褴褛,鞋穿袜破,而彼等则冠戴堂皇,靴光如漆。极度的荒淫无耻与极度的受压迫的呻吟,作着极鲜明的黑与白的对照,是地狱相,是鬼趣图。

而现在,胜利终于到来了!

但在这样的一个黑暗时期,一个悠久的"八年"的黑暗时期里,如果能有一部详细的记载,作为"千秋龟鉴",实胜于徒然的歌颂胜利的欢呼。

我从"八·一三"事变后,便过了好几次的流离迁徙的生活;从"一二八"后,便蛰居于一小楼上,杜绝人事往来。虽受着不少次的虚惊,幸而未作"楚囚",未受刑迫。胜利的欢呼,使我从冬蛰里苏生。我没有受害,没有入狱,竟也没有饥饿而死,不可不谓为一个"奇迹"!我在这里以十万分恳挚的敬意,致谢于许多帮助我隐匿着,生活着的朋友们。如果没有他们的好意与有勇气的担当,我也许早已遭逢了不幸。

劫后余生,痛定思痛,把这几年来目睹耳闻的事实,写了下来,成为这本《蛰居散记》,也许可以使将来的史家们有些参考吧。是为序。

一九四五年八月二十日

(选自《蛰居散记》,上海出版公司1951年5月出版)

暮影笼罩了一切

"四行孤军"的最后枪声停止了。临风飘荡的国旗,在群众的黯然神伤的凄视里,落了下来。有低低的饮泣声。

但不是绝望,不是降伏,不是灰心,而是更坚定的抵抗与牺牲的开始。

苏州河畔的人渐渐的散去。灰红色的火焰还可瞭望得到。

血似的太阳向西方沉下去。

暮色开始笼罩了一切。

是群鬼出现,百怪跳梁的时候。

没有月,没有星,天上没有一点的光亮。黑暗渐渐的统治了一切。

我带着异样的心,铅似的重,钢似的硬,急忙忙的赶回家,整理着必要的行装,焚毁了有关的友人们的地址簿,把铅笔纵横写在电话机旁墙上的电话号码,用水和抹布洗去。也许会有什么事要发生。准备着随时离开家。先把日记和有关的文稿托人寄存到一位朋友家里去。

小箴已经有些懂事,总是依恋在身边。睡在摇篮里的倍倍,却还是懵懵懂懂的。看望着他们，心里浮上了一缕凄楚之感。生活也许立刻便要发生问题。

但挺直着身体，仰着头，豫想着许多最坏的结果，坚定的作着应付的打算。

下午，文化界救亡协会有重要的决议，成为分散的地下的工作机关。《救亡日报》停刊了。一部分的友人们开始向内地或香港撤退。他们开始称上海为"孤岛"。但我一时还不想离开这"孤岛"。

夜里，我手提着一个小提箱，到章民表叔家里去借住。温情的招待，使我感到人世间的暖热可爱。在这样彷徨若无所归的一个时间，格外的觉到"人"的同情的伟大与"人间"的可爱可恋。个个人都是可亲的，无机心的，兄弟般的友爱着，互助着，照顾着。他们忘记了将临的危险与恐怖，只是热忱的容留着，招待着，只有比平时更亲切，更关心。

白天，依然到学校里授课，没有一分钟停顿过讲授。学生们在炸弹落在附近时，都镇定着坐着听讲；教授们在炸声轰隆，门窗格格作响时，曾因听不见语声而暂时停讲半分数秒，但炸声一息，便又开讲下去。这时，师生们也格外的亲近了；互相关心着安全。他们谈说着我们的"马其诺防线"的可靠，信任着我们的军官与士兵。种种的谣传都像冰在火上似的消融无踪。可爱的青年们是坚定的。没有凄惋，没有悲伤；只是坚定的走着应走的路。有的，走了；从军或随军做着宣传的工作。不走的，更热心的在做着功课，或做着地下的工作。他们不知恐怖，不怕艰苦，虽然恐怖与艰苦正在前面等待着他们。教员休息室里的议论比较复杂，但没有一句"必败论"的见解听得到。

后来，"马其诺防线"的防守，证明不可靠了；南京被攻下，大屠杀在进行。"马当"的防线也被冲破了。但一般人都还没有悲观。"信仰"维持着"最后胜利"的希望。"民族意识"坚定着抵抗与牺牲的决心。

同时，狐兔与魍魉们却更横行着。"大道市政府"成立，"维新政府"

成立。暗杀与逮捕，时时发生。"苏州河北"成了恐怖的恶魔的世界。"过桥"是一个最耻辱的名辞。

汉奸们渐渐的在"孤岛"似的桥南活动着，被杀与杀人。有一个记者，被杀了之后，头颅公开的挂在电杆上示众。有许多人不知怎样的失了踪。

极小的一部分知识分子动摇了。

学生们常常来告密，某某教员有问题，某某人很可疑。但我还天真的不信赖这些"谣言"。在整个民族作着生死决战的时期，难道知识分子还会动摇变节么？这简直是不可思议的"盲猜"与"瞎想"。

但事实证明了他们情报的真确不假。

有一个早上，与董修甲相遇，我在骂汉奸，他也附和着。但第二天，他便不来上课了。再过了几天，在报上知道他已做了伪官。

张素民也总是每天见面，每天附和着我的意见，但不久，也便销声匿迹，之后，也便公开的做了什么"官"了。

还有一个张某，和陈柱，同受伪方的津贴，这事，我也不相信。但到了陈柱（这个满嘴的"威武不能屈，富贵不能淫"的东西）"走马上任"，张某被友人且劝且迫的到了香港发表"自首文"时，我也才觉得自己是被骗受欺了。

可怕的"天真"与对于知识分子的过分看重啊！

学生里面也出现"奸党"。好在他们都是"走马上任"去的，不屑在学校里活动；也不敢公开的宣传什么，或有什么危害。他们总不免有些"内愧"。学校里面依然是慷慨激昂的我行我素。

虽然是两迁三迁的，校址天天的缩小，但精神却很好；很亲切、很温暖、很愉快。

青年们还在举行"座谈会"什么的，也出版了些文艺刊物；还做着民众文艺的运动，办着平民夜校。和平时没有什么不同；只不过多带着些警觉

149

性。可爱与骄傲,信仰与决心,交织成了这一时期的青年们活动的趋向。

我还每夜都住在外面。有时候也到古书店里去跑跑。偶然的也挟了一包书回来。借榻的小室里,书又渐渐的多起来。生活和平常差不了多少,只是十分小心的警觉着戒备着。

有一天到了中国书店,那乱糟糟的情形依样如旧。但伙计们告诉我:日本人来过了,要搜查《救亡日报》的人;但一无所得。《救亡日报》的若干合订本放在阴暗的后房里,所以他们没有觉察到。搜查时,汪馥泉恰好在那里。日本人问他是谁。他穿着一件蓝布长衫,头发长长的,长久不剪了,答道:"是伙计。"也真像一个古书店的伙计,才得幸免。以后,那一批"合订本"便由汪馥泉运到香港去。敌人的密探也不曾再到中国书店过。亏得那一天我没有在那里。

还有一天,我坐在中国书店,一个日本人和伙计们在闲谈,说要见见我和潘博山先生。这人是清水,管文化工作的。一个伙计偷偷的问我道:"要见他么?"我连忙摇摇头。一面站起来,在书架上乱翻着,装作一个购书的人。这人走了后,我向伙计们说道:"以后要有人问起我或问我地址的,一概回答不知道,或长久没有来了一类的话。"为了慎重,又到汉口路各肆嘱咐过。

我很感谢他们,在这悠久的八年里,他们没有替我泄露过一句话,虽然不时的有人去问他们。

隔了一个多月,好像没有什么意外的事会发生,我才再住到家里去。

夜一刻刻的黑下去。

有人在黑夜里坚定的守着岗位,做着地下的工作;多数的人则守着信仰在等待天亮。极少数的人在做着丧心病狂和为虎作伥的事。

这战争打醒了久久埋伏在地的"民族意识";也使民族败类毕现其原形。

(选自《蛰居散记》,上海出版公司1951年5月出版)

鹈鹕与鱼

夕阳的柔红光,照在周围十余里的一个湖泽上,没有什么风,湖面上绿油油的像一面镜似的平滑。一望无垠的稻田。垂柳松杉,到处点缀着安静的景物。有几只渔舟,在湖上淀泊着。渔人安闲的坐在舵尾,悠然的在吸着板烟。船头上站立着一排士兵似的鹈鹕,灰黑色的,喉下有一大囊鼓突出来。渔人不知怎样的发了一个命令,这些水鸟们便都扑扑的钻没入水面以下去了。

湖面被冲荡成一圈圈的粼粼小波。夕阳光跟随着这些小波浪在跳跃。

鹈鹕们陆续的钻出水来,上了船。渔人忙着把鹈鹕们喉囊里吞装着的鱼,一只只的用手捏压出来。

鹈鹕们睁着眼望着。

平野上炊烟四起,袅袅的升上晚天。

渔人拣着若干尾小鱼,逐一的抛给鹈鹕们吃,一口便咽了下去。

提起了桨,渔人划着小舟归去。湖面上刺着一条水痕。鹈鹕们士兵似的齐整的站立在船头。

天色逐渐暗了下去。湖面又平静如恒。

这是一幅很静美的画面,富于诗意;诗人和画家都要想捉住的题材。

但隐藏在这静美的画面之下的,却是一个惨酷可怖的争斗,生与死的争斗。

在湖水里生活着的大鱼小鱼们看来,渔人和鹈鹕们都是敌人,都是蹂躏他们,置他们于死的敌人。

但在鹈鹕们看来,究竟有什么感想呢?

鹈鹕们为渔人所喂养,发挥着他们捕捉鱼儿的天性,为渔人干着这种可怖的杀鱼的事业。他们自己所得的却是那末微小的酬报!

当他们兴高采烈的钻没入水面以下时,他们只知道捕捉、吞食,越多越好。他们曾经想到过:钻出水面,上了船头时,他们所捕捉、所吞食的鱼儿们依然要给渔人所逐一捏压出来,自己丝毫不能享用的么?

他们要是想到过,只是作为渔人的捕鱼的工具,而自己不能享用时,恐怕他们便不会那末兴高采烈的在捕捉在吞食吧。

渔人却悠然的坐在船梢,安闲的抽着板烟,等待着鹈鹕们为他捕捉鱼儿。一切的摆布,结果,都是他事前所预计着的。难道是"运命"在播弄着的么,渔人总是在"收着渔人之利"的;鹈鹕们天生的要为渔人而捕捉、吞食鱼儿;鱼儿们呢,仿佛只有被捕捉、被吞食的份儿,不管享用的是鹈鹕们或是渔人。

在人间,在沦陷区里,也正演奏着鹈鹕们的"为他人作嫁衣裳"的把戏。

当上海在暮影笼罩下,蝙蝠们开始在乱飞,狐兔们渐渐的由洞穴里爬了出来时,敌人的特工人员(后来是"七十六号"里的东西),便像夏天的臭虫似的,从板缝里钻出来找"血"喝。

他们先拣肥的,有油的,多血的人来吮、来咬、来吃。手法很简单:捉了去,先是敲打一顿,乱踢一顿,——掌颊更是极平常的事——或者吊打一顿,然后对方的家属托人出来说情。破费了若干千万,喂得他们满意了,然后才有被释放的可能。其间也有清寒的志士们只好挺身牺牲。但不花钱的人恐怕很少。

某君为了私事从香港到上海来,被他们捕捉住,作为重庆的间谍看待。囚禁了好久才放了出来。他对我说:先要用皮鞭抽打,那尖长的鞭梢,内里藏的是钢丝,抽一下,便深陷在肉里去;抽了开去时,留下的是一条鲜血痕。稍不小心,便得受一掌、一拳、一脚。说时,他拉开裤脚管给我看,大腿上一大块伤痕,那是敌人用皮靴狠踢的结果。他不说明如何得释,但恐怕不会是很容易的。

那些敌人的爪牙们,把志士们乃至无数无辜的老百姓们捕捉着、吞食着。且偷、且骗、且抢、且夺的,把他们的血吮着、吸着、喝着。

爪牙们被喂得饱饱的,肥头肥脑的,享受着有生以来未曾享受过的"好福好禄"。所有出没于灯红酒绿的场所,坐着汽车疾驰过街的,大都是这些东西。

有一个坏蛋中的最坏的东西,名为吴世宝,出身于保镖或汽车夫之流,从不名一钱的一个街头无赖,不到几时,洋房有了,而且不止一所;汽车有了,而且也不止一辆;美妾也有了,而且也不止一个。有一个传说,说他的洗澡盆是用银子打成的,金子熔铸的食具以及其他用具,不知有多少。

他享受着较桀纣还要舒适奢靡的生活。

金子和其他的财货一天天的多了,更多了,堆积得恐怕连他自己也不知其数。都是从无辜无告的人那里榨取偷夺而来的。

怨毒之气一天天的深;有无数的流言怪语在传播着。

群众们侧目而视,重足而立;吴世宝这三个字,成为最恐怖的"毒物"的代名辞。

他的主人(敌人),觉察到民怨沸腾到无可压制的时候,便一举手的把他逮捕了,送到监狱里去。他的财产一件件的被吐了出来。——不知到底吐出了多少。等到敌人,他的主人觉得满意了,而且说情的人也渐渐多了,才把他释放出来。但在临释的时候,却唆使狮狗咬断了他的咽喉。他被护送到苏州养伤,在受尽了痛苦之后,方才死去。

这是一个最可怖的鹈鹕的下场。

敌人博得"惩"恶的好名,平熄了一部分无知的民众的怨毒的怒火,同时却获得了吴世宝积恶所得的无数掳获物,不必自己去搜括。

这样的效法喂养鹈鹕的渔人的办法,最为恶毒不过。安享着无数的资产,自己却不必动一手,举一足。

鹈鹕们一个个的上场,一个个的下台。一时意气昂昂,一时却又垂头丧气。

然而没有一个狐兔或臭虫视此为前车之鉴的。他们依然的在搜括、在捕捉、在吞食,不是为了他们自己,却是为了他们的主人。

他们和鹈鹕们同样的没有头脑,没有灵魂,没有思想。他们一个个走上了同样的没落的路,陷落在同一的悲惨的运命里。然而一个个却都踊跃的向坟墓走去,不徘徊,不停步,也不回头。

(选自《蛰居散记》,上海出版公司 1951 年 5 月出版)

最后一课

　　口头上慷慨激昂的人,未见得便是杀身成仁的志士。无数的勇士,前仆后继的倒下去,默默无言。

　　好几个汉奸,都曾经做过抗日会的主席;首先变节的一个国文教师,却是好使酒骂座,惯出什么"富贵不能淫,威武不能屈"一类题目的东西;说是要在枪林弹雨里上课,绝对的宁为玉碎,不为瓦全的一个校长,却是第一个屈膝于敌伪的教育界之蟊贼。

　　然而默默无言的人们,却坚定的作着最后的打算,抛下了一切,千山万水的,千辛万苦的开始长征,绝不作什么为国家保存财产、文献一类的借口的话。

　　上海国军撤退后,头一批出来做汉奸的都是些无赖之徒,或愍不畏死的东西。其后,却有"我不入地狱谁入地狱"的维持地方的人物出来了。再其后,却有以"救民"为幌子,而喊着同文同种的合作者出来。到了珍珠港的袭击以后,自有一批最傻的傻子们相信着日本政策的改变,在作着"东亚人的东亚"的白日梦,吃尽了"独苦",反以为"同甘",被人家拖着"共死",却糊涂到要挣扎着"同生"。其实,这一类的东西也不太多。自命为聪明的人物,是一贯的利用时机,作着升官发财的计划。其或早或迟的蜕变,乃是作恶的勇气够不够,或替自己打算得周到不周到的问题。

默默无言的坚定的人们,所想到的只是如何抗敌救国的问题,压根儿不曾梦想到"环境"的如何变更,或敌人对华政策的如何变动、改革。

所以他们也有一贯的计划,在最艰苦的情形之下奋斗着,绝对的不作"苟全"之梦;该牺牲的时机一到,便毫不踌躇的踏上应走的大道,义无反顾。

十二月八号是一块试金石。

这一天的清晨,天色还不曾大亮,我在睡梦里被电话的铃声惊醒。

"听到了炮声和机关枪声没有?"C在电话里说。

"没有听见。发生了什么事?"

"听说日本人占领租界,把英国兵缴了械,黄浦江上的一只英国炮舰被轰沉,一只美国炮舰投降了。"

接连的又来了几个电话,有的从报馆里的朋友打来的。事实渐渐的明白。

英国军舰被轰沉,官兵们凫水上岸,却遇到了岸上的机关枪的扫射,纷纷的死在水里。

日本兵依照着预定的计划,开始从虹口或郊外开进租界。

被认为孤岛的最后一块弹丸地,终于也沦陷于敌手。

我匆匆的跑到了康脑脱路的暨大。

校长和许多重要的负责者们都已经到了。立刻举行了一次会议,简短而悲壮的,立刻议决了:

"看到一个日本兵或一面日本旗经过校门时,立刻停课,将这大学关闭结束。"

太阳光很红亮的晒着,街上依然的熙来攘往,没有一点异样。

我们依旧的摇铃上课。

我授课的地方,在楼下临街的一个课室,站在讲台上可以望得见街。

学生们不到的人很少。

"今天的事,"我说道,"你们都已经知道了吧,"学生们都点点头。"我们已经议决,一看到一个日本兵或一面日本旗经过校门,立刻便停课,并且立即的将学校关闭结束。"

学生们的脸上都显现着坚毅的神色,坐得挺直的,但没有一句话。

"但是我这一门功课还要照常的讲下去,一分一秒钟也不停顿,直到看见了一个日本兵或一面日本旗为止。"

我不荒废一秒钟的工夫,开始照常的讲下去。学生们照常的笔记着,默默无声的。

这一课似乎讲得格外的亲切,格外的清朗,语音里自己觉得有点异样;似带着坚毅的决心,最后的沉着;像殉难者的最后的晚餐,像冲锋前的士兵们的上了刺刀,"引满待发"。

然而镇定、安详、没有一丝的紧张的神色。该来的事变,一定会来的。一切都已准备好。

谁都明白这"最后一课"的意义。我愿意讲得愈多愈好;学生们愿意笔记得愈多愈好。

讲下去,讲下去,讲下去。恨不得把所有的应该讲授的东西,统统在这一课里讲完了它;学生们也沙沙的不停的在抄记着。心无旁用,笔不停挥。

别的十几个课室里也都是这样的情形。

对于要"辞别"的,要"离开"的东西,觉得格外的恋恋。黑板显得格外的光亮,粉笔是分外的白而柔软适用,小小的课桌,觉得十分的可爱;学生们靠在课椅的扶手上,抚摸着,也觉得十分的难分难舍。那晨夕与

157

共的椅子,曾经在扶手上面用钢笔、铅笔、或铅笔刀,有意识或无意识的涂写着,刻划着许多字或句的,如何舍得一旦离别了呢!

街上依然的平滑光鲜,小贩们不时的走过,太阳光很有精神的晒着。

我的表在衣袋里低低的嗒嗒的走着,那声音仿佛听得见。

没有伤感,没有悲哀,只有坚定的决心,沉毅异常的在等待着;等待着最后一刻的到来。

远远的有沉重的车轮辗地的声音可听到。

几分钟后,有几辆满载着日本兵的军用车,经过校门口,由东向西,徐徐的走过,当头一面旭日旗,血红的一个圆圈,在迎风飘荡着。

时间是上午十时三十分。

我一眼看见了这些车子走过去,立刻挺直了身体,作着立正的姿势,沉毅的阖上了书本,以坚决的口气宣布道:

"现在下课!"

学生们一致的立了起来,默默的不说一句话;有几个女生似在低低的啜泣着。

没有一个学生有什么要问的,没有迟疑、没有踌躇、没有彷徨、没有顾虑。个个人都已决定了应该怎么办,应该向哪一个方面走去。

赤热的心,像钢铁铸成似的坚固,像走着鹅步的仪仗队似的一致。

从来没有那末无纷纭的一致的坚决过,从校长到工役。

这样的,光荣的国立暨南大学在上海暂时结束了她的生命。默默的在忙着迁校的工作。

那些喧哗的慷慨激昂的东西们,却在忙碌的打算着怎样维持他们的学校,借口于学生们的学业,校产的保全与教职员们的生活问题。

(选自《蛰居散记》,上海出版公司 1951 年 5 月出版)

烧书记

我们的历史上,有了好几次的大规模的"烧书"之举。秦始皇帝统一六国后,便来了一次烧书。"史官非《秦纪》,皆烧之。非博士官所职,天下敢有藏《诗》《书》百家语者,悉诣守尉杂烧之。有敢偶语《诗》《书》者弃市。以古非今者族。吏见知不举者与同罪。令下三十日,不烧,黥为城旦。所不去者,医药卜筮种树之书。若欲有学法令,以吏为师。"这是最彻底的烧书,最彻底的愚民之计,和一般殖民地政府,不设立大学而只开设些职业、工艺学校者,有异曲同工之妙。此后,烧书的事,无代无之。有的烧历史文献,以泯篡夺之迹;有的烧佛教、道教的书,以谋宗教上的统一;有的烧淫秽的书,以维持道德的纯洁。近三百年,则有清代诸帝的大举烧书。我们读了好几本的所谓"全毁"、"抽毁"书目,不禁凛然生畏;至今尚觉得在异族铁蹄下的文化生活的如何窒塞难堪!

"八·一三"后,古书、新书之被毁于兵火之劫者多矣。就我个人而论,我寄藏于虹口开明书店里的一百多箱古书,就在八月十四日那一天被烧,烧得片纸不存。我看见东边的天空,有紫黑色的烟云在突突的向上升,升得很高很高,然后随风而四散,随风而淡薄。被烧的东西的焦渣,到处的飘坠。其中就有许多有字迹的焦纸片。我曾经在天井里拾到好几张,一触手便粉碎;但还可以辨识得出些字迹,大约是教科书之类居多。我想,我的书能否捡得到一二张烧焦了的呢?——那时,我已经知道开明书店被烧的情形——当然,这想头是很可笑的。就捡得到了又有什么意义;还不是徒增忉怛与愤激么?

这是兵火之劫;未被劫的还安全的被保存着。所遭劫的还只是些不幸的一二隅之地。但到了"一二八"敌兵占领了旧租界后,那情形却大是不同了。

我们听到要按家搜查的消息,听到为了一二本书报而逮捕人的消息,还听到无数的可怖的怪事、奇事、惨事。

许多人心里都很着急起来,特别是有"书"的人家。他们怕因"书"惹祸,却又舍不得割爱,又不敢卖出去——卖出去也没有人敢要。有好几个友人,天天对书发愁。

"这部书会有问题么?"

"这个杂志留下来不要紧么?"

"到底是什么该留的,什么不该留的?"

"被搜到了,有什么麻烦没有?"

个个人在互相的询问着,打听着。但有谁能够说明哪几部书是有问题的,或哪些东西是可留的呢?

我那时正忙于烧毁往来有关的信件,有关的记载,和许多报纸、杂志及抗日的书籍——连地图也在内。

我硬了心肠在烧。自己在壁炉里生了火,一包包,一本本,撕碎了,扔进去,眼看它们烧成了灰,一蓬蓬的黑烟从烟通里冒出来,烧焦了的纸片,飞扬到四邻,连天井里也有了不少。

心头像什么梗塞着,说不出的难过。但为了特殊的原因,我不能不如此小心。

连秋白送给我的签了名的几部俄文书,我也不能不把它们送进壁炉里去。

我觉得自己实在太残忍了!我眼圈红了不止一次,有泪水在落。是被烟熏的吧?

实在舍不得烧的许多书,却也不能不烧。踌躇又踌躇,选择又选择。有的头一天留下了,到了第二三天又狠了心把它们烧了。有的,已经烧了,心里却还在惋惜着,觉得很懊悔,不该把它们烧去。

但有了第一次淞沪战争时虹口、闸北一带的经验——有《征倭论》一类的书而被杀,被捉的人不少——自然不能不小心。对于发了狂的兽类,有什么理可讲呢!

整整的烧了三天。我翻箱倒箧的搜查着,捧了出来,动员孩子们在撕在烧。

"爸爸,这本书很好玩,留下来给我吧。"孩子在恳求着。

我难过极了!我也何尝不想留下来呢?但只好摇摇头,说道:"烧了吧,下回去买好一点的画给你。"

在这时候,就有好些住在附近的朋友们在问,什么书该烧,什么书不必烧。

我没法回答他们,领了他们到壁炉边去。

"你自己看吧。我在烧着呢。但我的情形不同。你自己斟酌着办吧。"

这一场烧书的大劫,想起来还有余栗与余憾!

不烧,不是至今还无恙么?

但谁能料得到呢?

把它们设法寄藏到别的地方去吧。

但为什么要"移祸"呢?这是我所绝对不肯做的事。

这是我不能不狠心动手烧的一个原因。

但也实在有些人把自认为"不安全"的书寄藏到别人家里去的。

这还是出于自动的烧。究竟自动烧书的人还不多。大量的"违碍"的书报还储藏在许多人家里。有许多人不肯烧,不想烧,也有人不知道烧,甚至有人压根儿没有想到这件事。

过了不久,敌人的文化统制的手腕加强了。他们通过了保甲的组织,挨户按家的通知,说:凡有关抗日的书籍、杂志、日报等等,必须在某天以前,自动烧毁或呈缴出来。否则严惩不贷。

同时,在各书店,各图书馆,搜查抗日书报,一车车的载运而去,不知运向何方,也不知它们的运命如何。

这一次烧书的规模大极了!差不多没有一家不在忙着烧书的。他们不耐烦呈缴出去,只有出于烧之一途。最近若干年来的报纸、杂志遭劫最甚。有许多人索性把报纸、杂志全都烧毁了,免得惹起什么麻烦。

外间谣传说,连包东西的报纸,上面有了什么抗日的记载,也要追究、捕捉的。

因之,旧报纸连包东西的资格也被取消了。

最可怜的是,有的朋友已经到了内地去,他们的书籍还藏在家里,或寄存在某友处。家里的人到处打听,问要紧不要紧,甚至去问保甲处的人。他们当然说要紧的,甚至还加上些恫吓的话。

于是,不分青红皂白的,他们把什么书全都付之一炬;只要是有字的,无不投到了火炉里去。

记得清初三令五申的搜求"禁书"的时候,有许多藏书家的后人,为了省得惹祸,也是将全部古书整批的烧了去。

这个书劫,实在比兵,比火,比水等等大劫更大得多,更普遍而深入得多了!

这样纷扰了近一个多月,始终不曾见敌伪方面有什么正式的文告。

又有人说,这是出于误会,日本人方面并没有这个意思。

于是烧书的火渐渐的又灭了、冷了,终至不再有人提起这件事。

不烧的人,忘了烧的人,特地要小心保存这类抗日文献的人,当然也有。

许多抗日文献还保存得不少。像《文汇年刊》之类,我家里便还保存着,忘记了烧。

书如何能烧得尽呢?"野火烧不尽,春风吹又生。"以烧书为统制的手法,徒见其心劳日拙而已。

但愿这种书劫,以后不再有!

(选自《蛰居散记》,上海出版公司1951年5月出版)

从"轧"米到"踏"米

江南人的食粮以稻米为主。"八·一三"后,米粮的问题,一天天的严重起来。其初,海运还通,西贡米,暹罗米还不断的运来。所以,江南的米粮虽大部分已为敌军所控制,所征用,而人民们多半改食洋米,也还勉强可以敷衍下去。其时米价大约二十元左右一担。但平民们已有岌岌不可终日之势。"工部局"开始发售平价米。平民们天一亮便等候在米店的门口,排了队,在"轧"米。除了排队上火车之外,这"轧"米的行列,可以说是最"长",最齐整的了。穿制服的人,"轧"米有优先权。他们可以后到而先购,毋须排队。平民们都有些侧目而视,敢怒而不敢言。

有些维持"秩序"的人,拿粉笔在每个排队的人的衣服上写上了号码。其初是男女混杂的,后来,分成了男女两队。每一家米店门前,每一队的号码有编到一千几百号的。有的小贩子,"轧"到了米,再去转卖。一天可以"轧"到好几次米,便集起来到里弄里去叫卖。以此为生的人很不少。

后来，主持平卖的人觉得这方法不好，流弊太多，小贩子可以得到米，而正当的籴米的人却反而挤不上去，便变更了方法，不写号码，而将每一个购过米的人的手指上，染了一种不易褪色的紫墨水。这一天，已染了紫色的人便不得再购第二次米。

但这方法也行了不久。"工部局"所储的米，根本不能维持得很久。洋米的来源也渐渐的困难起来。米价飞跃到八十余元一担。

"轧"米的队伍更长了。常常的排到了一两条街。有的实在支持不住了，便坐在地上。有的带了干粮来吃。小贩们也常在旁边叫卖着大饼、油条一类的充饥物。开头，"轧"米的人，以贫苦者为多，以后，渐有衣衫齐整的人加入。他们的表情，焦急、不耐、忍厚、等候、麻木、激动，无所不有，但都充分的表示着无可奈何的忍受。为了太挤了，有的被挤得气都喘不过来。为了要"活"，什么痛苦都得忍受下去。有执鞭子或竹棒的人在旁，稍一不慎，或硬"轧"进队伍去，便被打了出去。有的，在说明理由，有的，只好忍气吞声而去。强有力的人，有时中途插了进去，后边的人便大嚷起来，制止着；秩序顿时乱了起来。为了一升米，或两升米，为了一天的粮食，他们不能不忍受了一切从未经过的"忍耐""等候"与"侮辱"。

米价更涨了。一升米的平售价值，也一天天的不同起来。然而较之黑市价格还是便宜得多，所以"轧"米的行列，更加多，更加长。

有办法的人会向米店里一担两担的买。然已不能明目张胆的运送着了。在黑夜里，从米店的后门，运出了不少的米。但也有纠纷，时有被群众阻止住了，不许运出。

最大的问题是"食"，是米粮。无办法的人求能一天天的"轧"得一升半升的米，已为满足；有办法的人储藏了十担百担的米，便可安坐无忧。平民们食着百元一担，或十元一升的米时，有办法的人所食的还是八元十元一担的米。

有许多"轧"米的悲惨的故事在流传着。因为"轧"不到米,全家挨饿了几天,不得不悬梁自尽的有之。因为"轧"米而家里无人照料,失了窃,或走失了儿女的有之。因为"轧"米而不能去教书,或办事,结果是失了业的,也有之。携男带女的去"轧"米,结果还是空手而回。将旧衣服去当了钱,去"轧"米,结果,那仅有的养命的钱,却在排队拥挤中为弄手所窃去。

大多数的人家,米缸都是空的,米是放在钵里,罐里或瓶里,却不会放在缸里的。数米为饭的时候已经到了。有的人在计数着,一合米到底有几粒。他们用各种方法来延长"米"的食用的次数。有的搀合了各种的豆类,蚕豆、红豆、绿豆、黄豆,有的与山薯或土豆合煮。吃"饭"的人一天天的少了。能够吃粥的,粥上浮有多半的米粒的,已是少数的人家了。

如果有画家把这一时期的"轧米图"绘了出来,准比《流民图》还要动人,还要凄惨。那一张张不同的憔悴的面容,正象征着经历了许多年代的痛苦与屈辱的中国人民们的整个生活的面容。

到了后来,"工部局"的储粮空了,同时,敌人们的压力也更大,更甚了,便借着实行"配给制度"的诱惑力,开始调查户口,编制"保甲";百数十年来向来乱丝无绪的"租界"的户口,竟被他们整理得有条有理。

所谓"配给制度",便是按着户口,发给"配给证",凭证可以购买白米及其他杂粮和日用品。开头,倒还有些白米配给出来。渐渐的米的"质""江河日下"了;渐渐的米的"量"也一天天的少下去了;渐渐的用杂粮来代替一部分的白米了。米的"质"变成了"糠"多"米"少,变成了泥沙多,米质有臭味,不能入口,变成了空谷多于米粒。这些,都是日本人所不能入口,所不欲入口的,所以很慷慨的分了一部分出来。至于我们所生产的香糯的白米呢,那是敌人们的军粮,老百姓们是没有份吃到的。

有几个汉奸，勾结了管理军粮的敌人们，窃出了若干白米或军粮，在黑市上卖了出来。上海人总有半年以上，能够在黑市上买得到真正的白米或杜米。那不能不归功于那些汉奸们的作弊之功——从老虎嘴里偷下了一小部分的肥肉出来。后来，这事被他们发现了，两个汉奸，侯大椿和胡政，便被他们枪决。从此以后，白米或杜米，在市面上便更少见到了。"一二八"珍珠港事变以后，海运完全断绝了，连日本本土的白米也要"江南"地方来供给，白米的来源，便更加艰难，稀少起来。

上海区的人民们，如果有力量，不愿吃杂粮或少吃杂粮的，只好求之于少数的米贩子，那便是所谓"踏"米的人们。"踏"米的人，不过是一个代表的名辞，指的便是那批用自行车偷偷的从敌人的封锁线上，载运了少数米粮过来的人。他们都是年轻力壮的汉子，冒着生命的危险，做着这种黑市交易。其他妇孺们和老年的人们也常常带了些米粮来卖。身上穿了特制的"背身"，"背身"前后面都有的，其中便储藏着白米，很机警的偷过了敌人的"检问所"。——其实，还是用金钱来买"过"的居多。他们常常的发生"麻烦"；最轻的处罚是将食米充公。封锁线的边缘上常见有许多的"没收"的白米堆积着。有的是"没收"后还被"打"，被"罚跪"。遇到敌人们不高兴的时候，便用刺刀来戳毙他们。如此遭害的人很不少。友人程及君曾绘了一幅《踏米图》，那幅图是活生生的一幅表现得很真切的凄惨的水彩画，是沦陷区人民的生活的烙印。

为了食米的输入一天天的艰难起来，敌人们的搜括，一天天的加强加多起来，米价更发狂的飞涨着。从伪币一千元两千元一担，到四千元，八千元一担。后来便是一万元，五万元的狂跳着。最后，竟狂跳到一百万元左右一担；最高峰曾经到过二百万元一担的关口。平民们简直没有吃到"白米"的福气。连所谓"二号米"，"三号米"也难得到口。许多人都被迫改食杂粮，从面粉到蚕豆、山薯，只要是能够充饥的东西，没有不被一般人搜寻着。饭店里也奉命不许出卖白米饭；有的改用面食;有的改用所谓"麦饭"。白米成了最奢侈的、最珍贵的东西。"配给制度"也在无形中停顿了。——从半个月配给一次,到一个月两个月配给一次,直到了"无形停顿"为止。

食粮缺乏的威胁,不仅使一般平民们感受到,即有力食用白米者们也都感受到了。肉和鱼和蔬菜还有得见到,白米却都到了敌人们的"仓库"里去了。前些时,听说烟台的人请客,食米要自己随身带去。江南产米区的人们,这时也有同样的情形。历史上有一个笑话,说有一个皇帝,遇到荒年,饥民遍野,他提议说,"何不吃肉糜?"这时,倒的确有这样的"事实"了。吃肉糜易,吃白米饭却难。

假如胜利不在八月里到来的话,在冬天,饿死的人一定要成坑成谷的。然而江南产米区并不是没有米。米都被堆藏在敌人的仓库里。一包包,一袋袋堆积如山,任其红腐下去。他们还将米煮成了"饭",做成了罐头,一罐罐的堆积着,以备第二年,第三年的军粮。

什么都被掠夺,但食粮却是他们主要的掠夺的目的物。我尝经过几个大厦,那里面的住户都已被赶了出去,无数的卡车,堆载着白米,往这些大厦里搬运进去。雪白香糯的米粒,漏得满地,这不是白米!然而沦陷区的人民们是分润不到一粒的!德国人对占领地的许多欧洲人说,"德国人是不会饿死的;你们不种田,不生产,饿死的是你们;最后饿死的才是德国人。"这话好不可怕!日本人虽然没有公开的说这句话,然而他们实实在在是这样做着的。

假如天不亮,我们是要首先饿死了的!

好不可怕的一场噩梦!

(选自《蛰居散记》,上海出版公司 1951 年 5 月出版)

韬奋的最后

韬奋的身体很衰弱,但他的精神却是无比的踔厉。他自香港撤退,历尽了苦辛,方才到了广东东江一带地区。在那里住了一时,还想向内地走。但听到一种不利于他的消息,只好改道到别的地方去。天苍苍,地茫茫,自由的祖国,难道竟摈绝着他这样一位为祖国的自由而奋斗的子孙么?

他在这个时候,开始感觉到耳内作痛,头颅的一边,也在隐隐作痛。但并不以为严重。医生们都看不出这是什么病。

他要写文章,但一在提笔思索,便觉头痛欲裂。这时候,他方才着急起来,急于要到一个医诊方便的地方就医。于是间关奔驰,从浙东悄悄的到了上海。为了敌人们对于他是那样的注意,他便不得不十分的谨慎小心。知道他的行踪的人极少。

他改换了一个姓名,买到了市民证,在上海某一个医院里就医。为了安全与秘密,后来又迁徙了一二个医院。

他的病情一天天的坏。整个脑壳都在作痛,痛得要炸裂开来,痛得他终日夜不绝的呻吟着。鼻孔里老淌着脓液。他不能安睡,也不能起坐。

医生断定他患的脑癌,一个可怕的绝症。在现在的医学上,还没有有效的医治方法。但他自己并不知道。他的夫人跟随在他身边。医生告诉她:他至多不能活到二星期。但他在病苦稍闲的时候,还在计划着以后的工作。他十分焦急的在等候他的病的离体。他觉得祖国还十分的需要着他,还在急迫的呼唤着他。他不能放下他的担子。

有一个短时期,他竟觉得自己仿佛好了些。他能够起坐,能够谈话,甚至能够看报。医生也惊奇起来,觉得这是一个奇迹:在病理上被判定了死刑和死期的人怎么还会继续的活下去,而且仿佛有倾向于痊愈的可能,医生觉得有点不可思议。

这时期,他谈了很多话,拟定了很周到的计划。但他也想到,万一死了时,他将怎样指示他的家属们和同伴们。他要他的一位友人写下了他的遗嘱。但他却是绝对的不愿意死。他要活下去,活下去为祖国而工作。他想用现代的医学,使他能够继续的活下去。

他有句很沉痛的话,道:"我刚刚看见了真理,刚刚找到了自己要走的路,难道便这样的死了么?"

没有一个人比他更真实的需要生命,不是为了自己,而是为了真理,而是为了祖国。

他的精神的力量,使他的绝症支持了半年之久。

到了最后,病状蔓延到了喉头。他咽不下任何食物,连流汁的东西也困难。只好天天打葡萄糖针,以延续他的生命。

他不能坐起来。他不断的呻吟着。整个头颅,像在火焰上烤,像用钢锯在解锯,像用斧子在劈,用大棒在敲打,那痛苦是超出于人类所能忍受的。他的话开始有些模糊不清。然而他还想活下去。他还想,他总不至于这样的死去的。

他的夫人自己动手为他打安眠药的针,几乎不断的连续的打。打了针,他才可以睡一会。暂时从剧痛中解放出来。刚醒过来的时候,精神比较好,还能够说几句话。但隔了几分钟,一阵阵的剧痛又来袭击着他了。

他的几个朋友觉到最后的时间快要到来,便设法找到我蛰居的地方,要我去看望他。我这时候才第一次知道他的在上海和他的病情。

我们到了一条冷僻的街上,一所很清静的小医院,走了进去。静悄悄的一点声息都没有。自己可以听见自己呼吸的声音。

我们推开病室的门,他夫人正悄悄的坐在一张椅上,见我们进来,点点头,悄悄的说道:"正打完针,睡着了呢?"

"昨夜的情形怎样?"

"同前两天相差不了多少。"

"今早打过几回针?"

"已经打了三次了。"

这种针本来不能多打,然而他却依靠着这针来减轻他的痛楚。医生们决不肯这样连续的替他打的,所以只好由他夫人自己动手了。

我带着沉重的心,走近病床。从纱帐外望进去,已经不大认识,躺在那里的便是韬奋他自己了。因为好久不剃,胡须已经很长。面容瘦削苍白得可怕。胸部简直一点肉都没有,隔着医院特用的白单被,根根肋骨都隆起着。双腿瘦小得像两根小木棒。他闭着双眼,呼吸还相当匀和。

我不敢说一句话,静静的在等候他的醒来。

小桌上的大鹏钟在的嗒的嗒的一秒一秒的走着。

窗外是一片灰色的光,一个阴天,没有太阳,也没有雨,也没有风。小麻雀在唧唧的叫着,好像只有它们在享受着生命。

等了很久,我觉得等了很久,韬奋在转侧了,呻吟了,脓水不断的从鼻孔中流出。他夫人用棉花拭干了它。他睁开了眼,眼光还是有神的。他看到了我,微弱的说道:"这些时过得还好吧?"几乎是一个字一个字挣扎出来的。

我说,"没有什么,只是躲藏着不出来。"

他大睁了眼睛还要说什么,可是痛楚来了,他咬着牙,一阵阵的痉挛,终于爆出了叫喊。

"你好好的养着病吧,不要多说话了。"我忍住了我要向他说的话,那么多要说的话。连忙离开了他的床前,怕增加他的痛楚。

"替我打针吧,"他呻吟的说道。

他夫人只好又替他打了一针。

于是隔了一会,他又闭上了眼沉沉睡去。

病房里恢复了沉寂。

我有许多话都倒咽了下去,他也许也有许多话想说而未说。我静静的望着他,在数着他的呼吸,不忍离开。一离开了,谁知道是不是便永别了呢?

"我们走吧,"那位朋友说,我才矍然的从沉思中醒来。我们向他夫人悄悄说声再会,轻轻的掩上了门,退了出来。

"恐怕不会有希望的了。"我道。

"但他是那末样想活下去呢!"那个朋友道。

我恨着现代的医学者为什么至今还不曾发明一种治癌症的医方,我怨着为什么没有一个医生能够设法治愈了他的这个绝症。

我祷求着,但愿有一个神迹出现,能使这个祖国的斗士转危为安。

隔了十多天没有什么消息。我没有能再去探望他,恐怕由我身上带给他麻烦。

有一天,那位朋友又来了,说道:"韬奋昨天晚上已经故世了!今天下午在上海殡仪馆大殓。"

我震动了一下,好几秒钟说不出一句话来。

我低了头,默默的为他志哀。

固然我晓得他要死,然而我感觉他不会死,不应该死。

他为了祖国,用尽了力量,要活下去,然而他那绝症却不容许多活若干时候。

他是那样的不甘心的死去!

我从来没有看见像他那样的和死神搏斗得那末利害的人。医生们断定了一二星期死去的人,然而他却继续的活了半年。直到最后,他还想活着,还想活着为祖国而工作!

这是何等的勇气,何等的毅力!忍受着半年的为人类所不能忍受的苦,日以继夜的忍受着,呻吟着,只希望赶快愈好,只愿着有一天能够愈好,能够为祖国做事。

然而他斗不过死神!抱着无穷的遗憾而死去!

他仍用他的假名入殓,用他的假名下葬,生怕敌人们的觉察。后来,韬奋死的消息,辗转的从内地传出;却始终只有极少数的人知道他是死在上海的。敌人们努力的追寻着邹韬奋的线索,不问生的或是死的,然而他们在这里却失败了!他们的爪牙永远伸不进爱国者们的门缝里去!他们始终迷惘着邹韬奋的生死和所在地的问题。

到了今天,我们可以成群的携着鲜花到韬奋墓地上凭吊了!凭吊着这位至死还不甘就死的爱祖国的斗士!

(选自《蛰居散记》,上海出版公司 1951 年 5 月出版)

记吴瞿安先生

我们对于终身尽瘁于教育事业，志不旁骛，心无杂虑的人，应该特别的致敬意。自中国教育制度改革以来，这样诚笃忠恳的教员们，所在多有，但更多的却是借了做教员为"登龙之术"，为阶梯，为过渡，为暂时的安身之地，一有机会，便飞了开去。吴瞿安先生是一位终身尽瘁于教育事业的人。他从来没有离开过他的岗位。他从二十七岁（宣统二年）任职于存古学堂起始，在南京第四师范教了一年，在上海民立中学教了四年，在北京大学教了六年，在南京东南大学教了近五年，在上海光华大学及南京中央大学两校兼教了两年，在南京中央大学教了七年，直至民国二十六年芦沟桥事变起来后，始避寇西迁，不复以舌耕为业。他自汉口转寓湘潭，再迁桂林，转至昆明，于二十八年三月十七日卒于云南大姚县李族屯，年五十六。没有多少人像他那样的专心一志于教育事业的。他教了二十五年的书，把一生的精力全都用在教书上面。他所教的东西乃是前人所不曾注意到的。他专心一志的教词、教曲，而于曲，尤为前无古人，后鲜来者。他的门生弟子满天下。现在在各大学教词曲的人,有许多都是受过他的熏陶的。

教词的人,在北方有刘毓盘先生;教曲的人却更少了。在三十年前,曲是绝学。王国维先生写过《宋元戏曲史》,写过《曲录》,但他不曾教过曲。他是研究"曲史"的,对于"曲律"一类的学问,似乎并不曾注意过。瞿安先生却兼长于"曲史"与"曲律"。他自己会唱"曲",会谱"曲"。在今日,能谱"曲"的人恐怕要成为"广陵散"了。

二十多年前,我还不曾和瞿安先生相识,有一次,和几位朋友游天平山,前面有一只船,在缓缓的荡着,有一个人和着笛声在唱曲。唱得高亢而又圆润。一位朋友道:"瞿安先生在前面船上呢。""是他在唱么?""是的。"因为我们这只船也是缓缓的荡的,始终没有追上,所以我们没有见面。

后来,我到南京去访"曲",才拜访瞿安先生。我们谈得很起劲。又一次,我到苏州去找他,在他书房里翻书,见到了不少异书好曲。他从来不吝惜任何秘本。他很殷勤的取出一部部的明刊传奇来。我有点应接不暇。我们一同喝着黄酒,越谈越起劲。他胸中一点城府也没有,爽直而恳挚。说到后来,深以这"绝学"无后继者为忧。他说道:"我几个孩子,都不是研究曲子的。"言下仿佛"深有憾焉"似的。但我后来知道,他有一位世兄,也是会唱曲的。有人说他会使酒骂座。这不尽然。他喝了酒,牢骚更多是实在的,但并没有"狂书生"的习气。我们说起董康刻的《咏怀堂四种曲》。他说,"原本在我这里呢,董刻妄改妄增的地方不少。我一定要发其覆。"原本很模糊,是很后印的本子了,所以董刻本便大加改动。我很高兴瞿安先生能够加以纠正。可惜他后来始终没有动笔。这本子不知乱后尚在人间否。此志一定要有人完成他才好。

我向他借了好多明刊本传奇照了相,还借了他的一批《周宪王杂剧》的原刻序跋,这些序跋他印《奢摩他室曲丛》时还没有得到,所以不曾印入,他都慨然的允诺了。如果没有他这一批序跋,我对于《周宪王杂剧》的研究是不会完成的。

"一二八"倭变时,他的《奢摩他室曲丛》三四集虽已印好,却全部毁失,连带的把他待印的若干珍贵曲本也都烧掉。这不是金钱所能赔偿的。事后他给我一封信道:"曲者不祥之物也。"可以说是"伤感"之至了!然而他并不灰心。有好曲,他还是要收罗。他见到我的唐英《古柏堂传奇》和《青楼韵语》都借了去钞。他的曲子还保存得不少。他仍然在中央大学教他的词曲。他在这时期,为我的《清人杂剧二集》写了一篇序。

我们并没有见过多少次面,但彼此的心是相印的。不仅对于我,对于一切同道者,他都如此。他把所藏的善本曲子,一无隐匿的公开给他的学生们。友人任中敏、卢冀野二先生都是研究"曲子"的,得他的助力尤多。中敏在北大,冀野在中大,都是听他的课的。有许多教授们,特别是在北方的,都有一套"杀手锏",绝对的不肯教给学生们。但瞿安先生却坦白无私,不知道这一套法术。他帮助他们研究,供给他们以他全部的藏书,还替他们改词改曲。他没有一点秘密,没有一点保留。这不使许多把"学问"当作私产,把珍奇的"资料"当作"独得之秘"而不肯公开的人感到羞愧么?假如没有瞿安先生那末热忱的提倡与供给资料,所谓"曲学",特别是关于"曲律"的一部分,恐怕真要成为"绝学"了。王静安先生走的是"曲史"一条路,但因为藏曲不多,所见亦少,故于明清戏曲史便没有什么大贡献。他的《曲录》,是一部黎明期的著作,而不是一部完美无疵的目录。至于瞿安先生则对于此二代的戏曲及散曲,搜罗至广;许多资料都是第一次才被发现的。经过他加以选择与研讨之后,泥沙和珠玉方才分别了开来。我们研究戏曲和散曲,往往因为不精曲律,只知注意到文辞和思想方面,但瞿安先生则同时注意到他们的合"律"与否。因之,他的批评便更为严刻而深邃。

他的藏书,除曲子以外,还有不少明版书。他榜其书斋曰百嘉室,意欲集合一百种明嘉靖刊本于此室；但似乎因为力量不够，一百种的嘉靖刊本始终没有足额。当他西迁时，随身携带了好几箱的书去，其中当然以曲子书为最多。其余的书都还藏在苏寓。经此大劫，好像还不曾散失。在滇的书，则已由他的学生们在清理编目。这一批宝藏是瞿安先生一生精力之所聚，最好能够集中在一处，由国家加以保存，庋藏在某一国立图书馆，或北京大学或中央大学图书馆中，特别的设一纪念室（或即名为"百嘉室"吧）以作瞿安先生的永久的纪念。这个提议，我想他的朋友们和学生们一定会赞成而力促其实现的。已印的《奢摩他室曲丛》第一集和第二集，仅不过是瞿安先生所藏的精本的一小部分。其他重要的资料还很多；一旦公开了，对于研究曲子的人，一定是很有作用的。而于瞿安先生一生坦白无私，不以资料为己有的精神，也更能够发挥而光大之。

瞿安先生早年曾写了不少剧本；杂剧有《暖香楼》，写《板桥杂记》所载姜如须与李十娘事；《落茵记》，写一女学生堕落的事；《无价宝》，为祝秉纲题黄荛圃《鱼玄机诗思图》而作，"宋廛觞咏，不过陈藏家故实"而已；《惆怅爨》为《四声猿》型的北曲，凡五折，演四个故事，一为《香山老放出杨枝妓》，二为《湖州守乾作风月司》（二折），三为《高子勉题情国香曲》，四为《陆务观寄怨钗凤词》；《轩亭秋》，记秋瑾被杀事，仅见楔子一套。传奇有《苌弘血》（未见传本），写戊戌政变事；《风洞山》，写明末瞿忠宣尽节事；《东海记》，写孝女殉姑被诛事；《双泪碑》，写汪柳依事；《绿窗怨记》，为一言情之作。又有《白团扇》及《义士记》，俱未见传本。后又将《暖香楼》改写，易名为《湘真阁》，曾见伶人演唱，但在中年以后，他却不曾有过什么新作。

他的剧本有一个特色，便是鼓吹民族主义，大都写于清末，为那时候的民族革命者作鼓吹宣传之用，像《苌弘血》，《暖香楼》，《轩亭秋》和《风洞山》，全都是的。他尽了他那个时代的一个革命者的任务。这与他的慷慨激昂的性情很相合的。凡是一个性情真挚，坦白的人，殆无不是走在时代之前或与时代一同迈步前进的。虽他所用的工具是南北曲，是不大能够演奏的昆腔，然而他是尽了他的一分责任的。

他的《霜厓曲录》，《霜厓词录》及《霜厓诗录》，也多慷慨激昂之作。

他很早的便写了一部《词馀讲义》和《顾曲麈谈》及《奢摩他室曲话》。后来又写了《词学通论》，《曲学通论》，《中国戏曲概论》，《元剧研究 ABC》，《南北词简谱》诸书。而于《南北词简谱》用力尤深。他所选编的书则有《古今名剧选》，《曲选》及《奢摩他室曲丛》初二集。对于曲史的研究，曲律的探讨，资料的传布，他都尽了很大的心力。从前鄞县姚梅伯（燮）也对曲子很用心，曾作了一部《今乐考证》，选了一部《新乐府选》，但总没有他那末于曲子的各方面无不接触到，而且无不精研深究的。

他讳梅，字瞿安（瞿一作臞或癯），一字灵鹣，号霜厓，吴县人。（原为长洲县学诸生，民国后长洲并入吴县。）清末，尝两应江南乡试，不中，即弃去。一游河南，入河道曹某幕，不久，也就南归。自此，便以教学为终生的事业。

（选自《蛰居散记》，上海出版公司 1951 年 5 月出版）

记复社

敌人们大索复社,但始终不知其社址何在。敌人们用尽种种方法,来捕捉复社的主持人,但也始终未能明白究竟复社的主持人是谁。

复社在敌伪统治的初期,活跃于上海的一个比较自由的小圈子里,做了不少文化工作,最主要的一个工作,便是出版《鲁迅全集》。

复社是一个纯粹的为读者们而设立的一个出版机关,并没有很多的资本。社员凡二十人,各阶层的人都有。那时,社费每人是五十元;二十个人,共一千元。就拿这一千元作为基础,出版了一部《鲁迅全集》。

当初,几个朋友所以要办复社的原因,目的所在,就是为了要出版《鲁迅全集》。这提议,发动于胡愈之先生。那时候,整个上海的出版界都在风雨飘摇之中,根本不想出版什么书。像《鲁迅全集》,也许有几家肯承印,肯出版,但在条件上也不容易谈得好。

"还是我们自己来出版吧,"留在上海的几位鲁迅先生纪念委员会的人这样的想着。

先来组织一个出版机关,这机关便是复社。

编辑委员会的工作并不轻松。以景宋夫人为中心,搜辑了许多已刊,未刊的鲁迅先生的著作,加以整理,钞写,编排次序,然后付印。许多朋友,自动的来参加校对的工作。煌煌廿巨册的大著,校对的事,实在很不容易。王任叔先生在这一方面和编辑方面,所负的责任最多。但假如没有许多热情的帮助,他也是"单丝不成线"的。

印刷的经费呢?资本只有一千元,还不够排印一本。复社开了社员大会,议决,先售预约。直接与读者们接触,不经过"书店"的手。记得那时的定价是:每部八元五角。我们发动了好些人,在各方面征求预约者。同时,为了补救印刷费的不足,另印一部分"纪念本",定价每部五十元及一百元,纪念本的预定者也很不少。

居然,这煌煌廿巨册的《鲁迅全集》,像奇迹似的,在上海,在敌伪环伺侦察之下,完成出版的工作了!纪念本印得十分的考究。普通本也还不坏。主持印刷发行的是张宗麟先生,他也是专心一意的在埋头苦干着。

最可感动的是,处处都可遇到热情的帮助与自动的代为宣传,代为预约,代为校对。众力易于成事,这是一个最好的例子。这工作,虽发动于复社,虽为复社所主持,而其成功,复社实不敢独居。这是联合了各阶层的"开明"的"正直"的力量才能完成之的。

而复社的本身,虽然只有二十个社员,而且决不公布其组织与社员们的名单,而在当时,这二十位社员的本身,便也代表了"自由上海"的各阶层"开明"的与"正直"的力量。

复社还做了些其他的出版事业。她不以牟利为目的,所以基础并不稳固,营业也不能开展。所可喜悦的,便是这一股力量,这一股联合起来的力量。谁都呈献点什么,谁都愿意为"社"而工作。"有钱的出钱,有力的出力,"在复社里可以说表现得最充分。

这二十个社员,虽然不常常聚会,但团结得像铁一样的坚固。没有一个人对外说起过这社是怎样组织的。关于这社的内容,这是第一次的"披露"。

敌人们疑神疑鬼了很久,侦察了很久,但复社是一个铁桶似的组织,一点缝儿也被他们找不到。经营了近四年,却没有出过一会乱子。可见爱护她的人之多,也可见她的组织的严密。

"一二八"太平洋战争爆发后,复社的社员们留在上海的已经很少了。这少数的人开了一次会,决定,在那样的环境之下,复社的存在是绝对不可能的,便立即作着种种解散的工作。存书与纸版都有很妥善的处置办法。复社起来的时候,像从海面上升起的太阳,光芒万丈,海涛跳拥,声势极盛;但在这时候,结束了时,也立即烟消云散,声息俱绝。

敌人们和敌人的爪牙们虽曾用了全力来追寻复社的踪迹,但像奇迹似的起来,也像奇迹似的消失了去,他们简直无从捕风捉影起。

景宋夫人的被捕,受尽了苦,但不曾吐露过关于复社的片语只言。她保全了许多的朋友们。

后来,听到不少关于敌人们和敌人的爪牙们怎样怎样的寻踪觅迹的在追找复社和复社的主持人的消息。也有不少人因复社的关系被捕过。但都没有吐露过关于复社的一丝一毫的事。冯宾符先生也是社员之一,他被捕过,且被传讯了不止五六次,但他们却始终不知道他与复社有关。

文化生活社的陆蠡先生被捕时,听说也曾向他追究过复社的事。即使他知道若干,他如何肯说出来呢?

一直到了敌人的屈膝为止,敌人宪兵队里所认为最神秘的案卷,恐怕便是关于复社的一件吧。

其实,复社并不神秘。复社是公开的一个出版机关。复社与各方面接触的时候很多。知道复社的组织内幕的人很不少。但在各方面的维护之下，复社却很安全。

　　凡是敌人们所要破坏的，追寻的，必定要为绝大多数同情者们所维护，所保全的。复社便是一个例子。敌人们的力量永远是接触不到这无形的同情的绝大堡垒的。

　　复社的社员们，除了胡咏骐先生已经亡故了之外，都还健在；虽然散在天南地北，但都还不懈的为人民，为民主而工作。这个不牟利的人民的出版机关，复社，生长于最大多数的人民的同情的维持之中的，将来必会继续存在而且发展的。她虽停顿了一时，但并没有死亡。她将更努力的为最大多数的人民们服务。她的任务并没有终了。

　　人民需要这样的一个不牟利的出版组织。

　　读者们需要这样的一个不牟利的为读者们服务的组织。

（选自《蛰居散记》，上海出版公司 1951 年 5 月出版）

售书记

  嗟食何如售故书,疗饥分得蠹虫余。
  丹黄一付绛云火,题跋空传士礼居。
  展向晴窗胸次了,抛残午枕梦回初。
  莫言自有屠龙技,剩作天涯稗贩徒。

  以上是一个旧友的售书诗,这个旧友和我常在古书店里见到。从前,大家都买书,不免带点争夺的情形,彼此有些猜忌。劫中,我卖书,他也卖书,见了面,大家未免常常叹气,谈着从来不会上口的柴米油盐的问题。他先卖石印书,自印的书,然后卖明清刊本的书。后来,便不常在古书店见到他了。大约书已卖得差不多,不是改行做别的事,便是守在家里不出门。关于他,有种种的传说。我心里很难过,实在不愿意在这里再提起,这是一位在这个大时代里最可惜、残酷的牺牲者。但写下他抄给我的这首诗时,我不能不黯然!

  说到售书,我的心境顿时要阴晦起来。谁想得到,从前高高兴兴,一部部，一本本，收集起来，每一部书，每一本书，都有它的被得到的经过和历史；这一本书是从哪一家书店里得到的，那一部书是如何的见到了，一时踌躇未取，失去了，不料无意中又获得之；那一部书又是如何的先得到一二本，后来，好容易方才从某书店的残书堆里找到几本，恰好配全，配全的时候，心里是如何的喜悦；也有永远配不全的，但就是那残帙也很可珍重，古宫的断垣残刻，不是也足以令人留连忘返么？那一本书虽是薄帙，却是孤本单行，极不易得；那一部书虽是同光间刊本，却很不多见；那一本书虽已收入某丛书中，这本却是单刻本，与丛书本异同甚多；那一部书见于禁书目录，虽为陋书，亦自可贵。至于明刊精本，黑口古装者，万历竹纸，传世绝罕者，与明清史料关系极巨者，稿本手迹，从无印本者，等等，则更是见之心暖，读之色舞。虽绝不巧取豪夺，却自有其争斗与购取之阅历。差不多每一本，每一部书于得之之时都有不同的心境，不同的作用。为什么舍彼取此，为什么前弃今取，在自己个人的经验上，也各自有其理由。譬如，二十年前，在中国书店见到一部明刊蓝印本《清明集》和一部道光刊本"小四梦"，价各百金，我那时候倾囊只有此数，那末，还是购"小四梦"吧，因为我弄中国戏曲史，"小四梦"是必收之书。然而在版本上，或在藏书家的眼光看来，那《清明集》，一部极罕见的古法律书，却是如何的珍奇啊！从前，我不大收清代的文集，但后来觉得有用，便又开始大量收购了。从前，对于词集有偏嗜，有见必收，后来，兴趣淡了些，便于无意中失收了不少好词集。凡此种种，皆寄托着个人的感情。如鱼饮水，冷暖自知。谁想得到，凡此种种，费尽心力以得之者，竟会出以易米么？谁更会想得到，从前一本本，一部部书零星收得，好容易集成一类，堆作数架者，竟会一捆捆，一箱箱的拿出去卖的么？我从来不肯好好的把自己的藏书编目，但在出卖的时候，卖书的要先看目录，便不能不咬紧牙关，硬了头皮去编。编目的时候，觉得部部书本本书都是可爱的，都是舍不得去的，都是对我有用的，然而又不能不割售。摩挲着,仔细的翻看着,有时又摘抄了要用的几节几段,终于舍不得,不愿意把它上目录。但经过了一会,究竟非卖钱不可,便又狠了狠心,把它写上。在劫中,像这样的"编目",不止三两次了。特别在最近的两年中,光景更见困难了,差不多天天都在打"书"的主意,天天在忙于编目。假如天还不亮的话,我的出售书目又要从事编写了。总是先去其易得者,例如《四部丛刊》,百衲本《廿四史》之类。《四部丛刊》,连二三编,我在前年,只卖了伪币四万元,百衲本《廿四史》,只卖了伪币一万元。谁想得到,在今年今日,要想再得到一部,便非花了整年的薪水还不够么?只好从此不作收藏这一类大部书的念头了。最伤心的是,一部石印本《学海类编》,我不时要翻查,好几次书友们见到了,总要怂恿我出卖,我实在舍不得。但最后,却也不得不卖了。卖得的钱,还不够半个月花,然而如今再求得一部,却也已非易了。其后,卖了一大批明本书,再后来,又卖了八百多种清代文集,最后,又卖了好几百种清代总集文集及其他杂书。大凡可卖的,几乎都已卖尽了!所万万舍不得割弃的是若干目录书,词曲书,小说书和版画书。最后一批,拟目要去的便是一批版画书。天幸胜利来得恰如其时,方才保全了这一批万万舍不得去的东西。否则,再拖长了一年半载,恐怕连什么也都要售光了。但我虽然舍不得与书相别,而每当困难的时光,总要打它的主意,实在觉得有点对不起它!如果把积"书"当作了囤货——有些暴发户实在有如此的想头,而且也实在如此的做,听说,有一个人,所囤积的《四部丛刊》便有廿余部——那末,售去倒也没有什么伤心。不幸,我的书都是"有所谓"而收集起来的,这样的一大批一大批的"去",怎么能不痛心呢?售去的不仅是"书",同时也是我的"感情",我的"研究工作",我的"心的温暖"!当时所以硬了心肠要割舍它,实在是因为"别无长物"可去。不去它,便非饿死不可。在饿死与去书之间选择一种,当然只好去书。我也有我的打算,每售去一批书,总以为可以维持个半年或一年。但物价的飞涨，每每把我的计划全部推翻了。所以只好不断的在编目，在出售；不断的在伤心，有了眼泪，只好往肚里倒流下去。忍着，耐着，叹着气，不想写，然而又不能不一部部的编写下去。那时候，实在恨自己，为什么从前不藏点别的，随便什么都可以，偏要藏什么劳什子的书呢？曾想告诉世人说，凡是穷人，凡是生活不安定的人，没有恒产、资产的人，要想储蓄什么，随便什么都可以，只千万不要藏书。书是积藏来用、来读的，不是来卖的。卖书时的惨楚的心情实在受得够了！到了今天，我心上的创伤还没有愈好；凡是要用一部书，自己已经售了去的，想到书店里去再买一部，一问价，只好叹口气，现在的书已经不是我辈所能购致的了。这又是用手去剥创疤的一个刺激。索性狠了心，不进书店，也决心不再去买什么书了。书兴阑珊，于今为最。但书生结习，扫荡不易，也许不久还会发什么收书的雅兴吧。

但究竟不能不感谢"书"，它竟使我能够度过这几年难度的关头。假如没有"书"，我简直只有饿死的一条路走！

（选自《蛰居散记》，上海出版公司 1951 年 5 月出版）

我的邻居们

我刚刚从汶林路的一个朋友家里,迁居到现在住的地方时,觉得很高兴;因为有了两个房间,一作卧室,一作书室,显得宽敞得多了;二则,我的一部分的书籍,已经先行运到这里,可读可看的东西,顿时多了几十倍,有如贫儿暴富;不像在汶林路那里,全部的书,只有两只藤做的书架,而且还放不满。这个地方是上海最清静的住宅区。四周围都是蔬圃,时时可见农人们翻土、下肥、播种;种的是麦子、珍珠米、麻、棉、菠菜、卷心菜以至花生等等。有许多树林,垂柳尤多,春天的时候,柳絮在满天飞舞,在地上打滚,越滚越大。一下雨,处处都是蛙鸣。早上一起身,窗外的鸟声仿佛在喧闹。推开了窗,满眼的绿色。一大片的窗是朝南的,一大片的窗是朝东的;太阳光很早的便可以晒到。冬天不生火也不大嫌冷。我的书桌,放在南窗下面,总有整整的半天,是晒在太阳光下的。有时,看书看得久了,眼睛有点发花发黑。读倦了的时候,出去走走,总在田地上走,异常的冷僻,不怕遇见什么熟人。我很满足,很高兴的住着。

正门正对着一家巨厦的后门。那时,那所巨厦还空无人居,不知是谁的。四面的墙,特别的高,墙上装着铁丝网,且还通了电。究竟是谁住在那里呢?我常常在纳罕着。但也懒得去问人。

有一天早上,房东同我说,"到前面房子里去看看好么?"

我和他们,还有几个孩子,一同进了那家的后门。管门人和我的房东有点认识,所以听任我们进去。一所英国的乡村别墅式的房子,外墙都用粗石砌成,但现在已被改造得不成样子。花园很大,也是英国式的,但也已部分的被改成日本式的。花草不少;还有一个小池塘,无水,颇显得小巧玲珑,但在小假山上却安置了好些廉价的磁鹅之类的东西,一望即知其为"暴发户"之作风。

盆栽的紫藤,生气旺盛,最为我所喜,但可知也是日本式的东西。

正宅里布置得很富丽堂皇,但总觉得"新",有一股无形的"触目"与触鼻的油漆气味。

"这到底是谁的住宅呢!"我忍不住的问道,孩子们正在草地上玩,不肯走。

房东道:"我以为你已经知道了;这是周佛海的新居,去年向英国人买下的,装修的费用,倒比买房的钱花得还多。"

过了几个月,周佛海搬进宅了;整夜的灯火辉煌,笙歌达旦,我被吵闹得不能安睡。我向来喜欢早睡,但每到晚上九、十点钟,必定有胡琴声和学习京戏的怪腔送到我房里来。恨得我牙痒痒的,但实在无奈此恶邻何!

更可恨的是,他们搬进了,便要调查四邻的人口和职业;我们也被调查了一顿。

我的书房的南窗,正对着他们的厨房,整天整夜的在做菜烧汤,烟突里的煤烟,常常飞扑到我书桌上来。拂了又拂,终是烟灰不绝,弄得我不敢开窗。我现在不能不懊悔择邻的不谨慎了。

"一二八"太平洋战争起来后，我的环境更坏了。四周围的英美人住宅都空了起来，他们全都进了集中营。隔了几时，许多日本人又搬了进来。他们男人大都是穿军装的。还有保甲的组织，防空的练习，吵闹得附近人家，个个不安。

　　在防空的时候，他们干涉邻居异常的凶狠，时时有被打的。有时，我晚上回家，曾被他们用电筒光狠狠的照射着过。

　　有一天，厨房的灯光忘了关，也被他们狠狠的敲门打窗的骂了一顿过。

　　一个早晨，太阳光很好，出去走走，恰遇他们在练习空防。路被阻塞不通，只好再回过来。

　　说到通路，那又是一个厄运。本来有一条通路，可以直达大道，到电车站很近便。自从周佛海搬来后，便常常被阻塞。日本人搬来后，索性的用铁丝网堵死了。我上电车站，总要绕了一个大圈，多花上十分钟的走路工夫。

　　胜利以后，铁丝网不知被谁拆去了。我以为从此可以走大道了。不料又有什么军队驻扎在小路上看守着，不许人走过。交涉了几回也没用。只好仍旧吃亏，改绕大圈子走。

　　和敌伪的人物无心的做了邻居，想不到也会有那末多的痛苦和麻烦。

（选自《蛰居散记》，上海出版公司 1951 年 5 月出版）

忆愈之

愈之姓胡氏,名学愚,上虞人,是一个苦学出身的学者。曾经相信过无政府主义,提倡过世界语,创导过写别字运动。他身材矮小,组织的能力却极强。我们在二十几年里,没有间断过一天的友谊。我们还同事过七八年,几乎天天在一起。我从来没有见过他有脸红耳赤的情形发生,他永远是心平气和的,永远是和蔼明朗的,只除了一次,他曾经受过极深刻的刺激,态度变得异常的激昂而愤慨。

那一次是清党的事件刚发生,他走过宝山路,足下踏着一堆的红血,竹篱笆旁,发现了好些被杀的尸身。他气促息急的跑到了商报馆,立刻便草拟致几位党国元老的代电。这是他从"编辑室"的生活转变到政治活动的开始,也是他从一个无政府主义者变成了一个实际行动者的开始。

他从巴黎经由莫斯科回国,使他思想变动了不少。他写了一本很有名的《莫斯科印象记》,似较秋白的《赤都心史》尤得读者的赞颂。

我在北平教书的时候,他在上海正和宋庆龄杨杏佛诸位从事于济难会的工作。他始终站在一个人道主义者的立场上，反对暴力，反对杀戮。

"九·一八"事件后，他成了最热忱的抗日家。他主编着复刊后的《东方杂志》，使这古老的定期刊物放射出异常焕烂的光彩。然终于不为那古老的出版家所容，他不得不辞职以去。

他为开明书店主持《月报》的编辑，这是中国杂志界的一个创格的刊物。

他为生活书店创办《世界知识》，尽了不少介绍国际新闻和常识的功能。这杂志的性质，也是空前未有的。

他决定着《文学》的创刊，《太白》的出版，《中华公论》的编辑，《文学季刊》和《世界文库》的发行。最生气蓬勃的生活书店的一段历史乃是愈之所一手造成的。

《鲁迅全集》的编印出版，也是他所一力主持着的，在那样人力物力缺乏的时候，但他的毅力却战胜了一切，使这二十巨册的煌煌大著能够在很短的时间内印出。

伟大悲壮的鲁迅葬礼的举行，也是他在策动着的。

他团结了许多不同阶层，不同职业的人物，做着救国运动，这运动的人物们在上海曾发生了很大的作用，直到"十二月八号"的珍珠港事件发生后才解体。

他组织了许多有力的刊物与团体，但从来不把持着他们；他总是"功成身退"的。除了几个最亲密的友朋们以外，外边的人没有一个知道他是那些刊物和团体的真正发动者和主持者。

他的眼光是那样的远大，他的见解是那样的明晰，他的思想是那样的彻底，他的心胸是那样的博大，人家被包罗在内而往往尚不自知。

他宽恕，他忠厚恳挚，对于一切同道的人，他从来没有一句"违言"，没有一点不满的批评。但他却坚定忠贞，从来不肯退让一步，从来不曾放弃过他自己所笃信的主张和立场,无论在什么环境之下。在朋友们里,能够像他那样的伟大而兼收并蓄,包罗万象的,恐怕只有一位蔡子民先生可以相提并论吧。

我从来不大预问外事,也最怕开会,但自从见到愈之把银行界的人物和百货公司的主持人也拉来开会以后,我不能不受感动,不能不把自己从"隐居"生活里跳出来了。

"八·一三"的淞沪战争失败以后,他便撤退到内地去。我们见面的机会少得多了。但他在上海一带所留下的影响还是极大。

我们在香港再见到几次。他那时又在那一带组织着很多,很重要的事业,像文化供应社便是其一。这个通讯社在国际宣传上有了很大的效果。

自此以后,我们便不再相见了。

珍珠港事件发生后,他和沈兹九,陈嘉庚都在新加坡。那时他正有计划的想在南洋一带发展一部分的事业。新加坡陷落后,对于他的安全,我和许多朋友们都特别的牵念着。有过种种不同的传说。

过了一年,他忽来了一张明片(当然是用的假姓名),说他是平安着。这使我们十分的兴奋和安慰。

日本投降的时候,从内地来的消息,说愈之已经在南洋病故。我不肯相信这悲惨的噩耗。像愈之那样的人,我总相信他是不会便这样的死去的。但消息渐渐的被证实了。听说《中学生》曾经出版过一个纪念他的专号。

难道愈之果真这样的便死去了么?我还是不能相信,不肯相信!

在无数的殉难死亡的朋友们里,没有比愈之的失去,更使我伤心,难受的了!

温和敦厚,信仰坚定的愈之,如果失去了,将是国家怎样大的损失呢?有多少的建国的工作正在等候着他来组织,来专心一志的干着!

他如果失去了,对于这些工作的事业,将有怎样大的影响呢?

我还是不相信他的病故的消息。但愿这只是"海外东坡"般的误传!

我祈祷着愈之的安健!为我们的国家也为许多的朋友们!

三十四年九月二十二日写

关于愈之病故的误传,当时曾引起各方面的震动。但此文发表时,已证明是"海外东坡"之谣。现并录于此,作为一个小小的纪念。

(选自《蛰居散记》,上海出版公司 1951 年 5 月出版)

辑五　集外拾翠

欢迎太戈尔

  我在梦中见到一座城,全地球上的一切其他城市,都不能攻胜他;

  我梦见这城是一座新的朋友的城。

  没有东西比健全的爱更伟大,它导引着一切。

  它无时无刻不在这座城的人民的动作上容貌上,及言语上表现出来。

惠特曼(Whitman)

  太戈尔(Rabindranath Tagore)快要东来了。在这本杂志放在读者手中或书桌上时,他也许已经到了中国。

  我可以预想得到;当太戈尔穿了他的印度的朴质的长袍,由经了远航而疲倦的船上,登到中国的岸上时,我们一定会热烈的崇拜的张开爱恋的两臂,跑去欢迎他;当他由挂满了青翠的松枝的门口,走到铺满了新从枝头撷下的美丽的花的讲坛上,当他振着他沉着而美丽的语声,作恳挚的讲演时,我们一定会狂拍着两掌,坐着,立着,甚至于站到窗台上,或立在窗外,带着热忱与敬意,在那里倾听,心里注满了新的愉快与新的激动。

诚然的,我们应该如此的欢迎他;然而我们的这种欢迎,似乎还不能表达我们对于他的崇敬,恋慕与感激之心的百一。

我们不欢迎残民以逞,以红血白骨筑凯旋门的凯萨,这是应该让愚妄的人去欢迎的;我们不欢迎终日以计算金钱为游戏的富豪,不欢迎食祖先的余赐的帝王或皇子,这是应该让卑鄙的人去欢迎的;我们不欢迎庸碌的乘机会而获享大名的外交家,政治家及其他的人,这是应该让无知的,或狡猾而有作用的人去欢迎的。

我们所欢迎的乃是给爱与光与安慰与幸福于我们的人,乃是我们的亲爱的兄弟,我们的知识上与灵魂上的同路的旅伴。

世界上使我们值得去欢迎的恐怕还不到几十个人。太戈尔便是这值得欢迎的最少数的人中的最应该使我们带着热烈的心情去欢迎的一个人!

他是给我们以爱与光与安慰与幸福的,是提了灯指导我们在黑暗的旅路中向前走的,是我们一个最友爱的兄弟,一个灵魂上的最密切的同路的伴侣。

他在荆棘丛生的地球上,为我们建筑了一座宏丽而静谧的诗的灵的乐园。这座诗的灵的乐园,是如日光一般,无往而不在的,是容纳一切阶级,一切人类的;只要谁是愿意,他便可以自由的受欢迎的进内。在这座灵的乐园里,有许多白衣的诗的天使在住着。我们愉悦时,他们则和着我们歌唱;我们忧郁时,他们则柔和的安慰着我们;爱者被他的情人所弃,悲泣如不欲生,他们则向他唱道:"你弃了我,自己走去了。我想我应该因你而悲伤,把你的孤寂的影像放在我的心上,织在一首金的歌里。但是,唉,我真不幸,时间不幸,时间是太短促了。青春一年一年的消磨了;春天是逃走了;脆弱的花是无谓的凋谢了,聪明的人警告我说,人生不过是荷叶上的一滴露水。难道我不管这一切,而只注视那以她的背向我的人么?那是很鲁笨的,因为时间是短促的。"当他听见这个歌声,他的悲思渐渐的如秋云似的融消了,他抹去了他的眼泪,向新的路走去;母亲失了她的孩子,镇日的坐在那里下泪,她们则向她唱出这样的一个歌来:"当清寂的黎明,你在暗中,伸出双臂,要抱你睡在床上的孩子时,我要说道,'孩子不在那里呀!'——母亲,我走了。我要变成一股清风,抚摸着你,我要变成水中的小波,当你浴时把你吻了又吻。大风之夜,当雨点在树叶中渐沥时,你在床上,会听见我的微语,当电光从开着的窗口闪进你的屋里时,我的笑声也偕了他一同闪进了。如果你醒着躺在床上,想着你的孩子到了深夜,我便要从星里向你唱道,'睡呀母亲,睡呀。'我要坐在照彻各处的月光上,偷到你的床上,乘你睡着时,躺在你的胸上。我要变成一个梦儿,从你眼皮的小孔中,钻到你睡眠的深处;当你醒起来吃惊的四顾时,我便如闪耀的萤火,熠熠的向暗中飞去了。当普耶大祭日,邻家的孩子们来屋里游玩时,我便要融化在笛声里,镇日在你心头震荡。亲爱的阿姨带了普耶礼来,问道,'我的孩子在哪里呢,姊姊?'母亲,你要柔声的告诉她道,'他呀,他现在是在我的瞳人里,他现在是在我的身体里,在我的灵魂里。'"她听了这个歌,她的愁怀便可宽解了许多,如被初日所照的晨雾一样,渐渐的收敛起来了;我们怀疑,伊们便能为我们指示出一条信仰大路来;我们失望,她们便能为我们重燃起希望的火炬来。总之,无论我们怎样的在这世界被损害,被压抑,如一到这诗的灵的乐园里,则无有不受到沁入心底的慰安,无有不从死的灰中再燃着生命的青春的光明来的。

  我们对于这个乐园的伟大创造者,应该怎样的致我们的祝福,我们的崇慕,我们的敬爱之诚呢?

  现在的世界,正如一个狭小而黑暗的小室。什么人都受物质主义的黑雾笼罩着，什么人都被这"现实"的小室紧紧的幽闭着。这小室里面是可怖的沉闷，干枯与无聊。在里面的人，除了费他的时力，费他的生命在计算着金钱，在筹思着互相剥夺之策，在喧扰的在暗中互相争辩着嘲骂着如盲目者似的以外，便什么东西都不知道，什么生的幸福都没有享到了。太戈尔则如一个最伟大的发见者一样，为这些人类发见了灵的亚美利亚，指示他们以更好的美丽的人的生活；他如一线绚烂而纯白的曙光，从这暗室的天窗里射进来，使他们得互相看见他们自己，看见他们的周围情境，看见一切事物的内在的真相。虽然有许多人，久在暗中生活，见了这光，便不能忍受的紧闭了两眼，甚且诅骂着，然而大多数肯睁了眼四顾的，却已惊喜得欲狂起来。这光把室内四周的美画和宏丽的陈设都照出来，把人类的内在的心都照出来。

光，我的光，充满世界的光，吻于眼帘的光，悦我心曲的光！

呵，可爱的光，这光在我生命的中心跳舞；可爱的光，这光击我爱情的弦便鸣，天开朗了，风四远的吹，笑声满于地上了。

《吉檀迦利》之五十七。

他们现在是明白世界，明白人生了。

我们对于这个伟大的发见者，这个能说出世界与人生的真相者，应该怎样的致我们的祝福，我们的崇慕，我们的敬爱之诚呢？

西方乃至全个世界，都被卷在血红的云与嫉妒的旋风里。每个民族，每个国家，每个党派，都以愤怒的眼互视着，都在粗声高唱着报仇的歌，都在发狂似的随了铁的声，枪的声而跳舞着。他们贪婪无厌，如毒龙之张了大嘴，互相吞咬，他们似乎要吞尽了人类，吞尽了世界；许多壮美的人为此而死，许多爱和平的人被其牺牲，许多宏丽的房宇为之崩毁，许多珠玉似的喷泉，为之干竭，许多绿的草染了血而变色，许多荫蔽千亩的森林被枪火烧得枯焦。太戈尔则如一个伟人似的,立在喜马拉雅山之巅,立在阿尔卑斯山之巅,在静谧绚烂的旭光中,以他的迅雷似的语声,为他们宣传和平的福音,爱的福音。他的生命如"一线镇定而纯洁之光,到他们当中去,使他们愉悦而沉默"。他立在他们黑漆漆的心中,把他的"和善的眼光堕在他们上面,如那黄昏的善爱的和平,覆盖着日间的骚扰"。

世界的清晨,已在黑暗的东方之后等待着了。和平之神已将鼓翼飞来了。

他在祈祷,他在赞颂,他在等候。他的歌声虽有时而沉寂,而他的歌却仍将在未来者的活泼泼的心中唱将出来的,他的使命也终将能完成的。

我们对于这个伟大的传道者又应该怎样的致我们的祝福,我们的崇慕,我们的敬爱之诚呢?

他现在是来了,是捧了这满握的美丽的赠品来了!他将把他的诗的灵的乐园带来给我们,他将使我们在黑漆漆的室中,得见一线的光明,得见世界与人生的真相,他将为我们宣传和平的福音。

我们将如何的喜悦,将如何热烈的欢迎他呢?

任我们怎样的欢迎他,似乎都不能表示我们对于他的崇慕与敬爱之心的百一。

我醒起来,在清晨得到他的信。

当夜间渐渐的万籁无声,群星次第出现时,我要把这封信摊放在我的膝上,沉默的坐着。

萧萧的绿叶会向我高声的读它,潺潺的溪流,会为我吟诵着它,而七个智慧星,也将在天上对我把它歌唱出来。

《采果集》之四。

这是太戈尔他自己歌咏上帝的诗章之一,而我们现在也似乎有这种感想。我们表面上的热烈的欢迎,所不能表白的愉快与崇拜与恋慕,在这时是可以充分的表白出来。

他的伟大是无所不在的;而他的情思则惟我们在对着熠熠的繁星,潺潺的流水,或偃卧于绿荫上的绿草上,荡舟于群山四围的清溪里,或郁闷的坐在车中,惊骇的中夜静听着窗外奔腾呼号的大风雨时才能完全领会到。

我们应不仅为表面上的热烈的欢迎!

(原载 1923 年 9 月 10 日《小说月报》14 卷第 9 期)

纪念几位今年逝去的友人

当这个"万方多难"的年头,逝去了几位友人,正有如万木森森的树林里,落下了两片三片的黄叶,那又算得什么事!我们该追悼无数为主义而脰折断颈的"烈士",我们该追悼无数为抵御强权,为维护民族的生存而被大炮枪弹所屠杀的兵士,我们该追悼无数的在国内,国外任人烹割的,无抵抗的民众。我们真无暇纪念到我们自己的几位友人们,当这个"万方多难"的年头!

然而在这个"万方多难"的年头,逝去了的那几位友人,却正是无数的受苦难的民众的缩影。我们为那几位友人而哭,而哀悼,除了为我们的友情之外,也还有些难堪的别的情怀在。我们的勇士实在太少了。我们的诗才也实在太寥落了。当这个年头儿,该是许多勇士,许多诗人,为民众,为生活在这个古老的国土上的人类效力的时候,却正是那些最勇敢的勇士们受最难堪的苦难,而逝去,也正是那些最可珍异的诗才们受无妄之横祸的时候。站在最前面的一批,去了,远了,后继者有谁呢?真难说!这是我们所不得不为我们的逝去的友人们痛心的。我们常是太取巧了,太个人主义了,太自私了。站在任何主义的坚固的阵线上而作战的人们,在这古老的国里,几千年来就不多几个。现在是个大转变的时代,该产生出无数的意志坚定的战士,有为民众,为主义——不管他什么主义——而牺牲而努力。在过去的三五年间也真的产生了不少这样的无名的英雄们。这是我们这个古老的民族的一线新的生机。我们该爱护这新生的根芽,我们该培植这新生的德性。然而不然,最遭苦难的却正是他们!那不全是被"屠杀",——当然那是最重要的一个原因——也还有无数的别的不可说的法术儿,被用来销铄他们,毁亡他们。总之,要使意志坚定的最好的最有希望的青年们,在全国不见了踪迹。这是我们最可痛心的事。

至少,至少,我们该为国家爱惜有希望的人们,为民族爱惜意志坚定的战士们。这是我忆念到今年逝去的几位友人们便要觉得痛心的,不仅仅是为了个人有的友情而已。

一　胡也频先生

第一个该纪念的友人是胡也频先生,在今年逝去的友人们中。

胡先生的死,离现在已有好几个月了,我老想对他的死说几句话,老是没有机会。他的死是一个战士般的牺牲,是值得任何敌与友的致敬的。

凡是认识也频的人,没有一个曾会想到他的死会是那样的一个英雄的死。他是那样的文弱,那样的和平;他是一位十足的"绅士式"的文人,做着并不激刺的诗与小说的,谁会想得到他竟会遭际到那样的一个英雄的死?

也频的诗与小说,最早是在北平的《晨报》副刊和《现代评论》上发表的。在那个时代,他所写的诗与小说一点也没有比当代的一般流行的诗人和小说家们的作品有什么更足以招祸惹殃的所在。他的诗文散文,完全是所谓"绅士式"的文学;圆润,技巧;说的是日常的生活,绅士的故事。一丝半毫的反抗时代的影子,在那里都找不到。他们如百灵鸟在无云的天空,独自的歌啭着,他们如黄莺儿在枝头上跳跃不定的一声两声自得的鸣叫着。他们似还没有尝到任何真实的人间的生活的辛辣味儿。

后来,他到了上海。他的作品便常在《小说月报》上及他和丁玲,沈从文诸位自己所办的《红黑》上发表,他的作风还是一毫也不曾变动。他那时所写的,似以小说为最多。也只是些"绅士式"的小说。

有一天,他和从文同到我们那里来。

"我们组织了一个出版机关,要自己出个文艺杂志,"也频这样说,微笑的。

"要你们大家都帮忙才好呢,"从文说。

过几天,果然有"红黑社"请客的通知来。

那一天在静安寺路华安公司的楼上,举行了一次很盛大的宴会,倒有不少我所不认识的士女。也频和丁玲是那样殷勤的招待着。也频的瘦削的脸上,照耀着喜悦的颜色。他是十足的表现着"绅士式"的文人的气度,——但恐怕这便是最后的一次了。

《红黑》出版了几期,听说《红黑》的出版部,发生了问题。没有别的,只为的是:"红""黑"两个字太鲜明得碍目。于是不管它的内容如何,便来了一次不很愉快的干涉和阻碍。在那个时候,也频定受有很大的刺激与冲动。后来的转变,或已于此时植下很深的根芽。

有半年之久,他所做的仍是那一类"绅士式"的小说。那时他的生活似很艰苦,常常要为了生活而做小说,要为了卖小说而奔走着。在那个时候,他是和"现实的生活"窄路相逢了;他和它面对面的站着。常有被它吞没下去的危险。但他始终是挣扎着,并不退却,也并不转入悲观。

常是为了"没有米了","房钱是来催迫过好几趟了"的题目,执持了匆匆完稿的作品去出卖。

205

逢到"婉辞拒却"的机会是不少的,但也颇始终保持着他的雍容大量的绅士态度,一点也不着恼。把他的文字作严刻的讥弹着的也有,但他仍是很虚心的并不表现出不愉快的态度来。

我不曾见过那么好脾气的小说家,诗人。

在那个时候,他和我见面的时候不少。他那生疏的福州话,常使我很感动。我虽生长在外乡,但对于本地的乡谈,打得似乎要比他高明些。他和我是无话不谈的,在那时候。

不知在什么时候,他的作风,他的生活突然的起了一个绝大的转变,这个大转变,使他由"绅士"一跃而成为一个战士,使他由颓唐的文人的生活,一变而成为一位勇敢的时代的先驱。

他的爽直的性格,真纯的意志,充足的生活力,以至他的富有向前进的精神,都足以使他毫不踌躇的实现他的这个转变,使他并不退缩的站到时代的最前线去。

我记得,他有好几个月不来了。在前年的冬天,一个灰暗的下午,他又来了,带了一包的原稿。

"我现在的作风转变了,这是转变后的第一篇小说,中篇的,请你看看,可否有发表的机会。"

那中篇小说的题目是《到莫斯科去》。我匆匆的翻了一遍,颇为他的大胆的记述和言论所震动。

"等我细细拜读一下再说。假如没有什么'违碍',发表当然是不成问题的。"我说。

我不好意思立刻便对他说,那题目便是一个最会"触犯时忌"的标帜。

像那样坦白的暴露着最会"触犯时忌"的事实的小说,在当时的出版物上,至少在《小说月报》上——是没法可以发表的。所以第二次他来了时,我便真心抱歉的对他说道:

"实在太对不住了,这部中篇,为了有'违碍',月报上似乎是不能发表的。"

也频非常明了我的地位,他微笑道:

"没有什么,没有什么。我也知道有些'不便'。但请你指教这小说里有什么不妥当的所在?"

我坦白的说出了我的意见。他很觉得同意。

以后,他依然常常来,还常常拿稿子来,但不常常是他自己的,有时是丁玲的,有时是从文的。他还不时的说穷,但精神却极为焕发,似乎他的兴会比往常都好。我知道他在"工作",但我决不问他什么——我向来是绝对不打听友人们的行动的。在他小说里,我见到他是时时很坦白的在诉说他的"工作"的情形,以及心理上的转变与进展。

在去年下半年的小说里,他似仍在写着他自己的"工作"的事;但在那时,有一件在他生活里比较重要的事发生,那便是丁玲的生孩子。

为了这件事,他奔走筹划了不少时候。他所写的《母亲》和《牺牲》的两个短篇,便可充分的表现出他那时的心理的变化。我以为,在他的许多小说里,那两篇是要归入最好的一边,就技巧而论。

他这件家庭的事,刚刚忙过去不久,不料一个惊人的消息便接着而来,那便是他的被捕。我始终不大明白他被捕的真实原因何在。关于这,有种种的传言。

从他被捕以后,由丁玲、从文那里,时时得到如何设法营救他的消息。

突然的,又有一个惊人的消息传来,那便是他已经是如一个战士般的牺牲了。关于这,又有种种的传言。其中的一个是,在一个死寂的中夜的时候,有人听见一队少年们高唱着《国际歌》,接着"拍拍拍"的一阵枪声,便将这激昂高吭的歌声永远,永远的打断了。

也频便是这样的战士般的死去,据说。

谁知道呢?

但从此以后,便不再听见关于营救他的消息了,也不再听到关于他的任何的消息了。

他是这样的得到一个英雄的死!凡是认识也频的人谁还会想得到呢?!

二　洛生先生

第二个该纪念的友人是洛生先生。

洛生是他的笔名,他的真实的姓名是恽雨棠。

我有好久不知道洛生是何等样人,虽然在《小说月报》上已几次的登载过他的文字,——正如我有好久不知道巴金先生是谁一样。大约是前年的秋天吧,同事的某先生送来了一册文稿,他说:"这是一个朋友转交来的,不知《小说月报》上可登否?"

那是题为《苏俄文艺概论》的一册原稿,底下作者的署名是"洛生"二字。

我读了那册原稿,觉得叙述很有条理,在那几万个字里,已将我们所想知道的俄国大革命后的文坛的历史与现状,说得十分的明白,一点也不含糊。

我很想知道洛生是谁,但那位同事,他也不明白。他说,只知道洛生是曾经到过俄国的,他的俄文程度很不坏而已。

我不再追问下去。

我很想请洛生多译些小说或论文,但自从刊出《概论》之后,总有半年多没有得到他的消息,也再没有人提起过他。

我不知道他的所在,我不知道他是谁。

有一天,在早晨成堆的送来的邮件里,我得到一封署名为洛生的信,他说,约定在某一天来看我,有事面谈。

我很高兴,我终于能见到这位谜似的洛生。

他依约而来。会客单上写的仍是"洛生"两个字。

他是一位身材高大的人,脸部表现久历风霜的颜色。从他那坚定有威的容颜上便知道他定是一位意志异常的坚定的。在我的许多友人们里,似没有比他更为严肃,坚定的。我们没有谈过一句题外话。他来,是为了稿件的事,谈完了,便告辞。

我一点也不曾想到要问他的姓名。

后来,他不时的来,也总是为了文稿的事。我们渐渐的熟悉了。从他的评判和论断上看来,足以见出他是一位很左倾的意志坚定的人物。他的来,常是那样的神秘,有时戴了帽檐压在眉前的打鸟帽,有时戴着眼镜,有时更扮以一位穿短衫的工人般的人物。

我不便问他的事。但我很担心他的行动。

有人告诉我,他看见洛生穿着一身敞着前胸的蓝布短衣,在拉着洋车呢!有一天。

他是那样的谜般的行动,正如他的那样的谜般的姓氏一样。

有一次,当四月的繁花怒放的时候,他来了,表示着很严重的神色。正是下午,我坐在沉闷的工作室里,实在有些感着"春"的催睡的威力。他的来,使我如转入另一个气候里。我顿时的清醒了,振作了。

他是来和我谈当时正在流行着的"新兴文艺"的问题的。

他问我对这有什么意见,还有:

"你的杂志的态度,究竟如何?"

虽然我和他不是很生疏,但这一次那末正式的严重性的访问,颇使我觉得窘。

我只得将我的及杂志的地位,详细的使他明了。

他没有再追问下去。他当时那副严重的神色,我还记得很清楚。

方先生从日本回来,我告诉他,有洛生这样的一个人。

"我去打听打听看,高大的个儿,大约是 G 吧?"方说。

"也许是的。"

第二次见到方时,方说:"我已经打听出来了,他不是 G,乃是我们的旧同事——在定书柜上办事的恽雨棠。"

说起恽雨棠,我便记起很早的一位《小说月报》的投稿者来,恽君是曾在《小说月报》上登过一篇小说的。我记得,他用的是很讲究的毛边纸写的,写的字体很清秀可喜,写的故事,也是一篇富于家庭的趣味的事。我的想象中,始终以他为一个很文雅的瘦弱的如一般文人似的人物。

谁想得到这位洛生,便会和那位恽雨棠是同一个人。

自知道了洛生的真实的姓氏之后,便再也见不到他。

有人传说,洛生在闹着恋爱的问题,到外城去了。

但他不再来。

又有人传说,洛生和他的妻,已一同被捕了。

他的不曾再度出现,大约可证实了这个传说吧。

过了一二个月,又有传说。洛生和他的妻,都已如战士般的同被牺牲了。

在如今的一个大时代里,这种的牺牲不是少见的。

但他不再来!

洛生,谜般的出现,便也这样的谜般的消失了。

但他不再来! 永远的不再来!!!

三　徐志摩先生

第三个应该纪念的是徐志摩先生。

我万想不到要追悼到志摩! 他的印象,他的清癯的略带苍白的面容,他的爽脆可喜的谈笑,还活泼泼的出现在我的眼前。我和他最后一次的见面是在四个礼拜以前,适之先生的家中。他到了北平,便打电话来找我，我在他的房里坐了两三点钟。我们谈的话都是无关紧要的，但也都是无顾忌的。他的态度仍如平常一般的愉快，无思虑。想不到在四个星期之后，我们便永远的再见不到他了！——我们住在乡下的人，消息真是迟钝，便连他南下的消息，也还不曾听到过呢。我还答应过清华的同学，说要找他来讲演。不料这句话刚说得不到几天，我们便再也听不到他的谈吐，他的语声了！

地山告诉我说，他最后见到志摩的一天，是在前门的拥挤的人群里，志摩和梁思成君夫妇同在着。

"地山，我就要回济南去了呢。"志摩说。

"什么时候再回北平来呢？"

志摩悠然仍带着开玩笑似的态度说道："那倒说不上。也许永不再回来了。"

地山复述着最后这句话时，觉得志摩的话颇有些"语谶"。

前天在北海的桥上遇见了铁岩。我们说到了志摩的死。铁岩道：

"事情是有些可怪。志摩的脸色不是很白的么？但我最后一次见到他时，觉得他的脸上仿佛罩上了一层黑光。"

这些都是事后的一种想当然的追忆，未必便是真实的预兆，也许我是太不细心了，这种的预兆，压根儿便不曾在我的心上飘浮过。

其实，志摩的死，也实在太突然了，太意外了，致使我们初闻的时候，都不会真确的相信。我见到报纸后，立即打电话去问胡宅：

"报纸载的徐志摩先生的事靠得住么？"

回复的话是："靠得住的；徐志摩先生确已逝世了。"

"有什么人到济南去料理呢？"

"去的是张慰慈，张奚若几位先生。"

当我第一天见到报纸，载着一架飞机失事了，死了两个机师，一位乘客的失事时，只是慨叹而已。谁想得到，那位乘客便会是志摩！

志摩不死于病，不死于国事，不死于种种的"天灾人祸"之中，而死于空中，死于烈焰腾腾，火星乱迸的当儿，这真是一个不平凡的死，且是一个太无端的死！

也频、洛生的死，是战士般的牺牲；志摩的死，却是何所为的呢？

我们慨叹于一位很有希望的伟大的诗人的逝去，但我们也不忍因此去责备任何人。责备又何所用呢？

志摩是一位最可交的朋友，凡是和他见过面的人，都要这样说。他宽容，他包纳一切，他无机心，这使他对于任何方面，都显得可以相融洽。他鼓励，他欣赏，他赞扬任何派别的文学，受他诱掖的文人可真是不少！人家误会他，他并不生气；人家责骂他，他还能宽容他们。诗人，小说家都是度量狭小得令人可怕的，志摩却超出于一切的常例之外，他的度量的渊渊颇令人难测其深处。

他在上海发起笔会。他的主旨，便在使文人们不要耗废（费）时力于因不相谅解而起的争斗之中。他颇想招致任何派别的文学家，使之聚会于一堂，俾得消灭一切无谓的误会。他很希望上海的左翼文人们，也加入这个团体。同时，连久已被人唾弃的"礼拜六"派的通俗文士们，他也想招致（我是最反对他要引入那些通俗文士们的意思的）。虽然结果未必能够尽如他意，然他的心力却已费得不少了。

在当代的文坛上像他那样的不具有"派别"的旗帜与偏见的，能够融洽一切，宽容一切的，我还没有见过第二个人。

他是一位很早的文学研究会的会员，但他同别的会社也并不是没有相当的联络，他是一位新月社的最努力的社员，但他对于新月社以外的文学运动，也还不失去其参加的兴趣。

他只知道"文学"，他只知道为"文学"而努力，他的动机和兴趣都是异常的纯一的，所以他决不会成为一位偏执的人。

许多人对于志摩似乎都有些误会。

有的人误会志摩是一个华贵的"公子哥儿"。他们以为：他的生活是异常的愉快与丰富的，他是不必"待米下锅"的，他是不必顾虑到他的明天乃至明年以后的生计的。在表面上看，这种推测倒未必错。他的外表，他的行动，似是一位十足的"公子哥儿"。可惜他做"公子哥儿"的年代恐怕是未必很久。他的父母的家庭的情况，倒足以允许他做一位无忧无虑的"公子哥儿"。但他却早已脱去了家庭的羁绊而独立维持着他自己的生计。他在最近三五年里我晓得，常是为衣食而奔走于四方。他并不充裕。他常要得到稿费以维护家计。有一个时期，他是靠着中华书局的不多的编辑费做他的主要的生活费。有一个时期，他奔走于上海、南京之间，每星期要往来京沪路一次，身兼中大与光华两校的教席，为的是家计！

　　有的人误会志摩是一位像春天的蛱蝶般的无忧无虑的人物。他们以为志摩的生活既极华贵，舒适，他的心地更是优游愉快；似没有一丝一抹的忧闷的云影曾飞浮过他的心头。我们见到他，永远见到的是恬静若无忧虑的气度，永远见到的是若庄、若谐的愉快的笑语与风趣盎然的谈吐。其实，在志摩的心头，他是深蕴着"不足与外人道"的苦闷的。他的家庭便够他麻烦的了。他的家庭之间，恐怕未必有很恰愉的生活（请恕我太坦率了的诉说）。有好几年了，他只是将黄连似的苦楚，向腹中强自咽下。他决不向人前诉过一句。也亏得他的性情本来是乐天的，所以常只是以"幽默"来替换了他的"无可奈何的轻喟"。这在他的近几年的诗里，有隐约的影子存在着。我们都可见得出。

　　更有的人误会志摩只是一位歌颂人世间的光明的诗人，只是一位像站在阳光斑斓斓的从树叶缝中窥射下去的枝头上的鸟儿似的，仅是啭唱着他自己的愉快的清歌，因此，这个误会，我们也可以将志摩自己的许多诗与散文去消释了它。志摩的生活并不比生在这个大时代的任何人愉快得多少；他的对于人世间的事变，其感受性的敏捷，也并不下于感受性最敏捷的人们。他所唱的并不全是欢歌。特别是这几年，他的诗差不多常常是充满了肃杀，消极的气氛，下面是一个例：

> 阴沉，黑暗，毒蛇似的蜿蜒！
> 生活逼成了一条甬道：
> 一度陷入，你只可向前，
> 手扪索着冷壁的黏潮，
> 在妖魔的脏腑内挣扎，
> 头顶不见一线的天光，
> 这魂魄，在恐怖的压迫下，
> 除了消灭更有什么愿望？
>
> 《猛虎集》九十页以下

这是许多年来的尝够了人世间的"辛苦艰难"发出来的呼号。志摩也许曾尝过人生的软哈哈的甜蜜，但这许多年来，他所尝到的人生，却是苦到比黄连更要苦的，致使那么活泼的乐天多趣的志摩，也不由得不如他自己所说的成了："一份深刻的忧郁占定了我，这忧郁，我信，竟于渐渐的潜化了我的气质。"(《猛虎集》序五页)

经了这种痛苦与压迫之下，志摩是变了一个人，他的诗也在跟着变。他有成为一位比他现在所成就更为远大，更为伟大的诗人的可能。很可惜的，就在这个转变的时代里，一场不可测的"横祸"竟永远的永远的夺去了志摩的舌与笔！

我不仅为友情而悼我的失去一位最恳挚的朋友，也为这个当前大时代而悼它失去了一位心胸最广，而且最有希望的诗人！

(原载 1931 年 12 月《文学月刊》第 2 卷第 1 期和
1932 年 1 月《文学月刊》第 2 卷第 2 期)

记黄小泉先生

我永远不能忘记了黄小泉先生。他是那样的和蔼、忠厚、热心、善诱。受过他教诲的学生们没有一个能够忘记了他。

他并不是一位出奇的人物；他没有赫赫之名；他不曾留下什么有名的著作，他不曾建立下什么令年轻人眉飞色舞的功勋。他只是一位小学教员，一位最没有野心的忠实的小学教员。他一生以教人为职业。他教导出不少位的很好的学生。他们都跑出他的前面，跟着时代走去，或被时代拖了走去。但他留在那里，永远的继续的在教诲，在勤勤恳恳的做他的本分的事业。他做了五年，做了十年，做了二十年的小学教员，心无旁骛，志不他迁，直到他儿子炎甫承继了他的事业之后，他方才歇下他的担子，去从事一件比较轻松些，舒服些的工作。

他是一位最好的公民。他尽了他所应尽的最大的责任；不曾一天躲过懒，不曾想到过变更他的途程。——虽然在这二十年间尽有别的机会给他向比较轻松些，舒服些的路上走去。他只是不息不倦的教诲着，教诲着，教诲着。

小学校便是他的家庭之外的唯一的工作与游息之所。他没有任何不良的嗜好，连烟酒也都不入口。

有一位工人出身的厂主，在他从绑票匪的铁腕之下脱逃出来的时候，有人问他道："你为什么会不顾生死的脱逃出来呢？"

他答道："我知道我会得救。我生平不曾做过一件亏心的事，从工厂出来便到礼拜堂；从家里出来便到工厂。我知道上帝会保佑我的。"

小泉先生的工厂，便是他的学校，而他的礼拜堂也便是他的学校。他是确确实实的不曾到过第三个地方去；从家里出来便到学校，从学校出来便到家里。

他在家里是一位最好的父亲。他当然不是一位公子少爷，他父亲不曾为他留下多少遗产。也许只有一所三四间屋的瓦房——我已经记不清了，说不定这所瓦房还是租来的。他的薪水的收入是很微小的。但他的家庭生活很快活。他的儿子炎甫从少是在他的"父亲兼任教师"的教育之下长大的。炎甫进了中学，可以自力研究了，他才放手。但到了炎甫在中学毕业之后，却因为经济的困难，没有希望升学，只好也在家乡做着小学教员。炎甫的收入极小，对于他的帮助当然是不多。这几十年间，他们的一家，这样的在不充裕的生活里度过。

但他们很快活。父子之间，老是像朋友似的在讨论着什么，在互相帮助着什么。炎甫结了婚。他的妻是我少时候很熟悉的一位游伴。她在他们家里觉得很舒服。他们从不曾有过什么不愉快的争执。

小泉先生在学校里，对于一般小学生的态度，也便是像对待他自己的儿子炎甫一样；不当他们是被教诲的学生们，不以他们为知识不充足的小人们；他只当他们是朋友，最密切亲近的朋友。他极善诱导启发，出之以至诚，发之于心坎。我从不曾看见他对于小学生有过疾言厉色的责备。有什么学生犯下了过错，他总是和蔼的在劝告，在絮谈，在闲话。

没有一个学生怕他,但没有一个学生不敬爱他。

他做了二十年的高等小学校的教员,校长。他自己原是科举出身。对于新式的教育却努力的不断的在学习,在研究,在讨论。在内地,看报的人很少,读杂志的人更少;我记得他却定阅了一份《教育杂志》(?)这当然给他以不少的新的资料与教导法。

他是一位教国文的教师。所谓国文,本来是最难教授的东西;清末到民国六七年间的高等小学的国文,尤其是困难中之困难。不能放弃了旧的四书五经,同时又必须应用到新的教科书。教高小学生以《左传》《孟子》和《古文观止》之类是"对牛弹琴"之举。但小泉先生却能给我们以新鲜的材料。

我在别一个小学校里,国文教员拖长了声音,板正了脸孔,教我读《古文观止》。我至今还恨这部无聊的选本!

但小泉先生教我念《左传》,他用的是新的方法,我却很感到趣味。

仿佛是,到了高小的第二年,我才跟从了小泉先生念书。我第一次有了一位不可怕而可爱的先生。这对于我爱读书的癖性的养成是很有关系的。

高小毕业后,预备考中学。曾和炎甫等几个同学,在一所庙宇里补习国文。教员也便是小泉先生。在那时候,我的国文,进步得最快。我第一次学习着作文。我永远不能忘记了那时候的快乐的生活。

到进了中学校,那国文教师又在板正了脸孔,拖长了声音在念《古文观止》!求小泉先生时代那末活泼善诱的国文教师是终于不可得了!

所以,受教的日子虽不很多,但我永远不能忘记了他。

他和我家有世谊,我和炎甫又是很好的同学,所以,虽离开了他的学校,他还不断的在教诲我。

假如我对于文章有什么一得之见的话,小泉先生便是我的真正的"启蒙先生",真正的指导者。

我永远不能忘记了他,永远不能忘记了他的和蔼,忠厚,热心,善诱的态度——虽然离开了他已经有十几年,而现在是永不能有再见到他的机会了。

但他的声音笑貌在我还鲜明如昨日!

二十三年七月九日在张家口车上
(原载 1934 年 9 月《太白》创刊号)

北　平

　　你若是在春天到北平,第一个印象也许便会给你以十分的不愉快。你从前门东车站或西车站下了火车,出了站门,踏上了北平的灰黑的土地上时,一阵大风刮来,刮得你不能不向后倒退几步;那风卷起了一团的泥沙;你一不小心便会迷了双眼,怪难受的;而嘴里吹进了几粒细沙在牙齿间萨拉萨拉的作响。耳朵壳里,眼缝边,黑马褂或西服外套上,立刻便都积了一层黄灰色的沙垢。你到了家,或到了旅店,得仔细的洗涤了一顿,才会觉得清爽些。

　　"这鬼地方!那末大的风,那末多的灰尘!"你也许会很不高兴的诅咒的说。

　　风整天整夜的虎虎的在刮,火炉的铅皮烟通,纸的窗户,都在乒乒乓乓的相碰着,也许会闹得你半夜睡不着。第二天清早,一睁开眼,呵,满窗的黄金色,你满心高兴,以为这是太阳光,你今天将可以得一个畅快的游览了。然而风声还在虎虎的怒吼着。擦擦眼,拥被坐在床上,你便要立刻懊丧起来。那黄澄澄的,错疑作太阳光的,却正是漫天漫地的吹刮着的黄沙！风声吼吼的还不曾歇气。你也许会懊悔来这一趟。

但到了下午，或到了第三天，风渐渐的平静起来。太阳光真实的黄亮亮的晒在墙头，晒进窗里。那份温暖和平的气息儿，立刻便会鼓动了你向外面跑跑的心思。鸟声细碎的在鸣叫着，大约是小麻雀儿的唧唧声居多。——碰巧，院子里有一株杏花或桃花，正涵着苞，浓红色的一朵朵，将放未放。枣树的叶子正在努力的向外崛起。——北平的枣树是那末多，几乎家家天井里都有个一株两株的。柳树的柔枝儿已经是透露出嫩嫩的黄色来。只有硕大的榆树上，却还是乌黑的秃枝，一点什么春的消息都没有。

你开了房门，到院子里，深深的吸了一口气。啊，好新鲜的空气，仿佛在那里面便挟带着生命力似的。不由得不使你神清气爽。太阳光好不可爱。天上干干净净的没半朵浮云，俨然是"南方秋天"的样子。你得知道，北平当晴天的时候，永远的那一份儿"天高气爽"的晴明的劲儿，四季皆然，不独春日如此。

太阳光晒得你有点暖得发慌。"关不住了！"你准会在心底偷偷的叫着。

你便准得应了这自然之招呼而走到街上。

但你得留意，即使你是阔人，衣袋里有充足的金洋银洋，你也不应摆阔，坐汽车。被关在汽车的玻璃窗里，你便成了如同被蓄养在玻璃缸的金鱼似的无生气的生物了。你将一点也享受不到什么。汽车那末飞快的冲跑过去，仿佛是去赶什么重要的会议。可是你是来游玩，不是来赶会。汽车会把一切自然的美景都推到你的后面去。你不能吟味，你不能停留，你不能称心称意的欣赏。这正是猪八戒吃人参果的勾当。你不会蠢到如此的。

北平不接受那末摆阔的阔客。汽车客是永远不会见到北平的真面目的。北平是个"游览区"。天然的不欢迎"走车看花"——比走马看花还杀风景的勾当——的人物。

那末,你得坐"洋车"——但得注意:如果你是南人,叫一声黄包车,准保个个车夫都不理会你,那是一种侮辱,他们以为。(黄包,北音近于王八。)或酸溜溜的招呼道:"人力车,"他们也不会明白的。如果叫道:"胶皮,"他们便知道你是从天津来的,准得多抬些价。或索性洋气十足的,叫道,"力克夏,"他们便也懂,但却只能以"毛"为单位的给车价了。

"洋车"是北平最主要的交通物。价廉而稳妥,不快不慢,恰到好处。但走到大街上,如果遇见一位漂亮的姑娘或一位洋人在前面车上,碰巧,你的车夫也是一位年轻力健的小伙子,他们赛起车来,那可有点危险。

干脆,走路,倒也不坏。近来北平的路政很好,除了冷街小巷,没有要人、洋人住的地方,还是"无风三尺土,有雨一街泥"之外,其余冲要之区,确可散步。

出了巷口,向皇城方面走,你便将渐入佳景的。黄金色的琉璃瓦在太阳光里发亮光,土红色的墙,怪有意思的围着那"特别区"。入了天安门内,你便立刻有应接不暇之感。如果你是聪明的,在这里,你必得跳下车来,散步的走着。那两支白石盘龙的华表,屹立在中间,恰好烘托着那一长排的白石栏杆和三座白石拱桥,表现出很调和的华贵而苍老的气象来,活像一位年老有德、饱历世故、火气全消的学士大夫,没有丝毫的火辣辣的暴发户的讨厌样儿。春冰方解,一池不浅不溢的春水,碧油油的可当一面镜子照。正中的一座拱桥的三个桥洞,映在水面,恰好是一个完全的圆形。

你过了桥,向北走。那厚厚的门洞也是怪可爱的(夏天是乘风凉最好的地方)。午门之前,杂草丛生,正如一位不加粉黛的村姑,自有一种风趣。那左右两排小屋,仿佛将要开出口来,告诉你以明清的若干次的政变,和若干大臣、大将雍雍锵锵的随驾而出入。这里也有两支白色的华表,颜色显得黄些,更觉得苍老而古雅。无论你向东走,或向西走,——你可以暂时不必向北进端门,那是历史博物馆的入门处,要购票的。——你可以见到很可愉悦的景色。出了一道门,沿了灰色的宫墙根,向西北走,或向东北走,你便可以见到护城河里的水是那末绿得可爱。太庙或中山公园后面的柏树林是那末苍苍郁郁的,有如见到深山古墓。和你同道走着的,有许多走得比你还慢,还没有目的的人物;他们穿了大袖的过时的衣服,足上登着古式的鞋,手上托着一只鸟笼,或臂上栖着一只被长链锁住的鸟,懒懒散散的在那里走着。有时也可遇到带着一群小哈叭狗的人,有气势的在赶着路。但你如果到了东华门或西华门而折回去时,你将见他们也并不曾往前走,他们也和你一样的折了回去。他们是在这特殊幽静的水边溜达着的!溜达,是北平人生活的主要的一部分;他们可以在这同一的水边,城墙下,溜达整个半天,天天如此,年年如此,除了刮大风,下大雪,天气过于寒冷的时候。你将永远猜想不出,他们是怎样过活的。你也许在幻想着,他们必定是没落的公子王孙,也许你便因此凄怆的怀念着他们的过去的豪华和今日的沦落。

拍的一声响,惊得你一大跳,那是一个牧人,赶了一群羊走过,长长的牧鞭打在地上的声音。接着,一辆一九三四年式的汽车呜呜的飞驰而过。你的胡思乱想为之撕得粉碎。——但你得知道,你的凄怆的情感是落了空。那些臂鸟驱狗的人物,不一定是没落的王孙,他们多半是以驯养鸟狗为生活的商人们。

你再进了那座门,向南走,仍走到天安门内。这一次,你得继续的向南走。大石板地,没有车马的经过,前面的高大的城楼,作为你的目标。左右全都是高及人头的灌木林子。在这时候,黄色的迎春花正在盛开,一片的喧闹的春意。红刺梅也在含苞。晚开的花树,枝头也都有了绿色。在这灌木林子里,你也许可以徘徊个几个小时。在红刺梅盛开的时候,连你的脸色和衣彩也都会映上红色的笑影。散步在那白色的阔而长的大石道,便是一种愉快。心胸阔大而无思虑。昨天的积闷,早已忘得一干二净。你将不再对北平有什么诅咒。你将开始发生留恋。

你向南走,直走到前门大街的边沿上,可望见东西交民巷口的木牌坊,可望见你下车来的东车站或西车站,还可望见屹立在前面的很弘伟的一座大牌楼。乱纷纷的人和车,马和货物;有最新式的汽车,也有最古老的大车,简直是最大的一个运输物的展览会。

你站了一会,觉得看腻了,两腿也有点发酸了,你便可以向前走了几步,极廉价的雇到一辆洋车,在中山公园口放下。

这公园是北平很特殊的一个中心。有过一个时期,当北海还不曾开放的时候,她是北平唯一的社交的集中点。在那里,你可以见到社会上各种各样的人物。——当然无产者是不在内,他们是被几分大洋的门票摈在园外的。你在那里坐了一会,立刻便可以招致了许多熟人。你不必家家拜访或邀致,他们自然会来。当海棠盛开时,牡丹,芍药盛开时,菊花盛开时的黄昏,那里是最热闹的上市的当儿。茶座全塞满了人,几乎没有一点空地。一桌人刚站了起来,立刻便会有候补的挤了上去。老板在笑,伙计们也在笑。他们的收入是如春花似的繁多。直到菊花谢后,方才渐渐的冷落了下来。

你坐在茶座上,舒适的把身体堆放在藤椅里,太阳光满晒在身上,棉衣的背上,有些热起来。前后左右,都有人在走动,在高谈,在低语。坛上的牡丹花,一朵朵总有大碗粗细。说是赏花,其实,眼光也是东溜西溜的。有时,目无所瞩,心无所思的,可以懒懒的呆在那里,整整的呆个大半天。

一阵和风吹来,遍地白色的柳絮在团团的乱转,渐转成一个球形,被推到墙角。而漫天飞舞着的棉状的小块,常常扑到你面上,强塞进你的鼻孔。

如果你在清晨来这里,你将见到有几堆的人,老少肥瘦俱齐,在大树下空地上练习打太极拳。这运动常常邀引了患肺痨者去参加,而因此更促短了他们的寿命。而这时,这公园里也便是肺痨病者们最活动的时候。瘦得骨立的中年人们,倚着杖,蹒跚的在走着,——说是呼吸新鲜空气——走了几步,往往咳得伸不起腰来,有时,喀的一声,吐了一大块浓痰在地上。为了这,你也许再不敢到这园来。然而,一到了下午,这园里却仍是拥挤着人。谁也不曾想到天天清晨所演的那悲剧。

园后的大柏树林子,也够受糟蹋的。茶烟和瓜子壳,熏得碧绿的柏树叶子都有点显出枯黄色来,那林子的寿命,大约也不会很长久。

和中山公园的热闹相陪衬的是隔不几十步的太庙的冷落。不知为了什么,去太庙的人到底少。只有年轻的情人们,偶尔一对两对的避人到此密谈。也间有不喜追逐在热闹之后的人,在这清静点的地方散步。这里的柏树林,因为被关闭了数百年之后,而新被开放之故,还很顽健似的,巢在树上的"灰鹤"也还不曾搬家他去。

太庙所陈列的清代各帝的祭殿和寝宫,未见者将以为是如何的辉煌显赫,如何的富丽堂皇,其实,却不值一看。一色黄缎绣花的被褥衣垫,并没有什么足令人羡慕。每张供桌上所列的木雕的杯碗及烛盘等等,还不如豪富人家的祖先堂的讲究。从前读一明人笔记,说,到明孝陵参观上供,见所供者不过冬瓜汤等等极淡薄贱价的菜。这里在皇帝还在宫中时,祭供时,想也不过如此。是帝王和平民,不仅在坟墓里同为枯骨,即所馨享的也不过如此如此而已。

你在第二天可以到北城去游览一趟,那一边值得看的东西很不少。后门左近有国子监,钟楼及鼓楼。钟鼓楼每县都有之,但这里,却显得异常的弘伟。国子监,为从前最高的学府,那里边,藏有石鼓——但现在这著名的石鼓却已南迁了。由后门向西走,有十刹海;相传《红楼梦》

所描写的大观园就在十刹海附近。这海是平民的夏天的娱乐场。海北,有规模极大的冰窖一区。海的面积,全都是稻田和荷花荡。(北平人的养荷花是一业,和种水稻一样。)夏天,荷花盛开时,确很可观。倚在会贤堂的楼栏上,望着骤雨打在荷盖上,那喷人的荷香和刹刹的细碎的响声,在别处是闻不到、听不到的。如果在芦席棚搭的茶座上听着,虽显得更亲切些,却往往棚顶漏水,而水点落在芦席上,那声音也怪难听的,有喧宾夺主之感。最佳的是夏已过去,枯荷满海,十刹海的闹市已经收场,那时,如果再到会贤堂楼上,倚栏听雨,便的确不含糊的有"留得残荷听雨声"之妙,不过,北平秋天少雨,这境界颇不易逢。

十刹海的对面,便是北海的后门。由这里进北海,向东走,经过澄心斋、松坡图书馆、仿膳、五龙亭,一直到极乐世界,没有一个地方不好。惟惜五龙亭等处,夏天人太闹。极乐世界已破坏得不堪,没有一尊佛像能保得不断胆折臂的。而北海之饶有古趣者,也只有这个地方。那个地方,游人是最少进去的。如果由后面向南走,你便可以走到北海董事会等处,那里也是开放的,有茶座,却极冷落。在五龙亭坐船,渡过海——冬天是坐了冰船滑过去——便是一个圆岛,四面皆水,以一桥和大门相通。

岛的中央,高耸着白塔。依山势的高下,随意布置着假山、庙宇、游廊、小室,那曲折的工程很足供我们作半日游。

如果,在晴天,倚在漪澜堂前的白石栏杆上,静观着一泓平静不波的湖水,受着太阳光,闪闪的反射着金光出来,湖面上偶然泛着几只游艇,飞过几只鹭鸶,惊起一串的呷呷的野鸭,都足够使你留恋个若干时候。但冬天,那是最坏的时候了,这场面上将辟为冰场,红男绿女们在那里奔走驰驶,叫闹不堪。你如果已失去了少年的心,你如果爱清静,爱独游、爱默想,这场面上你最好是不必出现。

出了北海的前门,向西走,便是金鳌玉蝀桥。这座白石的大桥,隔断了中南海和北海。北海的白日，如画的映在水面上，而中南海的万善殿的全景，也很清晰的可看到。中南海本亦为公园，今则又成了"禁地"。只有东部的一个小地方，所谓万善殿的，是开放着。这殿很小，游人也极冷落，房室却布置得很好。龙王堂的一长排，都是新塑的泥像，很庸俗可厌。但你要是一位细心的人，你便可在一个殿旁的小室里，发现了倚在墙角无人顾问的两尊木雕的菩萨像。那形态面貌，无一处不美，确是辽金时代的遗物；然一尊则双臂俱折，一尊则胫部只剩了半边。谁还注意到他们呢？报纸上却在鼓吹着龙王堂的神像的塑得有精神，为明代的遗物。却不知那是民国三四年间的新物！仍由中南海的后门走出，那斜对过便是北平图书馆，这绿琉璃瓦的新屋，建筑费在一百四十万以上，每年的购书费则不及此数之十二。旧书是并合了方家胡同京师图书馆及他处所藏的，新书则多以庚款购入。在中国可称是最大的图书馆。馆外的花园，邻于北海者，亦以白色栏杆围隔之；惟为廉价之水门汀所制成，非真正的白石也。

由北平图书馆再过金鳌玉𬒈桥，向东走，则为故宫博物院。由神武门入院，处处觉得寥寂如古庙，一点生气都没有。想来，在还是"帝王家"的时代，虽聚居了几千宫女、太监们在内，而男旷女怨，也必是"戾气"冲天的。所藏古物，重要者都已南迁，游人们因之也寥落得多。

神武门的对门是景山。山上有五座亭，除当中最高的一亭外，多被破坏。东边的山脚，是崇祯自杀处。春天草绿时，远望景山，如铺了一层绿色的绣毡，异常的清嫩可爱。你如果站在最高处，向南望去，宫城全部，俱可收在眼底。而东交民巷使馆区的无线电台，东长安街的北京饭店，三条胡同的协和医院都因怪不调和而被你所注意。而其余的千家万户则全都隐藏在万绿丛中，看不见一瓦片，一屋顶，仿佛全城便是一片绿色的海。不到这里，你无论如何不会想象得到北平城内的树木是如何的繁密；大家小户，哪一家天井不有些绿色呢。你如站在北面望下时，则钟鼓楼及后门也全都耸然可见。

三大殿和古物陈列所总得耗费你一天的工夫。从西华门或从东华门入，均可。古物陈列所因为古物运走得太多，现在只开放武英殿，然仍有不少好东西。仅李公麟的《击壤图》便足够消磨你半天。那人物，几乎没有一个没精神的，姿态各不相同，却不曾有一懈笔。

三大殿虽空无所有，却弘伟异常。在殿廊上，下望白石的"丹墀"，不能不令你想到那过去的充满了神秘气象的"朝廷"和叔孙通定下的"朝仪"的如何能够维持着常在的神秘的尊严性。你如果富于幻想，闭了眼，也许还可以如见那静穆而紧张的随班朝见的文武百官们的精灵的往来。这里有很舒适的茶座。坐在这里，望着一列一列的雕镂着云头的白石栏杆和雕刻得极细致的陛道，是那末样的富于富丽而明朗的美。

你还得费一二天的工夫去游南城。出了前门，便是商业区和会馆区。从前汉人是不许住在内城的，故这南城或外城，便成了很重要的繁盛区域。但现在是一天天的冷落了。却还有几个著名的名胜所在，足供你的留连、徘徊。西边有陶然亭，东边有夕照寺、拈花寺和万柳堂。从前都是文士们雅集之地，如今也都败坏不堪，成为工人们编麻索、织丝线之地。所谓万柳也都不存一株。只有陶然亭还齐整些。不过，你游过了内城的北海、太庙、中山公园，到了这些地方，除了感到"野趣"之外，他便全无所得的了。你或将为汉人们抱屈；在二十几年前，他们还都只能局促于此一隅。而内城的一切名胜之地，他们是全被摈斥在外的。别看清人诗集里所歌咏的是那末美好，他们是不得已而思其次的呢！

而现在，被摈斥于内城诸名胜之外的，还不依然是几十百万人么？

南城的娱乐场所，以天桥为中心。这个地方倒是平民的聚集之所；一切民间的玩意儿，一切廉价的旧货物，这里都有。

先农坛和天坛也是极弘伟的建筑。天坛的工程尤为浩大而艰巨。全是圆形的;一层层的白石栏杆,白石阶级,无数的参天的大柏树,包围着一座圆形的祭天的圣坛。坛殿的建筑,是圆的,四围的阶级和栏杆也都是圆的。这和三大殿的方整,恰好成一最有趣地对照。在这里,在大树林下徘徊着,你也便将勾引起难堪的怀古的情绪的。

这些,都只是游览的经历。你如果要在北平多住些时候,你便要更深刻的领略到北平的生活了。那生活是舒适、缓慢、吟味、享受,却绝对的不紧张。你见过一串的骆驼走过么?安稳、和平,一步步的随着一声声丁当丁当的大颈铃向前走;不匆忙,不停顿;那些大动物的眼里,表现的是那末和平而宽容,负重而忍辱的性情。这便是北平生活的象征。

和这些弘伟的建筑,舒适的生活相对照的,你不要忘记掉,还有地下的黑暗的生活呢。你如果有一个机会,走进一所"杂合院"里,你便可见到十几家老少男女紧挤在一小院落里住着的情形:孩子们在泥地上爬,妇女们是脸多菜色,终日含怒抱怨着,不时的,有咳嗽的声音从屋里透出。空气是恶劣极了;你如不是此中人,你便将不能作半日留。这些"杂合院"便是劳工、车夫们的居宅。有人说,北平生活舒服,第一件是房屋宽敞,院落深沉,多得阳光和空气。但那是中产以上的人物的话。百分之八九十以上的人口,是住着龌龊的"杂合院"里的,你得明白。

更有甚的,在北城和南城的僻巷里,听说,有好些人家,其生活的艰苦较住"杂合院"者为尤甚,常有一家数口合穿一条裤或一衣的。他们在地下挖了一个洞。有一人穿了衣裤出外了,家中裸体的几人便站在其中。洞里铺着稻草或破报纸,藉以取暖。这是什么生活呢!

年年冬天,必定有许多无衣无食的人,冻死在道上。年年冬天,必定有好几个施粥厂开办起来。来就食的,都是些可怕的窘苦的人们。然也竟有因为无衣而不能到粥厂来就吃的!

"九渊之下,更有九渊。"北平的表面,虽是冷落破败下去,尚未减都市之繁华,而其里面,却想不到是那样的破烂、痛苦、黑暗。

终日徘徊于三海公园乃至天桥的,不是罪人是什么!而你,游览的过客,你见了这,将有动于中,而怏怏的逃脱出这古城呢,还是想到"我不入地狱谁入地狱"一类的话呢?

二十三年十一月三日写

(原载 1934 年 12 月《中学生》第 50 号)

永在的温情

——纪念鲁迅先生

十月十九日下午五点钟,我在一家编译所一位朋友的桌上,偶然拿起了一份刚送来的 Evening Post,被这样的一个标题:

"中国的高尔基今晨五时去世"惊骇得一跳。连忙读了下来,这惊骇变成了事实:果然是鲁迅先生去世了!

这消息像闷雷似的,当头打了下来,呆坐在那里不言不动。

谁想得到这可怕的噩耗竟这样的突然的来呢?

鲁迅先生病得很久了;间歇的发着热,但热度并不甚高。一年以来,始终不曾好好的恢复过;但也从不曾好好的休息过。半年以来,情形尤显得不好。缠绵在病榻上者总有三四个月。朋友们都劝他转地疗养。他自己也有此意。前一个月,听说他要到日本去。但茅盾告诉我。双十节那一天还遇见他在 Isis 看 Dobrovsky;中国木刻画展览会,他也曾去参观。总以为他是渐渐的复原了,能够出来走走了。谁又想得到这可怕的噩耗竟这样突然的来呢?

刚在前几天,他还有信给我,说起一部书出版的事;还附带的说,想早日看见《十竹斋笺谱》的刻成。我还没有来得及写回信。

谁想得到这可怕的噩耗竟这样的突然的来呢?

我一夜不曾好好的安心的睡。

第二天赶到万国殡仪馆,站在他遗像的面前,久久的走不开。再一看,他的遗体正在像下,在鲜花的包围里。面貌还是那末清癯而带些严肃,但双眼却永远的闭上了!

我要哭出来,大声的哭,但我那时竟流不出眼泪,泪水为悲戚所灼干了。我站在那里,久久的走不开。我竟不相信,他竟是那样突然的便离我们而远远的向不可知的所在而去了。

但他的友谊的温情却是永在的,永在我的心上,——也永在他的一切友人的心上,我相信。

初和他见面时,总以为他是严肃的冷酷的。他的瘦削的脸上,轻易不见笑容。他的谈吐迟缓而有力。渐渐的谈下去,在那里面你便可以发见其可爱的真挚,热情的鼓励与亲切的友谊。他虽不笑,他的话却能引你笑。和他的兄弟启明先生一样,他是最可谈,最能谈的朋友,你可以坐在他客厅里,他那间书室(兼卧室)里,坐上半天,不觉得一点拘束,一点不舒服。什么话都谈,但他的话头却总是那末有力。他的见解往往总是那末正确。你有什么怀疑,不安,由于他的几句话也许便可以解决你的问题,鼓起你的勇气。

失去了这样的一位温情的朋友,就个人讲,将是怎样的一个损失呢?

他最勤于写作,也最鼓励人写作。他会不惮烦的几天几夜的在替一位不认识的青年,或一位不深交的朋友,改削创作,校正译稿。其仔细和小心远过于一位私淑的教师。

他曾和我谈起一件事;有一位不相识的青年寄一篇稿子来请求他

改。他仔仔细细的改了寄回去。那青年却写信来骂他一顿,说被改涂得太多了。第二次又寄一篇稿子来,他又替他改了寄回去。这一次的回信,却责备他改得太少。

"现在做事真难极了!"他慨叹的说道。对于人的不易对付,和做事之难,他这几年来时时的深切的感到。

但他并不灰心,仍然的在做着吃力不讨好的改削创作,校正译稿的事,挣扎着病躯,深夜里,仔仔细细的为不相识的青年或不深交的朋友在工作。

这样的温情的指导者和朋友,一旦失去了,将怎样的令人感到不可补赎之痛呢?

他所最恨的是那些专说风凉话而不肯切实的做事的人。会批评,但不工作;会讥嘲,但不动手;会傲慢自夸,但永远拿不出东西来。像那样的人物,他是不客气的要摈之门外,永不相往来的。所谓无诗的诗人,不写文章的文人,他都深诛痛恶的在责骂。

他常感到"工作"的来不及做,特别是在最近一二年,凡做一件事,都总要快快的做。

"迟了恐怕要来不及了,"这句话他常在说。

那样的清楚的心境,我们都是同样的深切的感到的。想不到他自己真的便是那末快的便逝去,还留下要做的许多事没有来得及做——但,后死者却要继续他的事业下去的!

我和他第一次的相见是在同爱罗先珂到北平去的时候。

他着了一件黑色的夹外套,戴着黑色呢帽,陪着爱罗先珂到女师大的大礼堂里去。我们匆匆的谈了几句话。因为自己不久便回到南边来,在北平竟不曾再见一次面。

后来,他自己说,他那件黑色的夹外套,到如今还有时着在身上。

我编《小说月报》的时候,曾不时的通信向他要些稿子。除了说起稿子的事,别的话也没有什么。

最早使我笼罩在他温热的友情之下的,是一次讨论到"三言"问题的信。

我在上海研究中国小说,完全像盲人骑瞎马,乱闯乱摸,一点凭藉都没有,只是节省着日用,以浅浅的薪入购书,而即以所购入之零零落落的破书,作为研究的资源。那时候实在贫乏得,肤浅得可笑,偶尔得到一部原版的《隋唐演义》却以为是了不得的奇遇,至于"三言"之类的书,却是连梦魂里也不曾读到。

他的《中国小说史略》的出版,减少了许多我在暗中摸索之苦。我有一次写信问他《醒世恒言》、《警世通言》及《喻世明言》的事,他的回信很快的便来了,附来的是他抄录的一张《醒世恒言》的全目。——这张目录我至今还保全在我的一部《中国小说史略》里。他说,《喻世》,《警世》,他也没有见到。《醒世恒言》他只有半部。但有一位朋友那里藏有全书。所以他便借了来,抄下目录寄给我。

当时,我对于这个有力的帮助,说不出应该怎样的感激才好。这目录供给了我好几次的应用。

后来,我很想看看《西湖二集》(那部书在上海是永远不会见到的),又写信问他有没有此书。不料随了回信同时递到的却是一包厚厚的包裹。打开了看时,却是半部明末版的《西湖二集》,附有全图。我那时实在眼光小得可怜,几曾见过几部明版附插图的平话集?见了这《西湖二集》为之狂喜!而他的信道,他现在不弄中国小说,这书留在手边无用,送了给我吧。这贵重的礼物,从一个只见一面的不深交的朋友那里来,这感动是至今跃跃在心头的。

我生平从没有意外的获得。我的所藏的书,一部部都是很辛苦的设法购得的;购书的钱,都是中夜灯下疾书的所得或减衣缩食的所余。一部部书都可看出我自己的夏日的汗,冬夜的凄栗,有红丝的睡眼,右手执笔处的指端的硬茧和酸痛的右臂。但只有这一集可宝贵的书,乃是我书库里唯一的友情的赠与。——只有这一部书!

现在这部《西湖二集》也还堆在我最宝爱的几十部明版书的中间,看了它便要泫然泪下。这可爱的直率的真挚的友情,这不意中的难得的帮助,如今是不能再有了!

但我心头的温情是永在的!——这温情也永在他的一切友人的心上,我相信。

"九·一八"以后,他到过北平一趟,得到青年人最大的热烈的欢迎。但过了几天,便悄悄的走了。他原是去探望他母亲的病去的。我竟来不及去看他。

但那一年寒假的时候,我回到上海,到他寓所时,他便和我谈起在北平的所获。

"木刻画如今是末路了,但还保存在笺纸上。不过,也难说,保全得不会久,"他深思的说道。

他搬出不少的彩色笺纸来给我看,都是在北平时所购得的。

"要有人把一家家南纸店所出的笺纸,搜罗了一下,用好纸刷印个几十部,作为笺谱,倒是一件好事。"他说道。

过了一会,他又道:"这要住在北平的人方能做事。我在这里不能做这事。"

我心里很跃动,正想说:"那末,我来做吧。"而他慢吞吞的续说道:"你倒可以做,要是费些工作,倒可以做。"

我立刻便将这责任担负了下来,但说明搜辑而得的笺纸,由他负选择之责。我相信他的选择要比我高明得多。

以后,我一包一包的将购得的笺样送到上海,经他选择后,再一包一包的寄回。

中间,我曾因事把这工作停顿了二三个月。他来信说,"这事我们得赶快做,否则,要来不及做,或轮不到我们做。"

在他的督促和鼓励之下,那六巨册的美丽的《北平笺谱》方才得以告成。

有一次,我到上海来,带回了亡友王孝慈先生所藏的《十竹斋笺谱》四册,顺便的送到他家里给他看。

这部谱,刻得极精致,是明末版画里最高的收获。但刻成的年月是崇祯十六年的夏天。所以流传得极少。

"这部书似也不妨翻刻一下,"我提议道;那时,我为《北平笺谱》的成功所鼓励,勇气有余。

"好的,好的,不过要赶快做!"他道。

想不到全部要翻刻,工程浩大无比,所耗也不赀,几乎不是我们的力量所及。第一册已出版了,第二册也刻好待印;而鲁迅先生却等不及见到第三册以下的刻成了!

对于美好的东西,似乎他都喜爱。我曾经有过一个意思,要集合六朝造像及墓志的花纹刻为一书。但他早已注意及此了。他告诉我说,他所藏的六朝造像的拓本也不少,如今还在陆续的买。

他是最能分别得出美与丑,永远的不朽与急就的草率的。

除了以朽腐为神奇,而詹詹自喜,向青年们施以毒害的宣传之外,他对于古代的遗产,决不歧视,反而抱着过分的喜爱。

他曾经告诉过我,他并不反对袁中郎;中郎是十分方巾气的,这在他文集里便可见。他所厌弃,所斥责的乃是只见中郎的一面,而恣意鼓吹着的人物。

京平刚从鲁迅先生那里得到最大的鼓励。他感激得几乎哭出来。但想不到鲁迅竟这样的突然的过去了!

第三天,我在万国殡仪馆门口遇见他;他的嘴唇在颤动,眼圈在红。

从万国公墓归来后,他给我一封信道:"我心已经分裂。我从到达公墓时，就失去了约束自己的力量，一直到墓石封合了！我竟痛哭失声。先生，这是我平生第一痛苦的事了，他匆匆的瞥了我一眼，就去了——"

但他并没有去。他的温情永在我的心头——也永在他的一切友人的心上，我相信。

二十五年十月二十五日写

（原载 1936 年 11 月 1 日《文学》7 卷第 5 期）

一个女间谍

我读着马黛赫她的传记,如读着福尔摩斯最精彩的探案,如读着孙悟空的历险的故事;神往于她的冒险、闪避、隐伏、刺探、组织的技巧,她的出生入死,履险如夷的胆气。她的倾城一笑,笑得使闻者骨酥,受者忘死。她仪态万方的出现于血腥扑鼻的地方,在最紧张、最危险的当儿,救全了,或者陷害了几千几百乃至几万个健儿;她救全了,或者陷害了一城乃至一国的生命的安全。她如女神似的,不是维娜丝,却是狄爱娜,在柔若无骨,艳如桃李的绝代风姿里,却隐藏着一颗精钢铸就的心。她是摩登伽女,是鱼篮观音。谁知道她的娇声颤笑里是一声叱咤呢还是婉妮的柔情?谁知道她的轻盈的步履里,跳的是萨坦的舞曲呢还是人间的欢愉?谁知道她的迷阳城惑下蔡的一个娇好无比的人儿,想的是倾心的爱恋呢,还是在转着恶毒的念头?

这样的间谍的生活,在旁观者读来果然是眉飞色扬的,但在身当其冲的人,却是无时无刻不在死亡线上进进出出的,好像走钢丝的女卖艺者一样,偶然的一个疏忽,便会从高空上摔了下来,就此了结了她的一生。

当更阑人静的时候,幽绿的灯光,照着倚在光滑柔暖的枕衾的人,舞倦了的,或半醺着的,身和心都感着劳瘁,这人是她,将有怎样的感触呢?轻荡着的柔情,强烈的厌恶,莫名的疲倦,异常的凄清,将交织着龃咬着她吧。

但只有一个最强大的热情,一颗爱祖国的心,把那些闲愁闲恨全都扫荡了开去。她一切是为了祖国;为了祖国,她不惜出生入死;为了祖国,她不惜牺牲色相;为了祖国,她不惜忍受着一切的厌恨与痛苦;为了祖国,她不惜佯羞假笑,假意儿伴着她所最厌恶的人;为了祖国,她不惜任何的迁就与委屈。

这爱祖国的心,便是那一颗不可动摇的精钢铸就的心,足够抵抗得住一切的诱惑和痛苦。

在这第二次世界大战里,女间谍的活跃决不会逊于第一次大战,而活跃的范围却更为广大。

我国的女间谍们的故事,时时有得听到,说得是那末神出鬼没,然而后来却证实都是些子虚乌有之谈。

我所遇到的却是一个真实的女间谍,一件真实的悲惨的故事。

有一个青年友人,行为很整饬,但在一个时期,人家传说他常和一个女友在一处。这女友的行为相当的"浪漫",时时的出入于歌坛舞榭,且也时时的和敌人及汉奸们相交往。

我曾经劝告过他。他只是笑笑,不否认也不承认。我不便多问什么。

有一天,在霞飞路上一家咖啡馆里见到了,他和一个女友在一处,谈得很起劲。我只和他点头招呼。他介绍着道:"这位是陈女士。"我们互相微颔了一下。

这位陈女士身材适中,面型丰满;穿得衣服并不怎样刺眼,素朴,但显得华贵;头发并不卷烫,朝后梳了一个髻,干净利落。纯然是一位少奶奶型的人物,并不像一个"浪漫"的女子。

隔了一个多月,他跑来告诉我道:"你见过的那位陈女士已经殉难死了!"

我吓得一跳,问道:"为了什么呢?"

"她是一位女间谍,"他道,"曾经刺探到不少敌人和汉奸们的消息和行动。她的父亲是一位法院里的检察官,她的母亲是一位日本人。她的日本话说得很好。因此,好久就已混入汉奸群中工作着。最近几个月,她常常警觉到有人跟随着她,注意或监视着她。她觉得有危险。有一夜,她在一个跳舞的地方,发现她的手提包失踪了。隔了一会,她舞罢回到座上时,又发现手提包已经放在原处。检点了一下,没有短少什么。但她知道这手提包一定曾被严密的检查过。她把这事告诉我,说,也许会有什么危险吧。但神色很镇定,一点也没有退避或躲藏的意思。照常的生活着,照常的刺侦着。"

"后来怎样的被破获的呢?"

"我知道她被捕的消息已在她殉难之后。这是另一位做工作的人告诉我的。她计划着要刺杀丁默邨,那个'七十六号'的主人。在一个清晨,丁伴她到一家百货公司去购物。壮士们已经埋伏好在那里。丁富有警觉性,也许,也竟已准备好,一进门,便溜了出来,来不及放一枪。为了到这个地方去的事,只有她一个人知道,因之,她的嫌疑极重。她被捕了,经过了残酷和刑讯之后,她便从容就义了。"

他说完了话,默默的为这位女英雄志哀,我也默默的在哀悼着仅见一面的这位爱国的女间谍!

为了祖国,她不止几次出生入死;为了祖国,她壮烈的死去!比死在沙场上还要壮烈!

可惜他不久就避到内地去,至今还未回来,竟没有机会问他陈女士的名字。

  女间谍的生活不是玫瑰色的,却是多刺而艰苦异常的。但为了祖国,她头也不回的走上了死亡线上。

(原载 1945 年 10 月 6 日《周报》第 5 期)

吴佩孚的生与死

人必有所恃,而后能挺然若危岩孤松的活着;像壮士赴敌,一切不顾的死去。生的时候,成为足以左右人心的重镇,死的时候,成为万众崇拜的神似的英雄。在古代,这些人物便是传说中,故事中,史诗中,剧曲中所歌咏的对象。在近代,虽被剥去了不少神怪的惊叹与崇拜的成分,依然不失为人中之英豪,为一般群众所欣羡,追慕与敬仰。

有所恃的人,恃的是信仰,是浩然之气,是民族与人群的忠介的意志。孟子说:"我善养我浩然之气。自反而不缩,虽千万人我往矣。"这是何等的气概!

有所恃的人是有所不为的;有所不为而后才能有所为。他置生死于度外,不为威武屈,不为富贵淫。举世人所爱好之物,若宫室,若犬马,若玉帛子女,皆不足以动其心,夺其意,移其志。他宁愿受尽人世间的苦难,但不肯屈伏一点,退后一步。他宁愿牺牲生命,但不愿意牺牲信仰。

民族的气节,有了他而益加辉煌;他为了维持民族的气节愿意失去了其他的一切,连生命也在内。

他的光辉照耀着某一个空间,也照耀着将来的许多时间。

像那样的一个人物,即连他的最凶狠的敌人也会为之失色,为之肃然起敬的。敌人能够置他于死地,却不能丝毫动摇他的意志与信仰。

像那样的人,也许会被谥为"顽固",然而"顽固"便是有所"执着",有所"信仰"的表现。

像那样的人,也许会被视为"过激"。然而"过激"也便是有所"执着",有所"信仰"的表现。

"顽固"的人所追慕的是古代的光荣,而"过激"的人所追求的却是将来的光明。

吴佩孚是一位固执的人,是一位被谥为"顽固"的人。他谈四书,谈易经,谈关、岳,是一个旧时代的代表的人物。

他宣言"不进租界"。他便不曾住到所谓"租界"里过。他是说到做到的! 他不问在任何环境里,都坚持着他的信仰,维持着他的主张。

在抗战发生的时候,他住在北平。北平沦陷以后,我们不知道他是怎样过活的。然而,种种的有声有色的传说,都证明有着他不曾为敌人所屈伏。他顽强的像危岩的孤松似的生活在这古城里,成为北方千千万万的人民们敬仰的目的。

敌人们曾三番四次的派人去劝他,去游说他,要他"出山"来,为"他们"做点事。表面上是堂堂皇皇的说,他要是肯"出山",什么条件都可以接受。

敌人的间谍们所用的手段和言辞,十分的婉曲聪明,曾经打动了汪逆精卫和无数的汉奸的心。等到你,一上了他的圈套,他便现出另外的一副"主子"的面孔来了。

但吴佩孚却始终不为所动,不为所屈。他干脆的不理会这些东西,无论他们用的是软的或硬的手段,说的是凶狠的或甜蜜的话。

除非他们把他杀死,他是绝对不会变更其态度的。

有一个时期,敌人们很焦急的要解决"中国事件",立意非请吴氏"出山"不可。他们迫得非常的利害。他们想拉他出来,在北方另创一个局面,借他为号召,以收买北方的人心。然而他却屹然不为所动。

据说,他曾对他们说:"要我出来不难,只要和重庆讲了和,便无问题。"

他们只好废然而返,去找些二三流的旧官僚们来支撑着北方的局面。

吴佩孚还是顽强的住在这古城里,敌人们也无可奈何他;只是严密的监视着,不让他有任何的活动。

他活在那里。他成为北方朴质的人民们的信仰的中心。他不屈,他们也不屈。他们全都坚持着自己的信仰和他一样。

有一次,一位老年的友人到北方去,遇到闵葆之先生。他几年来足迹不曾出大门一步。他连到中山公园去也认为是"失节"的事。

"但希望中国、美国的飞机能来才好!"葆之先生幻想道。

"来炸了,不是你也很危险么?"那位朋友道。

"这样的被炸死了,倒是甘心的!"

葆之先生已经七十多岁了,他这是活泼泼的充满了希望与对中国的信仰。

这位朋友,有一天在街上走,遇到一家饭庄的掌柜的。他连忙拉住了这位朋友,要他进去吃饭,问了许多话,也还问他飞机什么时候会来。

我自己曾遇到许多从北平来的商人们,没有一个不热心的问到国事和战事的消息。他们都以为北平报纸上的消息不可靠,我的消息一定多,一定更可靠。我每每为他们的热情所感动。

吴佩孚便是这些朴质的北方人民们的代表,一个伟大的北方人的象征。

他生活在敌人的铁的圈子当中，然而永远的不为其所屈伏，所软化，所征服，所利诱，也永远的不和他们妥协。他的心永远的向着祖国，永远的不曾忘记祖国的复兴与光荣。

　　他们，朴质的北方人民们，也会都是如此的。

　　当国军开到了平津一带时，饭店里的人们往往的自动的请他们吃饭，坚执的不要付帐；商人们也往往愿意把货物白送给他们，坚执着不要货款。受到这种热烈待遇的人往往弄得热泪盈眶。

　　吴佩孚在没有见到最后胜利的时候便死了。

　　他虽然死去，但他的信仰和精神是不会死的。

　　无量数的北方的朴质的人民们是永远坚执着他的信仰和精神的。

（原载 1945 年 12 月 8 日《周报》第 14 期）

惜周作人

在抗战的整整十四个年头里,中国文艺界最大的损失是周作人附逆。郑孝胥"走马上任"去了,我们一点也不觉得惋惜;陈柱暗中受津贴,结果不得不明目张胆的公开出来,我们也一点不为之痛心。因为他们都是属于过去一个时代的人物,他们本来是已经不在我们的阵伍中,这种人的失去,对于我们的文坛是丝毫不足轻重的。陈柱刊出他的《待焚草》,马君武先生一见便抛在一边,说道:"这些东西,不焚何待!"郑孝胥的《海藏楼诗》也不是"今人"之物;一个日本人到了他的海藏楼,一见,便诧叹道:"穷的诗人住了这样的大宅,我倒也愿意做一个穷诗人呢。"那样无病呻吟的东西,本来不会有什么真的灵魂的。

周作人却和他们不同了。周作人是在五四时代长成起来的。他倡导"人的文学",译过不少的俄国小说,他的对于希腊文学的素养也是近人所罕及的;他的诗和散文,都曾有过很大的影响。他的《小河》,至今还有人在吟味着。他确在新文学上尽过很大的力量。虽然他后来已经是显得落伍了,但他始终是代表着中国文坛上的另一派。假如我们说,五四以来的中国文学有什么成就,无疑的,我们应该说,鲁迅先生和他是两个颠扑不破的巨石重镇;没有了他们,新文学史上便要黯然失光。

鲁迅先生是很爱护他的,尽管他们俩晚年失和,但鲁迅先生口中从来没有一句责难他的话。"知弟莫若兄。"鲁迅先生十分的知道他的脾气和性格。倒是周作人常常有批评鲁迅先生的话。他常向我说起,鲁迅怎样怎样。但我们从来没有相信过他的话。鲁迅是怎样的真挚而爽直,而他则含蓄而多疑,貌为冲淡,而实则热中;号称"居士",而实则心悬"魏阙"。所以,其初是竭力主张性灵,后来却一变而为什么大东亚文学会的代表人之一了。然而他的过去的成就,却仍不能不令人恋恋。

所以,周作人的失去,我们实在觉得十分的惋惜,十分的痛心! 没有比这个损失更大了!

周作人怎样会失去的呢?

我在"七·七"以前,离开北平的时候,曾经和他谈过一次话,这是最后的一次了,这时,抗战救国的空气十分的浓厚。我劝他,有必要的时候,应该离开北平。他不以为然。他说,和日本作战是不可能的。人家有海军。没有打,人家已经登岸来了。我们的门户是洞开的,如何能够抵抗人家? 他持的是"必败论"。我说:不是我们去侵略日本。如果他们一步步的迫进来,难道我们一点也不加抵抗么? 他没有响。后来我们便谈他事了。

"七·七"以后,我们在南方的朋友们都十分的关心着他。许多人都劝他南下。他说,他怕鲁迅的"党徒"会对他不利,所以不能来。这完全是无中生有的托辞。其实,他是恋恋于北平的生活,舍不得八道湾的舒适异常的起居,所以不肯搬动。

茅盾他们在汉口的时候,曾经听到关于他的传说,有过联名的表示。但在那时候,他实在还不曾"伪"。绍虞有过一封信给我,说,下学期燕京大学已正式的聘请他为教授,他也已经答应下来了。绝对的没有什么问题。我根据这封信,曾经为他辩白过。我们是怎样的爱惜着他!生怕他会动摇,会附逆,所以一听到他已肯就聘燕大,便会那样的高兴!

但他毕竟附了逆!燕大的聘书他也退回去了。其近因,是为了阴历元旦的时候,有几个青年人去找他,向他开了几枪,枪子为大衣纽扣所抵住,并没有穿进,所以他便幸免了。一个车夫替了他死去。

然而实际的原因恐并不是如此。那一场"暗杀"并不能促使他背叛祖国。世间哪有如此的"一不做,二不休"之人呢?其原因必定是另有所在的。"必败论"使他太不相信中国的前途,而太相信日本海陆军力量的巨大。成败利钝之念横梗于心中,便不能不有所背,有所从了。同时,安土重迁和贪惯舒服的惰性,又使他设想着种种危险和迫害,自己欺骗着自己,压迫着自己,令他不能不选择一条舒服而"安全"的路走了。他在那个时候,做梦也不会想到日本帝国要如此崩溃,世界会是这样一个样子的。

钱稻孙,另一个背叛祖国的人,曾对一个伪立北京大学的教员——那一个人不愿用真实的姓名,要求改用一个假名字应聘,生怕将来政府回来了,会有问题——说道:"你以为会这样的么?我从来没有作此想过!"因为他们是那末坚定的相信"中国的运命",所以他们才敢于做汉奸。这恐怕又是汉奸的产生的原因之一。

周作人也便是这末想,而成为一个汉奸的。

即在他做了汉奸之后,我们几个朋友也还不能忘情于他。适之先生和尹默先生好像都曾苦劝过他,而凤举先生和我,也常在想着,怎样才能使他脱离了那个汉奸的圈子呢?

我们总想能够保全他。即在他被捕之后,我们几个朋友谈起,还想用一个特别的办法,囚禁着他,但使他工作着,从事于翻译希腊文学什么的。

他实在太可惜了！我们对他的附逆，觉得格外痛心，比见了任何人的堕落还要痛心！我们觉得，即在今日，我们不单悼惜他，还应该爱惜他！

(原载 1946 年 1 月 12 日《周报》第 19 期)

悼夏丏尊先生

夏丏尊先生死了,我们再也听不到他的叹息,他的悲愤的语声了;但静静的想着时,我们仿佛还都听见他的叹息,他的悲愤的语声。

他住在沦陷区里,生活紧张而困苦,没有一天不在愁叹着。是悲天?是悯人?

胜利到来的时候,他曾经很天真的高兴了几天。我们相见时,大家都说道,"好了,好了,"个个人的脸上似乎都泯没了愁闷,耀着一层光彩。他也同样的说道:"好了,好了!"

然而很快的,便又陷入愁闷之中。他比我们敏感,他似乎失望,愁闷得更迅快些。

他曾经很高兴的写过几篇文章;很提出些正面的主张出来。但过了一会,便又沉默下去,一半是为了身体逐渐衰弱的关系。

他是一个自由主义者,反对一切的压迫和统制。他最富于正义感,看不惯一切的腐败、贪污的现象。他自己曾经说道:"自恨自己怯弱,没有直视苦难的能力,却又具有着对于苦难的敏感。"又道:"记得自己幼时,逢大雷雨躲入床内;得知家里要杀鸡就立刻逃避;看戏时遇到翠屏山杀嫂等戏,要当场出彩,预先俯下头去,以及妻每次产时,不敢走入产房,只在别室中闷闷地听着妻的呻吟声,默祷她安全的光景。"(均见《平屋杂文》)

这便是他的性格。他表面上很恬淡,其实,心是热的;他仿佛无所褒贬,其实,心里是泾渭分得极清的。在他淡淡的谈话里,往往包含着深刻的意义。他反对中国人传统的调和与折衷的心理。他常常说,自己是一个早衰者,不仅在身体上,在精神上也是如此。他有一篇《中年人的寂寞》:

> 我已是一个中年的人。一到中年,就有许多不愉快的现象,眼睛昏花了,记忆力减退了,头发开始秃脱而且变白了,意兴、体力甚么都不如年青的时候,常不禁会感觉得难以名言的寂寞的情味。尤其觉得难堪的是知友的逐渐减少和疏远,缺乏交际上的温暖的慰藉。

在《早老者的忏悔》里,他又说道:

> 我今年五十,在朋友中原比较老大。可是自己觉得体力减退,已好多年了。三十五六岁以后,我就感到身体一年不如一年,工作起不得劲,只得是恹恹地勉强挨,几乎无时不觉到疲劳,甚么都觉得厌倦,这情形一直到如今。十年以前,我还只四十岁,不知道我年龄的,都以我是五十岁光景的人,近来居然有许多人叫我"老先生"。论年龄,五十岁的人应该还大有可为,古今中外,尽有活到了七十八十,元气很盛的。可是我却已经老了,而且早已老了。

这是他的悲哀,但他的并不因此而消极,正和他的不因寂寞而厌世一样。他常常愤慨,常常叹息,常常悲愁。他的愤慨、叹息、悲愁,正是他的入世处。他爱世、爱人、尤爱"执着"的有所为的人,和狷介的有所不为的人。他爱年轻人;他讨厌权威,讨厌做作、虚伪的人。他没有机心;表里如一。他藏不住话,有什么便说什么。所以大家都称他"老孩子"。他的天真无邪之处,的确够得上称为一个"孩子"的。

他从来不提防什么人。他爱护一切的朋友,常常担心他们的安全与困苦。我在抗战时逃避在外,他见了面,便问道:"没有什么么?"我在卖书过活,他又异常关切的问道:"不太穷困么?卖掉了可以过一个时期吧。"

"又要卖书了么?"他见我在抄书目时问道。

我点点头:向来不作乞怜相,装作满不在乎的神气,有点倔强,也有点傲然,但见到他的皱着眉头,同情的叹气时,我几乎也要叹出气来。

他很远的挤上了电车到办公的地方来,从来不肯坐头等,总是挤在拖车里。我告诉他,拖车太颠太挤,何妨坐头等,他总是不改变态度,天天挤,挤不上,再等下一部;有时等了好几部还挤不上。到了办公的地方,总是叹了一口气后才坐下。

"诞翁老了,"朋友们在背后都这末说。我们有点替他发愁,看他显著的一天天的衰老下去。他的营养是那末坏,家里的饭菜不好,吃米饭的时候很少;到了办公的地方时,也只是以一块面包当作午餐。那时候,我们也都吃着烘山芋、面包、小馒头或羌饼之类作午餐,但总想有点牛肉、鸡蛋之类伴着吃,他却从来没有过;偶然是涂些果酱上去,已经算是很奢侈了。我们有时高兴上小酒馆去喝酒,去邀他,他总是不去。

在沦陷时代,他曾经被敌人的宪兵捉去过。据说,有他的照相,也有关于他的记录。他在宪兵队里,虽没有被打,上电刑或灌水之类,但睡在水门汀上,吃着冷饭,他的身体因此益发坏下去。敌人们大概也为

251

他的天真而恳挚的态度所感动吧,后来,对待他很不坏。比别人自由些,只有半个月便被放了出来。

他说,日本宪兵曾经问起了我,"你有见到郑某某吗?"他撒了谎,说道:"好久好久不见到他了。"其实,在那时期,我们差不多天天见到的。他是那末爱护着他的朋友!

他回家后,显得更憔悴了;不久,便病倒。我们见到他,他也只是叹气,慢吞吞的说着经过,并不因自己的不幸的遭遇而特别觉得愤怒。他永远是悲天悯人的。——连他自己也在内。

在晚年,他有时觉得很起劲,为开明书店计划着出版辞典;同时发愿要译《南藏》。他担任的是《佛本生经》(《Jataka》)的翻译,已经译成了若干,有一本仿佛已经出版了。我有一部英译本的《Jataka》,他要借去做参考,我答应了他,可惜我不能回家,托人去找,遍找不到。等到我能够回家,而且找到《Jataka》时。他已经用不到这部书了。我见到它,心里便觉得很难过,仿佛做了一件不可补偿的事。

他很耿直,虽然表面上是很随和。他所厌恨的事,隔了多少年,也还不曾忘记。有一次,在一个宴会上遇到了一个他在杭州第一师范学校教书时代的浙江教育厅长,他便有点不耐烦,叨叨的说着从前的故事。我们都觉得窘,但他却一点也不觉得。

他是爱憎分明的!

他从事于教育很久,多半在中学里教书。他的对待学生们从来不采取严肃的督责的态度。他只是恳挚的诱导着他们。

……我入学之后,常听到同学们谈起夏先生的故事,其中有一则我记得最牢,感动得最深的,是说夏先生最初在一师兼任舍监的时候,有些不好的同学,晚上熄灯,点名之后,偷出校门,在外面荒唐到深夜才回来;夏先生查到之后,并不加任何责罚,只是恳切的劝导,如果一次两次仍不见效;于是夏先生第三次就守候着他,无论怎样夜深都守候着他,守候着了,夏先生对他仍旧不加任何责罚,只是苦口婆心,更加恳切地劝导他,一次不成,二次,二次不成,三次……总要使得犯过者真心悔过,彻底觉悟而后已。

——许志行:《不堪回首悼先生》

他是上海立达学园的创办人之一,立达的几位教师对于学生们所应用的也全是这种恳挚的感化的态度。他在国立暨南大学做过国文系主任,因为不能和学校当局意见相同,不久,便辞职不干。此后,便一直过着编译的生活,有时,也教教中学。学生们对于他,印象是非常深刻,都敬爱着他。

他对于语文教学,有湛深的研究。他和刘薰宇合编过一本《文章作法》,和叶绍钧合编过《文章讲话》,《阅读与写作》及《文心》,也像做国文教师时的样子,细心而恳切的谈着作文的心诀。他自己作文很小心,一字不肯苟且;阅读别人的文章时,也很小心,很慎重,一字不肯放过。从前,《中学生》杂志有过"文章病院"一栏,批评着时人的文章,有发必中;便是他在那里主持着的;他自己也动笔写了几篇东西。

古人说"文如其人"。我们读他的文章,确有此感。我很喜欢他的散文,每每劝他编成集子。《平屋杂文》一本,便是他的第一个散文集子。他毫不做作,只是淡淡的写来,但是骨子里很丰腴。虽然是很短的一篇文章,不署名的,读了后,也猜得出是他写的。在那里,言之有物;是那末深切的混和着他自己的思想和态度。

他的风格是朴素的,正和他为人的朴素一样。他并不堆砌,只是平平的说着他自己所要说的话。然而,没有一句多余的话,不诚实的话,字斟句酌,决不急就。在文章上讲,是"盛水不漏",无懈可击的。

他的身体是病态的胖肥,但到了最后的半年,显得瘦了,气色很灰暗。营养不良,恐怕是他致病的最大原因。心境的忧郁,也有一部分的因素在内。友人们都说他"一肚皮不合时宜"。在这样一团糟的情形之下,"合时宜"的都是些何等人物,可想而知。怎能怪铤尊的牢骚太多呢!

想到这里,便仿佛听见他的叹息,他的悲愤的语声在耳边响着。他的忧郁的脸,病态的身体,仿佛还在我们的眼前出现。然而他是去了!永远的去了!那悲天悯人的语调是再也听不到了!

如今是,那末需要由叹息、悲愤里站起来干的人,他如不死,可能会站起来干的。这是超出于友情以外的一个更大的损失。

(原载1946年6月1日《文艺复兴》1卷第5期)

悼许地山先生

　　许地山先生在抗战中逝世于香港。我那时正在上海蛰居,竟不能说什么话哀悼他。——但心里是那末沉痛凄楚着。我没有一天忘记了这位风趣横逸的好友。他是我学生时代的好友之一,真挚而有益的友谊,继续了二十四五年,直到他的死为止。

　　人到中年便哀多而乐少。想起半生以来的许多友人们的遭遇与死亡,往往悲从中来,怅惘无已。有如雪夜山中,孤寺纸窗,卧听狂风大吼,身世之感,油然而生。而最不能忘的,是许地山先生和谢六逸先生,六逸先生也是在抗战中逝去的。记得二十多年前,我住在宝兴西里,他们俩都和我同住着,我那时还没有结婚,过着刻板似的编辑生活,六逸在教书,地山则新从北方来。每到傍晚,便相聚而谈,或外出喝酒。我那时心绪很恶劣,每每借酒浇愁,酒杯到手便干。常常买了一瓶葡萄酒来,去了瓶塞,一口气唪嘟嘟的全都灌下去。有一天,在外面小酒店里喝得大醉归来,他们俩好不容易的把我扶上电车,扶进家门口。一到门口,我见有一张藤的躺椅放在小院子里,便不由自主的躺了下去,沉沉入睡。第二天醒来,却睡在床上。原来他们俩好不容易的又设法把我抬上楼,替我脱了衣服鞋子。我自己是一点知觉也没有了。一想起这两位挚友都已辞世,再见不到他们,再也听不到他们的语声,心里便凄楚欲绝。为什么"悲哀"这东西老跟着人跑呢?为什么跑到后来,竟越跟越紧呢?

地山到北平燕京大学念书。他家境不见得好。他的费用是由闽南某一个教会负担的。他曾经在南洋教过几年书。他在我们这一群未经世故人情磨炼的年轻人里,天然是一个老大哥。他对我们说了许多我们从来没有听到过的话。他有好些书,西文的、中文的,满满的排了两个书架。这是我所最为羡慕的。我那时还在省下车钱来买杂志的时代,书是一本也买不起的。我要看书,总是向人借。有一天傍晚,太阳光还晒在西墙,我到地山宿舍里去。在书架上翻出了一本日本翻版的《太戈尔诗集》,读得很高兴。站在窗边,外面还亮着。窗外是一个水池,池里有些翠绿欲滴的水草,人工的流泉,在淙淙的响着。

"你喜欢太戈尔的诗么?"

我点点头,这名字我是第一次听到,他的诗,也是第一次读到。

他便和我谈起太戈尔的生平和他的诗来。他说道,"我正在译他的《吉檀迦利》呢。"随在抽屉里把他的译稿给我看。他是用古诗译的,很晦涩。

"你喜欢的还是《新月集》吧。"便在书架上拿下一本书来。"这便是《新月集》",他道,"送给你;你可以选着几首来译。"

我喜悦的带了这本书回家。这是我译太戈尔诗的开始。后来,我虽然把英文本的《太戈尔集》,陆续的全都买了来,可是得书时的悦喜,却总没有那时候所感到的深切。

我到了上海,他介绍他的二哥敦谷给我。敦谷是在日本学画的,一位孤芳自赏的画家,与人落落寡合,所以,不很得意。我编《儿童世界》

时,便请他为我作插图。第一年的《儿童世界》,所有的插图全出于他的手。后来,我不编这周刊了,他便也辞职不干。他受不住别的人的指挥什么的,他只是为了友情而工作着。

地山有五个兄弟,都是真实的君子人。他曾经告诉过我,他的父亲在台湾做官。在那里有很多的地产。当台湾被日本占去时,曾经宣告过,留在台湾的,仍可以保全财产,但离开了的,却要把财产全部没收。他父亲招集了五个兄弟们来,问他们谁愿意留在台湾,承受那些财产,但他们全都不愿意。他们一家便这样的舍弃了全部资产,回到了祖国。因此,他们变得很穷。兄弟们都不能不很早的各谋生计。

他父亲是邱逢甲的好友,一位仁人志士,在台湾独立时代,尽了很多的力量,写着不少慷慨激昂的诗。地山后来在北平印出了一本诗集。他有一次游台湾,带了几十本诗集去,预备送给他的好些父执,但在海关上,被日本人全部没收了。他们不允许这诗集流入台湾。

地山结婚得很早。生有一个女孩子后,他的夫人便亡故。她葬在静安寺的坟场里。地山常常一清早便出去,独自到了那坟地上,在她坟前,默默的站着,不时的带着鲜花去。过了很久,他方才续弦,又生了几个儿女。

他在燕大毕业后,他们要叫他到美国去留学,但他却到了牛津。他学的是比较宗教学。在牛津毕业后,他便回到燕大教书。他写了不少关于宗教的著作;他写着一部《道教史》,可惜不曾全部完成。他编过一部《大藏经引得》。这些,都是扛鼎之作,别的人不肯费大力从事的。

茅盾和我编《小说月报》的时候,他写了好些小说,像《换巢鸾凤》之类,风格异常的别致。他又写了一本《无从投递的邮件》,那是真实的一部伟大的书,可惜知道的人不多。

最后,他到香港大学教书,在那里住了好几年,直到他死。他在港大,主持中文讲座,地位很高,是在"绅士"之列的。在法律上有什么中文解释上的争执，都要由他来下判断。他在这时期，帮助了很多朋友们。他提倡中文拉丁化运动，他写了好些论文，这些，都是他从前所不曾从事过的。他得到广大的青年们的拥护。他常常参加座谈会，常常出去讲演。他素来有心脏病，但病状并不显著，他自己也并不留意静养。

有一天，他开会后回家，觉得很疲倦，汗出得很多，体力支持不住，便移到山中休养着。便在午夜，病情太坏，没等到天亮，他便死了。正当祖国最需要他的时候，正当他为祖国努力奋斗的时候，病魔却夺了他去。这损失是属于国家民族的，这悲伤是属于全国国民们的。

他在香港，我个人也受过他不少帮助。我为国家买了很多的善本书，为了上海不安全，便寄到香港去；曾经和别的人商量过，他们都不肯负这责任，不肯收受，但和地山一通信，他却立刻答应了下来。所以，三千多部的元明本书，抄校本书，都是寄到港大图书馆，由他收下的。这些书，是国家的无价之宝；虽然在日本人陷香港时曾被他们全部取走，而现在又在日本发现，全部要取回来，但那时如果仍放在上海，其命运恐怕要更劣于此。——也许要散失了，被抢得无影无踪了。这种勇敢负责的行为，保存民族文化的功绩，不仅我个人感激他而已！

他名赞堃，写小说的时候，常用落华生的笔名。"不见落华生么？花不美丽，但结的实却用处很大，很有益"，当我问他取这笔名之意时，他答道。

他的一生都是有益于人的；见到他便是一种愉快。他胸中没有城府。他喜欢谈话。他的话都是很有风趣的，很愉快的。老舍和他都是健谈的。他们俩曾经站在伦敦的街头，谈个三四个钟点，把别的约会都忘掉。我们聚谈的时候，也往往消磨掉整个黄昏，整个晚上而忘记了时间。

他喜欢做人家所不做的事。他收集了不少小古董，因为他没有多余的钱买珍贵的古物。他在北平时,常常到后门去搜集别人所不注意的东西。他有一尊元朝的木雕像,绝为隽秀,又有元代的壁画碎片几方,古朴有力。他曾经搜罗了不少"压胜钱",预备做一部压胜钱谱,抗战后,不知这些宝物是否还保存无恙。他要研究中国服装史,这工作到今日还没有人做。为了要知道"纽扣"的起源,他细心的在查古画像,古雕刻和其他许多有关的资料。他买到了不少摊头上鲜有人过问的"喜神像",还得到很多玻璃的画片。这些,都是与这工作有关的。可惜牵于他故,牵于财力、时力,这伟大的工作,竟不能完成。

我为中国版画史的时候,他很鼓励我。可惜这工作只做了一半,也困于财力而未能完工。我终要将这工作完成的,然而地山却永远见不到他的全部了!

他心境似乎一直很愉快,对人总是很高兴的样子。我没有见他疾言厉色过;即遇怫意的事,他似乎也没有生过气。然而当神圣的抗战一开始,他便挺身出来,献身给祖国,为抗战做着应该做的工作。

抗战使这位在研究室中静静的工作着的学者,变为一位勇猛的斗士。

他的死亡,使香港方面的抗战阵容失色了。他没有见到胜利而死,这不幸岂仅是他个人的而已!

他如果还健在,他一定会更勇猛的为和平建国,民主自由而工作着的。

失去了他,不仅是失去了一位真挚而有益的好友,而且是,失去了一位最坚贞,最有见地,最勇敢的同道的人。我的哀悼实在不仅是个人的友情的感伤!

(原载 1946 年 7 月 1 日《文艺复兴》1 卷第 6 期)

想起和济之同在一处的日子

　　这几年,连续的丧失了许多好友。地山的死,使我痛苦最甚。我们正在做着一件事,他帮了我许多的忙。而他的死,几乎使那件事付托无人。而想起了三十年前在他铠甲厂宿舍里的纵谈,应和着窗前流水的淙淙,至今犹像在眼前。接着,六逸又在贵阳死了。我们在上海同住在一个宿舍里好几年,且在同一个文化机关里同事了好几年。他是那么刚正不阿,而对于朋友们又是那么慈祥纵容,一团和气。他的温和的语笑,如今也还像在眼前晃着。现在,我又在哭济之了!济之死在沈阳,和六逸一样,都是为了穷,为了工作过度而死的!他太太呜咽的说道:"他独自个死在那边,没有一个亲人。入殓时不知穿什么衣服,有没有好好的成殓?"说着,便大哭起来。我伤心得连泪水也被灼干了,一句安慰的话也说不出来。

　　想起三十年前学生时代终日同在一处的朋友们,经过了这三十年,已经是凋落将尽了。梦良、亦几、秋白、庐隐早已成古人了。地山、济之又死,怎么不令我们几个活在这苦难的世界上的人兴"人生无常"之恸呢？

我和济之认识最早。在五四运动的前一年，我常常到北京青年会看书。那个小小的图书馆里，有七八个玻璃橱的书，其中以关于社会学的书，及俄国文学名著的英译本为最多。我最初很喜欢读社会问题的书。青年会干事美国人步济时是一位很和蔼而肯帮助人的好人。他介绍给我看些俄国文学的书。在那里面，有契诃夫的戏曲集和短篇小说集，有安特列夫的戏曲集，托尔斯太的许多小说等。我对之发生了很大的兴趣。这小小的图书馆成了我常去盘桓的地方。有一位孔先生，不记得他是哪个学校的学生了，也常去。我们谈得很起劲。他介绍济之给我相识。恰好那时候青年会要办一个学生刊物，便约我和济之几个人来编。同时，还有秋白、菊农、地山几个人，同在这个编委会里。这个刊物定名为《新社会》。我们经常的聚在一起闲谈，很快的便成为极要好的朋友们，几乎天天都见面。我住的地方最狭窄，也最穷。济之和菊农的家，在我们看来，很显得阔气。秋白的环境也不好。他在我们几个人当中，最为老成，而且很富于哲学思想，他读着老子和庄子。地山住在燕大宿舍里，也是我们里的一位老大哥，他有过不少的社会经验，在南洋一带，当过中学教员。我们常常带着好奇心，听他叙述南洋的故事和他自己及他一家在台湾的可歌可泣的生活。和他们两个人比起来，济之、菊农和我，简直是还没有见过世面的孩子们。

我们这个集团，很起劲的工作着。我常常很早的起来，从东城步行到琉璃厂附近的一家印刷所里去校对。但过不了几个月，这个刊物便被封闭了，经理某君也被捉去关了好几天才放出来。这是我们遭受到暴力的压迫与摧残。我那个时候，才懂得些世故。济之向来是不大说话的，但那时也很愤慨。我们立刻又计划着出版一个月刊，定名《人道》；在那里，秋白的文章写得最多。但只出版了一期，便因为经济的困难和青年会的怕麻烦，也夭折了。

五四运动暴发了。我们也没有工夫从事于文字工作了。我们这几个人都被选为代表；秋白、济之做了俄专的代表，菊农做了燕大的代表，我也做了我的学校的代表，我们仍是经常的聚集在一处。我们常常在晚上开会，而且总在教会学校里。一个个的溜进去，开会完了，又一个个的溜出来，还要看看背后有没有人跟踪着。有一次，秋白便被侦探们注意的跟随了好久。

济之虽沉默寡言，处事却极有条理。在那时候，我们对于文学的兴趣突然大炽。我常常带了书到会场里看。济之有一位前辈叶君办了一个《新中国》杂志，需要些文艺的稿子，他和秋白便开始了俄国文学的翻译工作。我记得他的第一篇译文是托尔斯太的《家庭幸福》。说来很可怜，那时候的俄专，教的是俄文，却从来不讲什么俄国文学。济之、秋白知道译托尔斯太的著作，对于俄国文学的源流，却无书可资参考，便托我在英文书里找这一类的材料替他们做注解。我那时所能得到的，也只是薄薄的一本 Bome Library 的《俄国文学史》而已。我自己也从英文里，重译了一篇俄国小说，登载在《新中国》里。这是我第一次由写稿获得稿费的事。记得那时候够多么高兴！我午餐向来是以烩老饼或云吞当饭的，那一天却破例叫了两个菜，正式吃了一顿白米饭。大约还花不到五毛大洋吧。在我已是十分的豪奢了。以后，又和蒋百里先生见面，替共学社译了不少俄国文学的名著。济之和秋白合译了《托尔斯太短篇小说集》，我译了契诃夫的《樱桃园》，后来，济之又译了《复活》和其他的几部大书。他结婚的时候，便是靠《复活》的稿费补助的。

为了对于文学兴趣的浓厚，我们便商量着组织一个文艺协会。第一次开会便借济之的万宝盖胡同的寓所。到会的有蒋百里、周作人、孙伏园、郭绍虞、地山、秋白、菊农、济之和我，还约上海的沈雁冰，一同是十二个人，共同发表了一篇宣言，这便是文学研究会的开始。

高梦旦先生到了北平来，我和济之去找他，预备在商务印书馆出版一个文学杂志。梦旦先生说，还是把《小说月报》改革一下吧。当时便决定由雁冰接办《小说月报》,而由我负责在北京集稿寄去。这时候,地山第一次用落华生的笔名,写他的小说,济之和秋白也为《小说月报》译些俄国小说。

过了半年多,我毕业了,派到上海来服务。济之也毕业了,被派到外交部工作。不久,他便结婚了。又被派到莫斯科使馆里做事。此后十几年,他总在莫斯科和西比利亚一带做着外交官。我们见面的机会很少。但每当他回国的时候,我们总要见面几次,盘桓好几天。他第一次回来时候,和家眷同归;他那时已是两个孩子的父亲了。显得更沉着,更沉默寡言。但他虽做着外交官,他的翻译的工作却从未间断过。许多托尔斯太、屠格涅夫的大著作都由他介绍到中国来。

不知什么时候,他发现他自己有很严重的心脏病,便请假回国休养。接着,抗战起来了。他住在上海,几次要到内地去。有一次已经到了香港,因为心脏病复发,不能走,便只好又回到上海来。这七八年,我们总聚会在一处。他还是继续不断的做着翻译的工作。他的负担很重。每天都不能不写个两三千字。又计划着要编一部《中俄字典》。

日寇进占租界时,我离开了家,埋名隐姓的住在一个朋友家里。我们总有半年不曾见面。后来,我又找到了他。我们计划着要译些什么以维持生活。当时,便和开明书店商量,他着手译高尔基的几部小说;杜斯妥夫斯基的《白痴》和《兄弟们》两部大著作,也是他在这时候译成的。后来,又替生活书店译了一部高尔基的小说。《中俄字典》也开始着手编写。他是那么起劲而过度的工作着。

我们常在开明书店见面,常常的以大饼或生煎馒头或烘山芋当午饭。仿佛又恢复了学生时代的生活。在那时候,吃一顿白米饭可真不易!调孚是从家里带了一包炒米粉来,用茶送下去,勉强的吞咽着当作一顿饭。彼此相顾苦笑,但也并不以为苦,觉得这苦是应该吃的!济之在那时还开了一爿旧书店,这是我替他出的主意。然而,根本不能挣钱,不能补助他的生计。不久,这爿店也便关门了。

他本来很胖。然而最近几年来,大约因为过度工作的结果,显著的瘦了下来。他本来很乐观,而最后,也显得十分忧郁。而工作的重担却总是压住他,一刻也不放松,他的负担实在太重了!

　　胜利了,我们都很喜悦,他也常常显着笑容,做着种种的梦。过了两个多月,他才由他兄弟式之的介绍,飞到重庆,就了东北的长春铁路理事会的总务处长。他如何能做这么繁琐的工作呢?他不曾回上海,便由重庆直飞到沈阳就任。待遇很菲薄,家用还是不够。他写信来,依然要翻译点什么。去年,他请假回来,我们又重聚了一个多月。他更瘦了。自觉心脏病又严重起来,腿有点肿。我们劝他不要再去了。然而,在这里有什么办法可留下他呢?

　　他在这一个多月的逗留中,总是计划着要译些什么,编些什么。《中俄字典》也依旧继续的编下去,参考书也带去了不少。他走的时候,我因为忙,没有去送他,也没有和他长谈,想不到这一别便永远的见不到他了!

　　他最后给我的一封信,说起那工作对他的不适宜,想要有机会教书。还谈起他的一位同学韩君死了,留下不少俄文书,遗嘱要卖了维持生活,托我设法。不料,他自己不久也就成了古人了!

　　回想到三十年来相处的日子,见到他灵前的白烛的发抖的光焰和他宛然犹在的遗容,心里便透过一阵冷颤。济之便这样的一瞑不视了么?蓝印的讣闻,正放在桌上,翻开了便见到他的遗容,简直如见到他还坐在我客室里谈着似的,然而他却永远不会再见到了!

　　多少少年时候的朋友们都这样匆匆的了结了他们的一生,没有见到"太平",没有享受过应该享受的生活,济之便是一个。他们能够死得瞑目吗?呜呼!我不忍再写下去了!

三十六年四月三日写

(原载 1947 年 4 月 5 日《文汇报》)

忆六逸先生

谢六逸先生是我们朋友里面的一个被称为"好人"的人，和耿济之先生一样，从来不见他有疾言厉色的时候。他埋头做事，不说苦、不叹穷、不言劳。凡有朋友们的委托，他无不尽心尽力以赴之。我写《文学大纲》的时候，对于日本文学一部分，简直无从下手，便是由他替我写下来的——关于苏联文学的一部分是由瞿秋白先生写的。但他从来不曾向别人提起过。假如没有他的有力的帮忙，那部书是不会完成的。

他很早的便由故乡贵阳到日本留学。在早稻田大学毕业后，就到上海来做事。我们同事了好几年，也曾一同在一个学校里教过书。我们同住在一处，天天见面，天天同出同入，彼此的心是雪亮的。从来不曾有过芥蒂，也从来不曾有过或轻或重的话语过。彼此皆是二十多岁的人。——我们是同庚——过着很愉快的生活，各有梦想，各有致力的方向，各有自己的工作在做着。六逸专门研究日本文学和文艺批评。关于日本文学的书，他曾写过三部以上。有系统的介绍日本文学的人，恐怕除他之外，还不曾有过第二个人。他曾发愿要译紫部式的《源氏物语》，我也极力怂恿他做这个大工作。后来不知道为什么他竟没有动笔。

他和其他的从日本留学回来的人，显得落落寡合。他没有丝毫的门户之见。他其实是外圆而内方的。有所不可，便决不肯退让一步。他喜欢和谈得来的朋友们在一道，披肝沥胆，无所不谈。但遇到了生疏些的人，他便缄口不发一言。

我们那时候，学会了喝酒，学会了抽烟。我们常常到小酒馆里去喝酒，喝得醉醺醺的回来。他总是和我们在一道，但他却是滴酒不入的。有一次，我喝了大醉回来，见到天井里的一张藤的躺椅，便倒了下去，沉沉入睡。不知什么时候，被他和地山二人抬到了楼上，代为脱衣盖被。现在，他们二人都已成了故人，我也很少有大醉的时候。想到少年时代的狂浪，能不有"车过腹痛"之感！

我老爱和他开玩笑，他总是笑笑，说道"就算是这样吧"。那可爱的带着贵州腔的官话，仿佛到现在还在耳边响着。然而我们却再也听不到他的可爱的声音了！

我们一直同住到我快要结婚的时候，方才因为我的迁居而分开。

那时候，我们那里常来住住的朋友们很多。地山的哥哥敦谷，一位极忠厚而对于艺术极忠心的画家，也住在那儿。滕固从日本回国时，也常在我们这里住。六逸和他们都很合得来。我们都不善于处理日常家务，六逸是负起了经理的责任的。他担任了那些琐屑的事务，毫无怨言，且处理得很有条理。

我的房里，乱糟糟的，书乱堆，画乱挂，但他的房里却收拾得整整有条，火炉架上，还陈列了石膏像之类的东西。

他开始教书了。他对于学生们很和气，很用心的指导他们，从来不曾显出不耐烦的心境过。他的讲义是很有条理的。写成了，就是一部很好的书。他的《日本文学史》，就是以他的讲义为底稿的。他对于学生们的文稿和试卷,也评改得很认真,没有一点马糊。好些喜欢投稿的学生,往往先把稿子给他评改。但他却从不迁就他们,从不马糊的给他们及格的分数。他永远是"外圆内方"的。

曾经有一件怪事,发生过。他在某大学里做某系的主任,教"小说概论"。过了一二年,有一个荒唐透顶的学生,到他家里,求六逸为他写的《小说概论》做一篇序,预备出版。他并没有看书,就写了。后来,那部书出版了,他拿来一看,原来就是他的讲义,差不多一字不易。我们都很生气。但他只是笑笑。不过从此再也不教那门课程了。他虽然是好脾气,对此种欺诈荒唐的行为,自不能不介介于心,他生性忠厚,却从来不曾揭发过。

他教了二十六七年的书,尽心尽责的。复旦大学的新闻学系,由他主持了很久的时候。在"七·七"的举国抗战开始后,他便全家迁到后方去。总有三十年不曾回到他的故乡了,这是第一次的归去。他出来时是一个人,这一次回去,已经是儿女成群的了。那么远迢迢的路,那么艰难困顿的途程,他和他夫人,携带了自十岁到抱在怀里的几个小娃子们走着,那辛苦是不用说的。

自此一别,便成了永别,再也不会见到他了!胜利之后,许多朋友们都由后方归来了,他的夫人也携带了他的孩子们东归了,但他却永远永远的不再归来了!他的最小的一个孩子,现在已经靠十岁了。

记得我们别离的时候,我到他的寓所里去送别。房里家具凌乱的放着,一个孩子还在喂奶,他还是那么从容徐缓的说道:"明天就要走了。"然而,我们的眼互相的望着,各有说不出的黯然之感。不料此别便是永别!

他从来没有信给我,——仿佛只有过一封信吧,而这信也已抛失了——他知道我的环境的情形,也知道我行踪不定,所以,不便来信,但每封给上海友人的信,给调孚的信,总要问起我来。他很小心,写信的署名总是用的假名字,提起我来,也用的是假名字。他是十分小心而仔细的。

他到了后方,为了想住在家乡之故,便由复旦而转到大夏大学授课。后来,又在别的大学里兼课,且也在交通书局里担任编辑部的事。贵阳几家报纸的文学副刊,也多半由他负责编辑。他为了生活的清苦,不能不多兼事。而他办事,又是尽心尽力的,不肯马糊,所以,显得非常的疲劳,体力也日见衰弱下去。

生活的重担,压下去,压下去,一天天的加重,终于把他压倒在地。他没有见到胜利,便死在贵阳。

他素来是乐天的,胖胖的,从来不曾见过他的愤怒。但听说,他在贵阳时,也曾愤怒了好几回。有一次,一个主省政的官吏,下令要全贵阳的人都穿上短衣,不许着长衫。警察在街上,执着剪刀,一见有身穿长衫的人,便将下半截剪了去。这个可笑的人,听说便是下令把四川全省靠背椅的靠背全部锯了去的。六逸愤怒了!他对这幼稚任性,违抗人民自由与法律尊严的命令不断的攻击着。他的论点正确而有力。那个人结果是让步了,取消了那道可笑的命令。六逸其他为了人民而争斗的事,听说还有不少。这愤怒老在烧灼着他的心。靠五十岁的人也没有少年时代的好涵养了。

时代迫着他愤怒、争斗,但同时也迫着他为了生活的重担而穷苦而死。

这不是他一个人所独自走着的路。许多有良心的文人们都走着同样的路。

我们能不为他——他们——而同声一哭么?

三十六年七月十七日写

(原载 1947 年 9 月 15 日《文讯》7 卷第 3 期)

忆贤江

杨贤江先生和邹韬奋先生相同,都是一生苦学的。很早的时候,贤江就在商务印书馆出版的《学生杂志》上投稿了。他靠着稿费作为升学的费用。他那时候写着各种性质不同的论文,尤以关于青年修养的为最多。我正在中学里念着书,颇受他的论文的影响,也主张吃苦自修。仿佛还把《五种遗规》和《读书分年日程》、《小学集注》、《近思录》、《大学衍义》等等,弄得颇有些"道学"气。

《新青年》的出现,使我们整个的人生观都改变了。贤江也开始用白话文来写文章。他进了南高师,还是过着半工半读的生活。他觉得自己的外国语不够用,曾努力的学习着英文和日文。

后来,他被《学生杂志》社聘请为编辑,到了上海做事。我那时候也在商务印书馆做编辑。我们曾经同住在闸北的一所旧式楼房里好些时候。

他的日常生活很严肃,起居有时,饮食有节。记得,我住在前楼,他住在另一部分。每天早晨,他都要早操一次。他用的是练气力的钢做拉链。不知道要拉多少次——数目是有一定的。还有一对铁哑铃,他也常常的双手执着在晒台上操演着。他洗冷水澡,洗冷水脸。他的脸色红红的,身体相当的高大,显得十分的健康、结实。

我和几位同住的朋友们,却过不惯那末有规律的严格的生活。早上,要出去散散步,傍晚,也许有时候要到小酒店里喝喝酒。这些事,贤江都是不参加的。有一天,还是相识了不久的时候,天气好极了,(太阳刚刚升上来。)我到了他房里,问他道:

"出去散散步吧?"

他摇摇头,说道:"没有工夫。还要读英文呢。"果然,他手执着一本英文书,正在小房间里踱着,边走边念,念的声音很高。我抬头一看,墙上正贴着一张"工作日程表"一类的东西,每天上午七时到八时半的时间,正填着"英文"这一个项目。我很不好意思的走开了。

大革命之后,他离开了商务印书馆。但朋友们都知道他正做着"工作"。他很忙,生活依然的严肃而有规律。不知他在上海又住了多少时候;只知道他曾经到过日本。

我写过一篇论文,说起介绍西洋文化的问题。那时候,我的思想还是很模糊,还是带着很浓厚的"五四"时代的见解。我主张,我们的文化应该"全盘欧化"。

过了几天,我收到一封很厚的信,是贤江寄来的。这封信有两千多字长,满满的写了十多张信纸;他反复详明的阐述着"全盘欧化"的主张的错误、不妥。他说明,西欧的文化不完全是健全的,是对我们有用的;其中,有毒的成分很多。我们介绍西洋文化必须有所选择,必须有所分别;绝对的不能说,凡是西方的就都是好的,就都应该介绍的。他说得那末恳切,那末周详,那末明白而确定。我非常的感谢他的箴谏与启发。这个及时的警告,使我,还有许多抱着同样见解的人们,不致糊涂到底,更不致一直沿着错路走去。

他是一位真实的好朋友！

在我的想象里，他一直是健全而壮实的——在身体上与思想上。想不到，他的思想是一天天在进步着，而他的身体却一天天的坏下去了。他到日本去医病；听说，他的病是肠结核一类的症候。谁想得到，那末健壮的贤江，会染上了这个病呢？更谁想到，他竟为了这个病而死呢？在许多朋友们里，他是最能照顾自己身体的人。不料，病魔的力量，竟大过他，压倒了他。

他死了已经十八年。革命已经得到了决定性的胜利。这是可以告慰于他的！

（原载 1949 年 8 月 9 日《光明日报》）

哭佩弦

从抗战以来,接连的有好几位少年时候的朋友去世了。哭地山、哭六逸、哭济之,想不到如今又哭佩弦了。在朋友们中,佩弦的身体算得很结实的。矮矮的个子,方而微圆的脸,不怎么肥胖,但也决不瘦。一眼望过去,便是结结实实的一位学者。说话的声音,徐缓而有力。不多说废话,从不开玩笑;纯然是忠厚而笃实的君子。写信也往往是寥寥的几句,意尽而止。但遇到讨论什么问题的时候,却滔滔不绝。他的文章,也是那么的不蔓不枝,恰到好处,增加不了一句,也删节不掉一句。

他做什么事都负责到底。他的《背影》,就可作为他自己的一个描写。他的家庭负担不轻,但他全力的负担着,不叹一句苦。他教了三十多年的书,在南方各地教,在北平教;在中学里教,在大学里教。他从来不肯马马糊糊的教过去。每上一堂课,在他是一件大事。尽管教得很熟的教材,但他在上课之前,还须仔细的预备着。一边走上课堂,一边还是十分的紧张。记得在清华大学的时候,有一次我在他办公室里坐着,见他紧张的在翻书。我问道:

"下一点钟有课么?"

"有的,"他说道,"总得要看看。"

像这样负责的教员,恐怕是不多见的。他写文章时,也是以这样的态度来写。写得很慢,改了又改,决不肯草率的拿出去发表。我上半年为《文艺复兴》的"中国文学研究"号向他要稿子,他寄了一篇《好与巧》来;这是一篇结实而用力之作。但过了几天,他又来了一封快信,说,还要修改一下,要我把原稿寄回给他。我寄了回去。不久,修改的稿子来了,增加了不少有力的例证。他就是那末不肯马马糊糊的过下去的!

他的主张,向来是老成持重的。

将近二十年了,我们同在北平。有一天,在燕京大学南大地一位友人处晚餐。我们热烈的辩论着"中国字"是不是艺术的问题。向来总是"书画"同称。我却反对这个传统的观念。大家提出了许多意见。有的说,艺术是有个性的;中国字有个性,所以是艺术。又有的说,中国字有组织,有变化,极富于美术的标准。我却极力的反对着他们的主张。我说,中国字有个性,难道别国的字便表现不出个性了么?要说写得美,那末,梵文和蒙古文写得也是十分匀美的。这样的辩论,当然是不会有结果的。

临走的时候,有一位朋友还说,他要编一部《中国艺术史》,一定要把中国书法的一部门放进去。我说,如果把"书"也和"画"同样的并列在艺术史里,那末,这部艺术史一定不成其为艺术史的。

当时,有十二个人在座。九个人都反对我的意见。只有冯芝生和我意见全同。佩弦一声也不言语。我问道:

"佩弦,你的主张怎样呢?"

他郑重的说道:"我算是半个赞成的吧。说起来,字的确是不应该成为美术。不过,中国的书法,也有他长久的传统的历史。所以,我只赞成一半。"

这场辩论,我至今还鲜明的在眼前。但老成持重,一半和我同调的佩弦却已不在人间,不能再参加那末热烈的争论了。

这样的一位结结实实的人,怎么会刚过五十便去世了呢?——我说"结结实实",这是我十多年前的印象。在抗战中,我们便没有见过。在抗战中,他从北平随了学校撤退到后方。他跟着学生徒步跑,跑到长沙,又跑到昆明。还照料着学校图书馆里搬出来的几千箱的书籍。这一次的长征,也许使他结结实实的身体开始受了伤。

在昆明联大的时候,他的生活很苦。他的夫人和孩子们都不能在身边,为了经济的拮据,只能让他们住在成都。听说,食米的恶劣,使他开始有了胃病。他是一位有名的衣履不周的教授之一。冬天,没有大衣,把马夫用的毡子裹在身上,就作为大衣;而在夜里,这一条毡子便又作为棉被用。

有人来说,佩弦瘦了,头上也有了白发。我没有想象到佩弦瘦到什么样子;我的印象中,他始终是一位结结实实的矮个子。

胜利以后,大家都复员了,应该可以见到。但他为了经济的关系,径从内地到北平去,并没有经过南方。我始终没有见到瘦了后的佩弦。

在北平,他还是过得很苦。他并没有松下一口气来。

暑假后,是他应该休假的一年。我们都盼望他能够到南边来游一趟。谁知道在假期里他便一瞑不视了呢?我永远不会再有机会见到瘦了后的佩弦了!

佩弦虽然在胜利三年后去世,其实他是为抗战而牺牲者之一。那末结结实实的身体,如果不经过抗战的这一个阶段的至窘极苦的生活,他怎么会瘦弱了下去而死了呢?他的致死的病是胃溃疡,与肾脏炎。积年的吃了多少粒与稗子的配给米,是主要的原因。积年的缺乏营养与过度的工作,使他一病便不起。尽管有许多人发了国难财,胜利财,乃至汉奸们也发了财而逍遥法外,许多瘦子都变成了肥头大脸的胖子,但像佩弦那样的文人、学者与教授,却只是天天的瘦下去,以至于病倒而死。就在胜利后,他们过的还是那末苦难的日子,与可悲愤的生活。

在这个悲愤苦难的时代,连老成持重的佩弦,也会是充满了悲愤的。在报纸上,见到有佩弦签名的有意义的宣言不少。他曾经对他的学生们说,"给我以时间,我要慢慢的学"。他在走上一条新的路上来了。可惜的是,他正在走着,他的旧伤痕却使他倒了下去。

他花了整整一年工夫,编成《闻一多全集》。他既担任着这一个工作,他便勤勤恳恳的专心一志的负责到底的做着。《闻一多全集》的能够出版,他的力量是最大的;他所费的时间也最多。我们读到他的《闻一多全集》的序,对于他的"不负死友"的精神,该怎样的感动。

地山刚刚走上一条新的路,便死了;如今佩弦又是这样。过了中年的人要蜕变是不容易的。而过了中年的人经过了这十多年的折磨之后,又是多末脆弱啊！佩弦的死,不仅是朋友们该失声痛哭,哭这位忠厚笃实的好友的损失,而且也是中国的一个重大的损失,损失了那末一位认真而诚恳的教师,学者与文人！

三十七年八月十七日写于上海

（原载 1948 年 9 月 15 日《文讯》9 卷第 3 期）

图书在版编目（CIP）数据

北平 / 郑振铎著. — 南京：江苏凤凰文艺出版社，2018.1
（大家散文文存：精编版）
ISBN 978-7-5594-1340-6

Ⅰ. ①北… Ⅱ. ①郑… Ⅲ. ①散文集－中国－现代 Ⅳ. ①I266

中国版本图书馆 CIP 数据核字(2017)第 272873 号

书　　名	北平
著　　者	郑振铎
责任编辑	孙金荣
出版发行	江苏凤凰文艺出版社
出版社地址	南京市中央路 165 号，邮编：210009
出版社网址	http://www.jswenyi.com
印　　刷	江苏凤凰通达印刷有限公司
开　　本	880×1230 毫米 1/32
印　　张	8.875
字　　数	215 千字
版　　次	2018 年 1 月第 1 版　2018 年 1 月第 1 次印刷
标准书号	ISBN 978-7-5594-1340-6
定　　价	32.00 元

（江苏凤凰文艺版图书凡印刷、装订错误可随时向承印厂调换）